执着

MUH!

David Safier

〔德国〕大卫·萨菲尔 著

刘秋叶 译

译林出版社

第一章

“哞——”可以有很多含义。例如，当一头像我一样再普通不过的母牛惊恐万分地“哞”叫时，可能是在说：“农夫的手又这么凉！”或者是“救命啊！农夫正在醉醺醺地开收割机呢！”甚至可能是“天啊！他们要把我们的公牛阉割了！”

我们牛可以愤怒地“哞”骂：“愚蠢的电篱笆！”或者“哞”斥：“孩子们，不要再取笑那些阉牛！”也可以仅仅因为发自心底的幸福而轻声“哞”唤：“青草、阳光、体内没有绦虫，一头牛对生活还能有什么奢求呢？”

当然，我们也能悲伤地“哞”诉：“我妈妈死了。”或“哞”着质问：“这些人在拿妈妈的身体做什么啊？”或者“哞”出我们深深的怀疑：“我觉得农夫说的‘汉堡包’，不知怎么回事，听起来好像不太好啊。”

在牧场上反刍时，我们甚至可以“哞”叙我们对哲学思考的心得：“我们的创造女神——母牛奈雅，在创造那些人的时候，到底在想什么啊？或者是创造那些呆笨的苍蝇时，如果能用五彩缤纷的蝴蝶取而代之在我们身边，那就美好多了！或者苍蝇至少应该吃起来是美味的啊！当然，如果蝴蝶也是好吃的就完美了！”

有时候，是的，有些时候，我们牛也会发出极度震惊的“哞”叫。

就像我，像我嘶喊出一生中迄今为止最恐怖的“哞”声时一样。

那是在一个春天的下午，我站在牧场上，看到黑色雨云正在向牧场逼近。我可不指望等着农夫来把牧群赶回牛棚，因为最近这段时间，这个笨蛋经常把我们给忘了。他已经不是以前的他了，现在的他越来越爱喝被他老婆称为“该死的烧酒”的液体——话说我们已经很久没看见他老婆了。他一边喝酒，一边咒骂着那些名称奇怪的东西，比如牛奶生产配额、农业补助金和前列腺炎。

无论如何，我都没什么兴趣再一次体验全身被淋湿。于是我慢腾腾地溜达回牛棚，然后在那里发现了我生命中的至爱——一头雄伟的黑色公牛，他叫冠军。他竟然已经回到了自己的牛圈。看到他，我“哞”了一句没有任何一头母牛愿意对她的爱“牛”说的话：“你，这是正在和苏西偷欢吗？”

冠军急忙把头转向我，惊恐地盯着我看了片刻，然后结结巴巴地说：“这……事情不是你看到的样子，萝乐。”

是的，我们牛也能“哞”着乱扯那些愚蠢又无耻的借口。

“你现在直立站在她屁股前，前蹄子甚至还搭在她的背上！”我回斥道，声音都颤抖了，“这还能是什么事？！”

看着这可怕的一幕，我感到心被撕裂成千千万万个碎片。同时，我的三个胃拧绞在一起，更不用提我的瘤胃了。

“萝乐，我可以向你解释。”冠军信誓旦旦地说。他的声音深沉、优美，十分动“牛”；他那更加动“牛”的深邃的黑眼睛深情地凝望着我。如果他不是正趴在苏西身上，我肯定会像以往一样，早已经被他的目光征服了。苏西这头讨厌的母牛有很多坏品质，比如，她诡计多端、爱慕虚荣——最可恨的是，她外表非常美丽，比我漂亮太多了。苏西体形丰腴结实，有着一身发亮的皮毛。有些公牛光是看到她的酥乳就会走神撞到电篱笆上。跟她比起来，我的黑白皮毛显得黯淡无光，我身上没有任何一处是值得我欢天喜地地在一片水洼前细细打量自己好几个小时，也从来没有哪头公牛因为我的乳房而在路上走偏过。

苏西早就开始打冠军的主意了，但我还一直抱有希望，盼着冠军对我的爱能强大到战胜她的诱惑。在内心深处，我当然也知道，这个想法很幼稚，而且“幼稚”还是故意委婉掩饰的说法，其实说像猪一样蠢都不足为过。（猪是相当笨的，它们真的以为这个世界只是由我们的农庄构成的。而我们牛站在牧场上，可以一直看到位于世界尽头的那些树，谁都不能越过那些树，因为那后面是一个深渊，一旦掉下去，会连续降落几天几夜，直到最终陷进炼狱的无尽牛奶里。）

虽然苏西乳房的诱惑力比我的大得多，虽然我眼前的情景已经一清二楚，但是我心里还是迫切地希望，冠军能说出一个不一样的事实，能够证明确实不是我看到的这么回事，甚至希望他能给出一个让我信服的解释。如果他做不到，我一生的梦想只能就此毁了。我从去年夏天就坚定了我的“牛”生梦想。那时我还是一头年幼的母牛，只经历过两个夏季，我的内心充满了躁动，我急切地渴望了解生命的意义。但是，当我问牧场里一些年老的母牛时，她们只是说：“哞，吃草是一件相当美好的事情。”

这个答案对我来说远远不够。生命应该不仅仅是吃草、反刍，然后向其他的牛炫耀刚刚拉出了一堆多么大的牛粪，我想肯定还有更多其他的什么。

在特别炎热的一天，偏偏是两只仅有一天寿命的蜉蝣教会了我“更多其他的什么”可能是什么。那天清晨，我见证了它们从我身前一小片雷雨后形成的水洼里蜕皮羽化跃出水面。在这两只小生物最初来到这个世界上的几分钟里，他们看起来非常脆弱。虽然这两只蜉蝣还如此年幼，但他们已经能够感受到彼此间的相互吸引。我决定仔细观察他们，还给他们分别起了名字为“嗡嗡”和“哼哼”。这两只可爱的小东西相伴飞舞嬉戏着度过了他们共同的童年（也就是大约半个小时）。

到中午时分，他们已经成年，嗡嗡正在努力使他的哼哼怀上宝宝，当然，我礼貌地回避了这个过程。他们俩生的孩子，至少有一千个，我觉得我最好还是放弃给他们的宝宝一一起名吧。

嗡嗡和哼哼慈爱地抚养着他们的孩子，尽管这是非常辛苦的任务，尤其是在刚进入午后时，他们成千的后代已经快速长成任性的青少年——显然在这个生命阶段，他们只能在一定条件下为自己负责。

下午，这些孩子也终于成年了，嗡嗡和哼哼又可以享受他们卿卿我我的甜蜜爱情生活了，不时飞到其他的水洼去郊游。临近日落时，他们的生活再一次变得非常辛苦，但那是一种美好而满足的辛苦，他们正帮着自己的孩子照顾上百万的子孙后代。当月亮升上天空，这对恩爱夫妻已然年高身疲，但他们依然翅膀紧挨着翅膀，幸福地四处飞翔，直到滑落到地面上，在星光的照映下安然睡去，始终亲昵地依偎在一起。

看到这些之后，我知道：这就是我想要的生活。

当然，生命期需要更长一些。

还有，孩子应该可以少一点。

以及，在我死后的身体上最好不要像两只小蜉蝣遭遇的那样，被落下来的牛粪掩埋。除此以外，我这一生的生活，应该跟他们的一模一样。我一直以为冠军将会是我的“嗡嗡”。

可是，我的梦想现在就要破碎了，除非冠军真的能解释清楚他为什么要这样站在苏西身边。

“萝乐，是这样的，”他开口说，“苏西的背痒了，她问我能不能帮她挠一挠。”

这可不是我所希望的并能让我信服的解释。

“你到底觉得我是有多蠢？”我问，眼睛里已经涌出了泪水。

冠军不知道该怎样回答我，这时苏西冷笑道：“哈，很显然，他并没有觉得你十分聪明。”

很明显，她非常有兴致故意刺激我。但我并不想就这样满足她，在她面前失控发火，或者更糟糕地放声大哭。于是我深深地吸了一口气，用超“牛”的力量控制住眼泪，故作镇定地回答：“对，与我不同，冠军肯定是因为你的头脑才欣赏你的。”

“正是如此。”

“也因为你独特的个性。”

“就是这样的。”

“所以他现在压在你屁股上。”

苏西生气地喘着气。冠军向我求饶，悔恨地说：“萝乐，这对我来说都不算什么……”

“哼，非常感谢！”苏西倍受羞辱地抱怨。

可惜在这一刻，就算他说他的出轨什么都不算，对我也只是很小的安慰。

冠军还在试图让我息怒：“你知道的，我们公牛通常对与一头母牛欢愉看得并不那么认真……”

这次是我很受辱地说：“是吗？谢谢！”

“哦，”冠军意识到他的错误，马上试图弥补，“跟你在一起是不一样的，萝乐，你知道我对你的感受是什么样的！”他的声音颤抖着。可能他对我真的有一些不一样的感受吧，甚至应该确实是这样的，愚蠢的是，只是没那么多，不足以让他抵挡苏西臀部散发出的诱惑。

“萝乐，我怎样才能补救这一切呢？”他悔恨地追问。

“两件事。”我回答。

“什么事？”他急切地想知道。

“首先是一件小事儿。”

“什么小事儿？”

“你这个该死的，跟我说话的时候，能不能先从苏西身上滚下来？”

“确实，我也这么认为。”苏西说。看到冠军现在这么努力地争取我和讨好我，她明显已经有些恼火了。

冠军慌忙地从苏西身上爬下来，苏西非常受辱地慢慢走回自己的牛圈。同时，她还向他喊了一句：“跟你调情，就像胃失调一样没劲！”

他回头短暂看了她一眼，就好像她已经不值得他再回复那句侮辱。相反，他重新走向我，问：“我应该做的第二件事是什么？”

“永远别再靠近我！”我喊出这决绝而强硬的话时，全身哆嗦着。然后我就转身跑出牛棚，冲进了刚开始倾盆而落的大雨里。牧群里的其他牛向我迎面走来，但是我根本不看他们。我的幸福梦想破灭了。冠军不是我的蜉蝣。和他在一起，我永远都不会像嗡嗡和哼哼那样，一起度过幸福的一生。

当彻底意识到这一点，我再也抑制不住自己，痛哭了起来，用最快的速度撒蹄奔向外面的牧场草地，暗暗地希望不要被别的牛看到。泪水和雨滴交织在我的鼻子上，我知道，如果我不尽快找到一个新的幸福梦想，我会因心碎而死去。

第二章

我们牛的泪腺大到难以想象：我自己也不知道我在牧场边缘的溪流旁卧着抽噎了多久。雨云几乎已经散尽，只还飘着些毛毛细雨，可我还在哭。这时，希尔德向我走来。她是我最好的两个朋友之一。她问："你为什么在这儿故意把自己冻感冒，有什么特别的原因吗，萝乐？"

"苏……冠……"我哭着说。

"也许你能哭诉得稍微清晰一点儿？"

"苏……冠……苏西……偷情。"

希尔德现在听明白了，叹了一口气："公牛啊，对于他们，你只有两种可能——恨他们，或者更恨他们。"

希尔德有一副严酷的外壳，在那下面——好吧——也深藏着一副铁石心肠。但是在那颗坚硬内心的深处，还藏着一丝柔软，一点儿对爱和亲密的向往。可是希尔德宁肯把舌头伸进饲料粉碎机里，也不愿意对别的牛——尤其是对她自己——承认她内心的向往。

她是我们这片牧场上唯一一头斑点是棕色的牛，所以她从小就受到其他牛的排挤。对她的斑点颜色不在意的，只有我和我另外一位最好的朋友——小红萝卜。对我来说，颜色无所谓，因为任何与众不同的事物都会吸引我。而对小红萝卜来说，颜色不重要，因为她本来就是牧场上最可爱的牛，而且她觉得，她的世界怎么都不够斑斓多彩呢！

在我的泪腺和毛毛细雨渐渐枯竭时，小红萝卜也跑来了，激动地呜里呱啦着："你们听说了吗？刚刚农夫没有来，因为他又在房子里那个闪烁着的'电视机'前睡着了，就是那个里面住着小人儿的盒子，他们一直跟他说话，而他从来不回答他们。说到这儿，他这样可真没礼貌！还有……你说点什么啊。萝乐，你一直哭什么呢？"

"苏……冠……苏西……"我解释。

"哦，不，难道他们两个那个了？"小红萝卜吃惊地问。

"没有，"希尔德讽刺道，"他们只是一起玩了'接住牛屎'的游戏。"

"真的？"小红萝卜问，"那萝乐怎么这么伤心呢？"

虽然小红萝卜的皮毛上没有几个斑点，全身几乎是纯白色的，但她不属于牧场上最"纯"的牛。

希尔德翻翻白眼说："当然是他们两个做了苟且之事。"

"那你刚刚为什么说他们是玩'接住牛屎'的游戏呢？"小红萝卜现在更加困惑了。

希尔德有点儿厌烦地打个响鼻算作回答。

小红萝卜转向我，体贴地对我说："我真为你难过。"说着她用舌头舔舔我的口鼻安慰我，这让我平静了一些。

而希尔德此时则试图用她自己的方式安慰我："我们从一开始就知道，这个冠军是个白痴！"

"是的，可他是我的白痴啊。"我吸着鼻涕说。

"噢，萝乐，"小红萝卜温柔地轻声说，"还有那么多其他的白痴呢。"

小红萝卜总能看到事情好的一面。她永远认为饲料槽是半满的，而希尔德一直认为那是半空的。冠军则会狼吞虎咽地赶紧把饲料槽吃空。

可是，我不像小红萝卜，确切地说，没有任何一头牛像她。希尔德坚信，小红萝卜积极向上的世界观，跟她出生时头先"扑通"

砸到牛棚地上密切相关。

也许小红萝卜是对的呢？也许我不必在伤心中死去。那么，我对幸福生活的新梦想，应该是再找一头公牛吗？我应该干脆重新开始一段新的恋爱吗？但我又该怎样开始呢？——我的心还那么痛，而且本来我只想要冠军的，但是现在我看到他和苏西这样在一起，我以后再也不能无拘无束地亲近他了，更不用提让他碰我了。

“幸福不是一头公牛能给你的，”希尔德反驳，“公牛是我们的母牛女神奈雅根本不存在的证据之一。但是如果她确实存在，而且确实是她创造了公牛,那奈雅也够怪异的。我说的‘怪异’其实是指‘愚蠢至极’。”

希尔德说的话全然有理，我们农庄里其他的公牛，看起来比冠军更不像是神的造物。我们这个年纪的公牛都认为，欢爱不一定需要感情，这让我觉得他们都没什么吸引力。除了他们以外，还有一头年迈的公牛——库诺，农夫一直叫他“未来的牛尾汤”，我也不知道这具体是什么意思，不过听起来跟“汉堡包”、“牛排”或者“皮凉鞋”一样并不可喜。最后，我们牧场上还有一头公牛——屁叔叔，他的消化系统已经不太好了。屁叔叔排气时，能让一群苍蝇，甚至一只小松鼠毙命。

小红萝卜为了鼓舞我，建议说：“你可以等到一头新的、真的很好的公牛诞生。”

“可不是，”希尔德反讽道，“等那头牛长大后，一定会偏偏爱上一头年老色衰的母牛。”

“是的，为什么不呢？”小红萝卜无比认真地问。

“因为那些年轻力壮的公牛，并不会那么迷恋这样一头年老色衰的母牛：皮毛发皱，已经开始散发出腐朽的气味，乳房松垮垮地垂下来，走路的时候都能擦到地面了。”

想到衰老后的画面，我又开始想要大哭起来。

千万不能变老！

小红萝卜看到我又要流眼泪，再次用舌头舔了舔我的口鼻：“我向你保证，你肯定很快就会好起来的，萝乐。”

“是的，”希尔德也肯定地说，“当她终于明白，她并不需要一头公牛才能幸福。”

这才是正确的路吗？独自度过幸福的一生？不被一头公牛爱着？

小红萝卜问希尔德：“那你自己是幸福的吗？这样单身着。”

“当然了！”希尔德用过于坚定的语气回答。她刻意坚定的语气泄露了这句“当然”并不是百分之百的实情。

如果连坚强的希尔德都做不到单身而幸福地生活，我又怎么可能在没有一头公牛呵护的情况下幸福呢？在我和冠军交往之前，我的生活里只有吃草和消化，确实很乏味。

我在心里暗暗向奈雅祈祷，希望她能给我一点启示或征兆。我刚刚开始祷告，就听到一声高呼“Attenzione[①]”。

我望过去，看到一头棕色的公猫向我们奔来，不，是一瘸一拐地向我们冲过来。他的一条腿流着血，眼睛里充满惊恐。他在被什么追捕？在试图逃离什么？不论如何，肯定是特别、特别恐怖的“什么”。

如果这是母牛女神给我的征兆的话，那她不仅是“怪异”或“愚蠢至极”的，她还不够“温婉”。

---

① Attenzione：意大利语，小心，当心！

第三章

那只公猫跳进我们面前的溪流里，然后又浮出水面，“咳咳”地吐着水，挣扎着试图让自己保持浮在水面，但是因为那条撕裂的伤腿，他根本不可能做到。

希尔德首先说话了：“我从来没见过他。他是从哪儿来的？”

“也许，”小红萝卜推测说，“他是从世界尽头的树林那里来的，就是那个‘疯癫之牛’住的地方？”

“‘疯癫之牛’并不存在，”希尔德反驳说，“那只是妈妈们给小牛犊讲的童话。”

“不是的！”

“小红萝卜，你比那些母鸡还单纯，那些蠢母鸡不知道人类拿走的蛋就是她们的孩子。”

“也许她们其实知道呢，”小红萝卜反驳说，“也许那些母鸡仅仅只是不那么爱她们的孩子呢。”

“眼前这个时刻，母鸡是什么样的完全无所谓，”我解释说，“我们得先把这只猫从水里捞起来。”

我果敢地踏进寒冷的溪水，直到水没过我的膝盖。只是，在我能用嘴叼住那只猫之前，他却咕咚咕咚地沉下去了，眼睛里充满了对死亡的恐惧。我立即把头伸进水里，看到公猫为了活命用三条健全的腿疯狂地挣扎着，气泡从他嘴里咕嘟咕嘟直冒出来。但他的挣扎都成了徒劳，他沉到水底，落在碎石上。

我把嘴伸入更深的水下，看见公猫已经紧紧地闭上了双眼，最后几簇微小的气泡也已经离开了他的嘴巴。我急忙咬住他的皮毛，把他从水里叼了出来。我踏着沉重的脚步从溪流里走出来时，湿漉漉的公猫在我嘴下摇晃着，往外吐着水，急促地喘着气。当他终于又能正常呼吸后，他结结巴巴、笨口拙舌地说："Signorina[①]，谢谢您，发自内心的。"

"不知道怎么回事儿，他说话很奇怪。"小红萝卜嘀嘀咕咕地说。

希尔德推测："可能是他脑子现在缺氧。"

"我来自 bella Italia[②]。"公猫解释道。

"那是什么？"希尔德问。

"我姨姥姥叫 Bella，"小红萝卜说，"不过他肯定不是从她那儿来的。"

公猫忽略了她们，转向我说："一般情况下我并不喜欢粗壮的女性，不过您……我愿意亲吻您，Signorina！"

我想对公猫说，首先，我不知道"Signorina"是什么意思，另外，我真的宁愿舍弃那个香吻，因为我并不太相信跨物种的爱抚。这时小红萝卜提醒我，公猫还被我衔在嘴里，她说："你现在回答他的话，他就会咕咚一下砸到地上。"

小红萝卜言之有理。我把受伤的公猫小心翼翼地放在青草上。他快速向四周张望了一番，终于放松地确认："我把他甩在后面了。"

"谁？"我问。

"请您相信我，您肯定不想知道是谁。"

---

① Signorina：意大利语，小姐，女士。

② bella Italia：意大利语，美丽的意大利。来自意大利的公猫说的德语自然有很多语法和用词错误，并一直夹杂着各种其他语言的词汇，如法语、西班牙语、拉丁语等。译文无法将公猫的语言风格完全展现出来。

我低头看着他被撕烂的伤腿说："是的，我相信你。"

小红萝卜仔细观察了伤口，咽了一下口水说："伤口很糟啊。"

公猫苦笑："您这样说真是太好了，小姐，不然我都没注意到呢。"

他试着直起身来，却做不到，痛苦地呻吟着："Fuck！"

"Fuck？"小红萝卜问，"这又是什么？"

"小姐，"公猫回答说，"'Fuck'就是当一只公猫遇到一只无比漂亮的母猫，他会渴望拥有她，以至于他的魔笛会竖……"

"魔笛？"小红萝卜迷惑地问。

"哦，就是爱的双簧管。"

"爱的双簧管？"

"就是用于享乐的低音提琴。"

"我完全不知道你在说什么。"

"尾巴！"公猫翻翻白眼说。

"尾巴？"小红萝卜更加不解地问。

"就是这里。"公猫不耐烦地指着他的私处说。

小红萝卜立马尴尬万分。如果我们牛能用蹄子捂住眼睛的话，她肯定已经这样做了。

公猫用力深呼吸着说："我可没时间在这儿给母牛上启蒙课。我必须马上走，不然我就死定了。"

"拖着这条伤腿你走不远。"希尔德强调。

"我别无选择。"公猫回答着，勉强站起来，因为疼痛而身体扭曲着，一瘸一拐地跳了出去。可他没跳几下就开始眩晕，身体摇摇晃晃起来，最终支撑不住，一头栽倒下去。他倒下去时骂着："Fuck，Fuck，Fu..."接着就脸着地摔进淤泥里。

"我刚说什么来着？"希尔德毫不掩饰地评论道。

“走不远。”

公猫结结巴巴地对着淤泥最后骂了几句，就昏迷了过去。

“这只公猫的语言表达能力比那些猪还差。”小红萝卜惊叹。（这可非同寻常，竟然还有比猪的语言能力更差的。猪相互交谈时总是让我们牛很尴尬，同时很遗憾我们不能用胡萝卜堵住自己的耳朵。）

“我真想知道，”我说，“是谁，或者是什么，把他打成了这样。”

“大概是我。”我们身后隆隆响起一个低沉的声音，这个声音里透露出的冰冷能穿透骨髓和四条牛腿。

我转身前，已经在暗自想：为什么我这头愚蠢的母牛总是提这么傻的问题？

第四章

我慢慢转过身去，在溪流的另一边看见一只异常巨大的牧羊犬。他是灰色的，年事已高，可是看起来一点都不虚弱。恰恰相反，他仿佛拥有非凡的巨大力量。他的牙齿和嘴巴硕大，犬齿锋利，威猛凶狠，在应该是他左眼的地方覆盖着满是疤痕的皮肤，血红色的右眼闪射出恶狠狠的光。我从来没有见过任何一位杀手，但我非常清楚，他就是杀手。

我的直觉在呼喊：我觉得现在是逃跑的绝佳时机！

我的两位好友现在也向这只狗转过身来。看到这只恐怖的怪物，小红萝卜咽了一下口水说：“我觉得，我刚刚尿到我的一条腿上了。”

希尔德好像认出了这只牧羊犬，磕磕巴巴地说：“希望……他不是……”

她没能再说下去，因为那只狗已经狞笑着说：“这么多年后回家的感觉真不错。”

“啊，天啊，就是他！”希尔德咽着口水说，“真的是‘老狗’！”

“太好了，我在这儿依然鼎鼎有名 。”他笑得更加狂妄了。

我简直快要吓疯了。老狗是我们农庄的一个传奇，恐怖至极。虽然我们三头牛从来都没见过他，但是牛群里每一头牛犊都听说过他。在很多个冬夏以前，他曾经是我们庄园的护家狗。他那时还是一只年轻的牧羊犬，名字叫作“雷克斯”。他对每一只动物都很友好，保护我们不受狐狸、黄鼠狼和其他野生动物的伤害。雷克斯爱着婷卡——她是一只妩媚的贵宾犬，他们是一对幸福恩爱的夫妻，我们农庄上再也找不到像他们那样的伉俪。但是，恐怖的一天到来了，婷卡误食了农夫用来毒杀老鼠的有毒的肉，接着倒地抽搐、口吐白沫，痛苦挣扎着死去。在接下来的几个星期，雷克斯承受着无尽的苦闷和悲伤，他不吃不喝，也不再关心他在农庄的职责。最终他再也不能忍受这份痛苦，再也不想多活哪怕一天，于是他主动去吃了有毒的肉。他狼吞虎咽地吃掉毒肉，昏迷倒下，口吐白沫，与死亡斗争几分钟后心脏停止了跳动，与他心爱的婷卡之前经历的痛苦一模一样。醉醺醺的农夫没有立即把雷克斯埋起来，而是想先大睡一觉解醉，所以他把狗的尸体就那样留在了院子里。

午夜时分，雷克斯忽然又睁开双眼，他从逝者的世界归来了。只是他变了，双眼血红，皮毛变成了只有极度衰老的狗才有的苍灰色，但他不像一只年老的狗那么虚弱，相反，他从此拥有了超自然的强大力量。最重要的是：他不再亲切友好，而是变坏了，而且不是像屁叔叔那样有一点儿坏——屁叔叔有时喜欢开玩笑，会站到我们中间，然后开始放屁……不，雷克斯，从此以后他只被称为“老狗”，而且是不可思议的、邪恶的坏。他不再看守农庄，不再保护动物，而是一有机会就折磨他们。在他的心脏停止跳动的那段时间里，不管他到底经历了什么，不管他的灵魂到底游荡去了哪里，那期间发生的事情彻底改变了他。

农庄里的一些动物猜测，他没能在冥界寻找到他的婷卡。另一些动物则猜测，下面不接受自己寻死的生灵，所以他现在有了永生之身。不管怎样，在极其恐怖的一天，老狗残忍地杀死了一头母猪，不是为了吃掉她，而母猪也没有羞辱、招惹他。失去妻子的公猪流着泪哽咽地问：“你为什么要杀死我的妻子？”老狗只是冷血地回答：“因为她太幸福了。”

当农夫看到母猪惨不忍睹的尸体时，他一铁锹毁掉了老狗的一只眼睛，然后把他驱逐出了农庄。从那以后，谁也没有再见过他……直到现在。

“你……”小红萝卜结巴着说，“你真的就是老狗吗？”

“正是本尊，如假包换。”他在溪流的另一侧狞笑着，那只血红的眼睛发射着超自然的寒光。

“现在我又尿到我的另一条腿上了。”小红萝卜轻声嘀咕道。

“我的膀胱，”希尔德附和说，“现在也不太受控制。”

“只要你们把那只公猫交给我，我不会对你们几头小母牛怎么样的。”老狗冷笑着说。

我的本能说：这听起来好极了。

我看了看昏迷不醒、还在流血的公猫。我不能就这样把一个可怜又无助的生物交由命运处置。于是我先抑制住我的本能，尽可能勇敢地对老狗说：“不可能。”

希尔德震惊地问小红萝卜：“她说什么？”

“我想，她刚刚说‘不可能’。”小红萝卜受到的惊吓一点儿不少于希尔德。

“哦，天啊！我真希望是我听错了。”希尔德叹息道。

老狗对我狞笑着说：“快瞧瞧我们有个什么宝贝啊！多么勇敢的一头母牛啊！你知道勇敢的母牛会变成什么吗？”

他提这个问题的神态语气说明了，肯定不会是什么妙事。

“尸体！血淋淋、撕得稀巴烂的尸体！”他回答道，说完就哈哈大笑起来。他的笑声震耳欲聋。

“原来如此，”我听小红萝卜轻声说，“他的幽默感跟我的可不太一样。”

我的本能悄悄地说：也许我们该回到我刚刚说的逃跑的话题上。

我也想回到逃跑的话题上，非常非常想！可是如果让我对一个像现在这只公猫一样无助的生命置之不理，任他去死，我以后怎么能安心生活呢？如果我这样做了，我的良心会谴责我一辈子，那我再也不会幸福了。

“如果你想要公猫，”于是我故作勇敢地说，“那你必须先跟我们三个较量较量。”

希尔德咽了一下口水说：“现在我再次希望是我听错了。”

“我希望我现在是一只鸟，”小红萝卜开始害怕得叽里咕噜地胡言乱语，“或者是一只鼹鼠，或者是一条蚯蚓，最好是一条隐形蚯蚓，虽然这个世界上根本不存在隐形蚯蚓，或者也许他们其实是存在的，只是我们看不到，因为他们是隐形的……”

但是，不管她们俩多害怕，她们都没有逃跑，而是一直留在我身边，因为她们是我的好朋友，或者因为她们的腿已经害怕到瘫软了。最可能的是两者皆有。

老狗笑得更狂妄了：“你还真有勇气啊，丫头！”

当我开始在他冰冷的笑声里打寒战时，我的本能又来发言了：那么，如果现在我可以在我和公猫的生命之间做选择的话，我还是有一个很清楚的抉择的……

但是我继续勇敢地忽视了我愚蠢的本能，保持站在那儿。我的两个朋友也继续和我站在一起。

老狗忽然不笑了，一跃而起，跳过宽宽的溪道，落到我们这边。这一跳对他来说好像如此容易轻巧，即便是年轻力壮的狗也难以做到。

小红萝卜轻声对我们说：“认识你们很美好。”

希尔德回应：“认识你们也很美好，对世界上的其他一切我现在还不好判断。”

我的本能在内心里怒吼：我并不愿意总这么自以为是，可是刚刚是谁在最开始就告诉你应该逃跑来着？

老狗威猛地站在我面前，虽然他块头比我小，但他看起来非常强壮。他的皮毛散发着腐烂的气味，他的呼吸蕴含着死亡的气息。毫无疑问，他马上就会向我扑咬上来。而我就要被他咬死了，我又怎么能防卫像他这样的怪兽呢？我只不过是一头母牛，从来没有和任何生物斗争过，除了用尾巴赶走苍蝇，而就连苍蝇我也从来没瞄准打中过。

老狗盯着我看了几秒，那几秒对我来说就像是永恒那么久。我的心狂跳着，但是现在我已经不能逃跑了，我的腿哆嗦得太厉害。我连自己的幸福都还没有找到，生命就要这样走到尽头，还有比这更悲惨的吗？

可是，老狗忽然说：“你们不值得我从我的老农夫手里夺走三头母牛。”

我简直不敢相信我听到的话，也根本不敢呼吸。

老狗用他那一只血红的眼睛盯着我，像要把我看穿似的，轻声龇牙咧嘴地说：“今天是你的幸运日，丫头……”

如果今天是我的幸运日的话，那我可真不想经历我的倒霉日。

“……但是，如果我们再见面，我一定会弄死你，让你缓慢地，非常非常缓慢地，而且非常非常痛苦地死去。”

他转过身去，又一个箭步跳起来越过溪流，然后以超自然的速度跑走了。我和我的本能都毫不怀疑，他一定会实现他的威胁。想到这里，我也尿到了我的后腿上。

第五章

我们三头母牛像是瘫痪了一样，怔怔地盯着老狗消失于地平线上的方向。好一段时间里，我们只能听到我们战栗着的腿相互碰到一起的声音。小红萝卜是我们中第一个又开始说话的，她说：“我的腿现在都有霉臭味了。”

我正自问，这愚蠢的对死亡的恐惧到底需要多久才会消失，这时，我们听到身后传来声音：“妈妈咪呀，天已经这么黑了！”

公猫还躺在他跌倒的地方，脸朝下埋在淤泥里。

“这是永恒的黑暗吗？”他哀号着。

“不是，只是你把目光对准了错误的方向。”我回答。我走向他，用鼻子推他转过身来。这个可怜的东西看起来很糟糕，而这并不是因为他满脸的淤泥。我用鼻子小心翼翼地碰了碰他的额头，发现他比撞进电篱笆里的鸟儿还烫。

“现在明亮多了，”他喊着，“我已经看到光亮啦！再见，弗兰西斯卡！”

“估计这是他老婆。”希尔德推测着。

“再见，亚历山德拉！”

“又一个老婆。”我推断说，不由想起了冠军，这让我心里一阵痛楚，好像有个烫热而尖锐的东西刺进我心里一样。不过，不管怎样，与老狗的相遇让我有几个瞬间没有去想冠军和苏西。

“再见，卡拉……薇罗妮卡……凯西……葛露莎……”公猫继续着他的哭诉。

“你可真够活跃的，这位先生。”希尔德判断道。

“路易吉[①]……”

“而且兴趣还是多方面的。”

“我们不能这样闲站在这里了，”我说，“我们得帮帮他。”

“怎么帮呢？难道你有办法？”希尔德问。

“呃……其实没有……”我回答。我确实不知道应该怎样救治身受如此重伤的一个生命，或者哪怕仅仅先缓解他的痛苦。

“但是，我有一个主意！”小红萝卜说。

“你？”希尔德和我齐声问道。

“为什么全世界都一致认为，我不能有好主意呢？”小红萝卜委屈地问。

希尔德正想说：“因为你就是你啊，亲爱的。”但是她没有来得及开口，那只公猫又开始哭喊了：“再见，贝略，我美丽的腊肠犬……”

“他的兴趣比我想象的更多面化。”希尔德惊异地说。

“他离死亡越来越近了，我们必须做些什么。”我坚持说，“那么，你的主意是什么，小红萝卜？”

“你们知道，我姥姥哈姆哈姆一直说过什么吗？”小红萝卜问。哈姆哈姆是小红萝卜的姥姥的别称，她略微有些怪异。小红萝卜从小跟着姥姥长大，因为她的母亲对她不怎么感兴趣。

“不，我们不知道。哈姆哈姆姥姥说了什么？”我问。

“对开放性伤口，我们往伤口上撒些尿，有助于伤口愈合。”

公猫惊恐地睁开眼睛喊：“你不是认真的吧？”

小红萝卜的建议听起来确实有些疯狂，但这至少是一个主意，

---

① Luigi，男名。

总比让公猫慢慢在淤泥里丧命要好一些。于是我问他："你有其他的选择吗？我的意思是除了死以外？"

公猫意识到他没有别的选择，叽咕说："有时候生命不仅很糟糕，还要比尿脏。"

当小红萝卜往公猫身上撒尿时，他一直念着奇怪的诅咒："Stronzo，Cretino，Berlusconi[①]……"

然后小红萝卜说："我姥姥还告诉过我，可以往严重的伤口上抹金盏花糊浆。"我们三头母牛便马上开始寻找金盏花，找到后在嘴里大口咀嚼成糊状，然后吐到公猫的伤腿上。我用鼻子把药膏在他的伤口上摊开。公猫哀鸣感叹："如果没有刚刚那泡尿，这黄乎乎的一塌糊涂的东西一定是我一生中遭遇过的最恶心的事。"

小红萝卜观察着公猫被抹成黄色的腿说："或者这确实有用，或者……"

"或者什么？"我问。

"这是我姥姥愚蠢的幽默感的又一实例证明。"

公猫没有继续听下去，只是伤心悲痛地喊着："我真的很抱歉，我把你遗弃了……"然后他就昏过去了。

"他把谁遗弃了？"小红萝卜好奇地问。

"不知道，"我回答说，"这个问题现在也不重要。我们不能让他躺在野外过夜。"

我又用嘴衔着他的后脖子向牛棚走去。此刻太阳已经开始在云朵后面缓缓落下。每走一步，我都不由得想到冠军和苏西，我心里

---

① Stronzo：意大利语，"他妈的"；Cretino：意大利语，"笨蛋、傻瓜"；Berlusconi，人名，可能指意大利前任总理贝卢斯科尼。

烫热的刺痛感越来越强烈。我多么希望就这样转身离开，再也不回牛棚了。但是现在事关公猫的生死，以他的身体状态，无论如何都不能在湿漉漉的草地上度过今夜。我们来到牛棚门前时，我心里因爱情失利的痛楚如此强烈，我甚至开始渴望老狗回来，这样我能借助他赶走我的苦闷。

农夫从牛棚里迎面走出来，根本没注意到我们。很显然他又喝了烧酒，含混不清地咕哝着："这一切很快就要过去了，这一切很快就要过去了……"

具体是什么就要过去了，我当然不会清楚，那一刻对我来说也完全无所谓，因为我们进门的那一刻，我就已经看到了冠军。我差点把我嘴里的猫丢到地上，因为我感到非常不舒服，想吐。冠军绕开了我，没有问我嘴里的动物是怎么回事，而是尊重我的意愿没有靠近我。自然，希尔德注意到了我的心理感受，压低声音悄悄对我说："如果你愿意，我可以一脚把他踢成阉牛。"

但我并不想让冠军成为阉牛，除了去牛棚里我自己的角落安静地哭一会儿，我什么都不想。到了我的牛圈，我把公猫放在我面前的干草上。真是很羡慕他，我希望自己现在也是昏迷的。

天已经黑透了，其他的牛都安详地睡着了，只能听到他们不时被屁叔叔的排气打断的呼噜声。我却根本不能闭上眼睛，一方面与老狗相遇引起的恐惧还深深刻在我的骨头里，另一方面冠军骑在苏西身上的画面还一直乱哄哄地涌现在我脑海里。我透过牛棚的窗户看着高挂在天空中的明月，我们牛的圣歌里记录说，这是我们的女神母牛奈雅用她的奶酪创造的：

奈雅创月记

奈雅看着她所创造的一切，意识到这一切本来可以更好。当然，她也创造了很多美好的事物：蝴蝶、鲜花和鲜美的青草。然而在另外一些事物上，她就没有那么成功了，比如杂草、猪和吸血虫。但是我们的女神并不愿意沉浸在过度悲伤的情绪里，而是乐于为她的创造感到高兴。毕竟，对于仅仅六天的工作，你又能有多大期望呢？

忽然，夜晚降临了，我们的女神望向黑漆漆的天空，发现除了黑暗她什么也看不到，因为她还没有创造月亮和星星。居住在奈雅的新地球上的生灵们强烈控诉着黑暗，不论蝴蝶还是猪，不论鸣禽还是水獭，都一样激烈地抗议。只有蝙蝠很高兴，毕竟他们可以在黑暗中对其他动物搞恶作剧了。

为了驱逐黑暗，奈雅把自己的奶挤出来，用她的奶做了一块看不到尽头的大奶酪，然后她用力把奶酪甩到了天上，从此月亮就夺目地挂在天空闪耀着，明亮地照着大地。所有的生灵都欢呼雀跃着，以后在晚上也能看得到光了。这所有的生灵，除了蝙蝠。

为了给她的生灵带来更多的欢乐，我们的女神把她的尿滴也甩到了天空，从此众多美丽的星星也伴随着明月闪闪发亮。

奈雅充满期待地看着她的生灵，想着这些星星肯定也像月亮一样让他们感到高兴。可是她的生灵只是呆呆地瞪着她。最终一条蚯蚓清清嗓子说：“那个尿液还是有点恶心的。”所有的生灵都热切地赞同蚯蚓，这时奈雅第一次意识到，她跟她创造的这些生灵在一起的日子，不会过得很容易。

是的，我自己想，只要我们在这个世界上不是单独存在的，那就肯定会被别的动物伤害，就像我被冠军伤害。如果可以选择的话，我宁愿自己形单影只地陷进无尽的牛奶里，也不愿意遭受这样的苦楚。

我抬头望着月亮，悄悄自问：如果月亮是奶酪做的，为什么它不发霉呢？这时我忽然听到了公猫发出轻轻的笑声。先不管奶酪月亮的事儿，我转头向他望去：他发着高烧，开始在睡梦里说胡话，而且说的全是我从来没听过的、奇怪而陌生的话：“Calamari... Sushi... Ménage à trois[①]...”

这些都是什么东西啊？

他还在继续说着，脸上露出感受到极乐般的微笑：“Ménage à quatre... Ménage à neuf[②]...”

他的话听起来很奇怪。这只公猫到底是从哪里来的呢？他自己咕哝了一句“bella Italia”，从他微笑的样子看来，那一定是一个非常非常美好的地方。我也渴望能有一个美好的地方，一个能让我变得幸福的地方，没有冠军，没有苏西，没有受伤的心。

漫漫长夜过后，天色开始破晓，公猫终于停止梦呓，安静地睡熟了。我又一次小心地用鼻子感觉了一下他的额头：高烧好像已经退了，谢谢我们的女神奈雅！

---

① Calamari：意大利语，鱿鱼；Sushi：寿司；Ménage à trois：法语，三角恋爱关系。

② Ménage à quatre：法语，四个人的恋爱关系；Ménage à neuf：法语，九个人的恋爱关系。

我们的老公鸡在晨晖里打鸣时，公猫睁大眼睛说："我做了一个恐怖的噩梦！我梦到一头母牛往我身上撒尿了！"

我最好还是不要向他透露这不是"一个梦"。我介绍自己说："我的名字是萝乐。"

"多么有魅力的名字啊……"

我想了想我对自己名字的一贯看法，说："还可以吧。"

"我叫贾科莫。"他神采飞扬地说。

甚至连他的名字听起来都很有异域风情，好像他来自一个令"牛"振奋的地方，在那里我可能会比在这儿更幸福。于是我再也抑制不住自己：我不想知道公猫现在感觉怎么样，他的伤腿是不是还在疼，或者我是否应该给他喝点什么；相反，我只是问了我最热切期盼想知道答案的问题："贾科莫，给我讲讲那个 bella Italia 吧。"

第六章

我的心怦怦跳着，等着公猫说些什么，但在他张嘴前，农夫就走进了牛棚，咆哮道：“哎，你们这些笨牛，现在该挤奶啦！”

这可是每天的高潮事件之一。

母牛们慢腾腾地从牛棚里走出来，走向挤奶设备。公牛出发上路，他们已经可以去草地上。唉，公牛的日子在所有方面都比我们好很多。

冠军从我的牛圈边怏怏溜过时，用眼神怯怯地问：“我们难道不能谈一谈吗？”我盯着他，用受伤的眼神回复：“现在我只要一开口就会号啕大哭起来，所以我们最好还是先不要谈。”冠军只能再次尊重我的意愿，垂头丧气地慢慢走出了牛棚，看来他还是有些敏感的。

“他是你的情郎吗？”贾科莫打断了我的思绪。

我用同样的声调回复：“他是我的傻瓜。”

贾科莫咧嘴笑道：“我们雄性动物经常都是傻瓜。”

“看啊，”刚来到我牛圈旁的希尔德说，“这里竟然有一只有自知之明的雄性生物。我还以为，他们跟会飞的猪一样常见呢。”

希尔德观察着贾科莫已经明显好转的伤口感叹：“不可思议，小红萝卜说的话竟然真的是对的。”

“我当然说对了，”正走来的小红萝卜容光焕发地说，“不然你以为会怎样呢？”

“说实话，我以为我们看到的会是一具尸体。”希尔德回答说。

小红萝卜大声哞：“你真讨厌！”然后跺着沉重的步子气鼓鼓地走了。

希尔德跟着她说："嘿，甜心，不要这么容易动气嘛。毕竟我还没说我的真实想法呢。"

"那你的真实想法是什么？"

"一具被尿过的尸体！"

"你比讨厌还讨厌！"小红萝卜怄气道，并走出了牛棚，希尔德嘻嘻哈哈地跟在她后面。

最后苏西也从我身边走过，像胜利者一样冷笑着说："哦，对了，挤奶后我跟冠军有个约会哦！"

是的，如果哪头牛最会往伤口上撒盐，那就是苏西。

"这头母牛是个卑鄙贱货，对吗？"苏西走出牛棚后贾科莫问道。

"非常下贱。"我点头说。

"卑鄙贱货是愚蠢的创造。"

这句话我只能同意。

"Italia，"贾科莫现在开始回答我的问题，"是世界上最美丽的地方。我们有阳光，有爱，有Canzone……"

"Canzone？"

"歌谣。"贾科莫翻译道，很遗憾地是他立即就开始唱了起来，而且唱得非常怪异，"Azzurro，il pomeriggio è troppo azzurro e lungo per me[①]…"

我胸里的奶都快在这猫叫声中变成奶酪了。

我赶紧打断他："那里对牛来说也是一个美丽的地方吗？"

或许，我心里希望，那里会是一个可以让我变得幸福的地方，

---

① 意大利流行歌曲《Azzurro》的第一句歌词，英文翻译为"Blue, the afternoon is too long and blue for me。"大意为：蔚蓝，对我来说，这个下午过于蔚蓝而漫长……

至少那里没有冠军，尤其是没有苏西。

公猫神采奕奕地说："Italia 对所有的生物来说都是一个美丽的地方……"

我的眼睛亮了起来。

"……除了牛。"

"为什么会这样？"

"因为牛在那里会变成 Bolognese。"

"会变成什么？"

"肉糜。"

"肉糜是什么？"我想知道。

"就是人们会用你们牛做成的东西。"

"你说的话我一个字都听不懂。"

贾科莫极其震惊地看着我，然后他吞了一下口水，说："天啊，你是真的完全不知道。"

"不知道什么？"他的举止不只让我有些恼怒，而且让我感到不安。

"你还是不知道你不知道的那些事情比较好，"公猫回答说，然后有些过于热切地提议，"我们换个话题吧！我应该再给你唱点什么吗？"

"不，不需要！"

"我可是会唱很好的民歌呢！"他回答后就马上开始唱起来，"Hier fliege gleich die Löcher aus die Käse[①]..."

"贾科莫！"我打断了他。

"我还会另外一首歌：所有的事物都有一个结束，除了香肠

---

① 德国歌手 Werner Böhm 1982 年唱片"Hier fliegen gleich die Löcher aus dem Käse"，字面翻译：这奶酪上的洞就要飞起来了。为狂欢节期间助兴的歌曲，歌词本身无特殊含义。

有两……"

这次他自己打断自己，说："哦，这首歌可能有点不太合适……"

"你倒是说啊！"我催促着，甚至着急地用鼻子轻轻地推了推他。

公猫沉默着，不管这个"我不知道的事情"是什么，显然他在思考到底是不是应该告诉我。但是我清楚地感觉到这是非常重要的事情，甚至涉及我的生命，我必须知道这是什么。于是我威胁说："快说，不然我就往你头上拉一堆屎！"

"你肯定不会这么做！"他惊呼。

"问题是，"我故意虚张声势吓唬他，"你要试试看吗？"

贾科莫斟酌着，最后他说："是你自己想知道的。所以，你不知道的事情是一个事实……人是吃牛的。"

"人会做什么？"我惊慌失措地问。

"他们吃牛。"

"人会做什么？？"

"他们吃牛。"

"人会做什么？？？"

"我觉得我们的对话好像有些啰唆……"

我感到一阵眩晕，腿一软几乎跌倒。我不愿意相信贾科莫，他所说的简直是骇"牛"听闻。可是转念一想，忽然一切以一种古怪的方式得到了解释：为什么我们农庄上生活的老牛那么少？还有，为什么我在我的一生中从来没见过一头死牛的尸体？哦，不，我们和那些被拿走鸡蛋的母鸡一样天真！

我对这个认识的反应，应该像任何一头正常的牛一样……

"哦，不！"贾科莫惊恐地大叫，"你要吐到我身上了！"

他刚好还来得及跳到一边。

当我吐完以后，我已经是另外一头母牛了。

刚刚我还在梦想着地球上有一小块能让我幸福生活的地方，远离冠军和苏西，现在我知道，住在农庄上，我恋爱的苦恼——虽然在我看来是那么糟糕，根本不是最可怕的事。在这里我会被杀死，接着被那些恐怖的人类吃掉，所以我必须离开这里。我马上就清楚意识到这点，只是去哪里呢？我绝望地问："那到底有没有一个牛不会被吃掉的地方？"

"我环游世界时，见到过很多猪不会被吃掉的地方，但是只见过一个牛可以活下来的地方……那个地方叫'印度'！"

第七章

“感谢女神奈雅！”我充满欢喜地哞叫道，渴望能够马上更多地了解这个遥远的国度，“快告诉我你知道的一切！

“在印度，人们会给牛最好的食物……”

这听起来好极了。

“他们崇拜牛……”

这听起来难以置信。

“他们甚至认为牛是神圣的！”

这些听起来太不可思议了，所以我问道：“这都是你自己编的？”

“不是的，小姐，还有更好的呢！”

“更好的？”

“在那里他们崇拜母牛，公牛在那儿不那么尊贵……”

“现在我可知道了,这真的只是你自己想象出来的！”我肯定地说。

“我以我妈妈的名义发誓！以我爸爸的名义！甚至以我脑袋的名义！”

既然他以此发誓，我应该认为他确实是认真的。尽管这听起来如此不可思议：我们不仅能获救，免遭人类杀戮，而且世界上还有一处牛的天堂。于是我又一次兴高采烈地哞哞欢叫起来，比上一次还响亮！然后我问：“我怎样才能去印度呢？”

“这个……路途非常遥远……”公猫迟疑地说。

“那又怎样？”对我来说，为了到达天堂，多少辛苦都无所谓。我愿意为此走整整一天的路；如果必需的话，整整两天也行；我甚至愿意长途跋涉三天。三天——真难想象那是多么远的旅程。

“小姐，牛被创造出来并不是为了走那么远的路的。”

“那我们也不是被创造出来给人吃的！”

“不过，说实话……其实是的。”

这不是我能够理解或接受的想法。这也不是我会毫不抗争就对之屈服的命运。

“那路途对牛来说不仅很远，”公猫努力试图劝阻我，“而且太危险了！有很多远远比老狗更危险的事物……有可能会让你丧命！”

世界上还有比老狗更危险的事物？这几乎是不可想象的。其实，这是根本不能想象的。如果确实如此，那离家出走也许真不是一个好主意。

我脑子里一片混乱，紧接着我更加迷惘了，因为这时冠军忽然走进了牛棚。他坚定地踏着步子向我走来，激动地解释着：“我知道，我应该离你远一点儿，但是我没有别的办法，我必须跟你谈谈。对已经发生的事情，我真的非常非常抱歉……”

他说的话和凝视我的样子看起来那么绝望，以至于我认为可以相信他说的话了。

“可是，萝乐，我向你保证：我和苏西之间再也不会发生任何事了。我刚也向她讲明了……我只爱你，我想和你一起变老。我的心只属于你，我的灵魂只属于你，我的性能力只属于你！”

站在我们牛腿中间的贾科莫，在下面对此评论说：“现在是我听到这种大空话想吐了。”

而我最开始只是缄默无语。一方面，这正是我希望从冠军嘴里听到的话——当然，性能力那部分除外；另一方面我不知道，我能否终于有一天把他和苏西在一起的画面从脑子里清除掉。除此以外，还有那并非无关紧要的事实：在农庄里，我们根本不可能有像蜉蝣哼哼和嗡嗡一样一起变老的机会。

可是，跟冠军厮守的短暂一生不是会比外面不确定的死亡更好吗？而且现在还并不清楚，农夫什么时候会把我们杀死吃掉。或许我们两个还能在这个农庄里活相当久呢？那么，这段时间我还可以跟冠军一起幸福地度过，和他生养几头小牛犊。所以我磕磕巴巴地说：“这……听起来挺好的……”

冠军还没来得及回答我，农夫就向牛棚里咆哮：“出来到草地上来，你们这些畜生！”然后他补充道：“天哪，我真高兴，农庄明天就卖出去了，你们都要变成煎肉排了！”

第八章

冠军乖乖地遵从他听到的指令，向外走去——我们农庄里的公牛一直都服从农夫。我的心肝宝贝完全没留意到那个蹒跚晃悠着的人说的话。这也难怪，因为我们所有的牛都习惯了他一直讲各种奇怪的话。但是这次，我仔细听了他的每一句话，我的内心顿时感到一阵寒凉。我轻声地问公猫："煎肉排是类似于肉糜的东西吗？"

贾科莫只是悲伤地看着我。

这也是一种答案。

我又一次吐了。

贾科莫哀嚎起来："妈妈咪呀，这次你真的吐到我身上了！"

公猫顾不上他受伤的腿，跳进了我们的饮水槽，把自己清洗干净。这时候我又站了起来，走向饮水槽，再一次问他："你能带我去印度吗？"

他犹豫着："很危险的！"

"比这里更危险吗？在这儿，明天我就变成煎肉排了，不管那到底是什么。"

"那是一种……"

"我根本不想知道！！！"

贾科莫思考了片刻，然后回答："你对我恩深似海，你救了我的命。印第安的猫说，'如果你救了我的命，那我的命就属于你，一直到恩债还清'。"

"印第安的猫？是那些生活在印度的猫吗？"

贾科莫一声叹息："我会在后面的旅行途中向你说明一切。"

一次旅行——我真的将要进行一次旅行了，没有回程的旅行。

我环顾了牛棚四周。当我看到那些空空的牛圈，我明白了：不仅仅我必须要被救下来，还有希尔德和小红萝卜。我不能让我最好的朋友明天就这样糊里糊涂地变成煎肉排。

是的，其实所有的牛都必须被救出来。我们一起前往印度，以免遭受恐怖的死亡，包括冠军，包括屁叔叔，甚至包括苏西——不管我喜不喜欢她。

虽然，关于这场拯救活动，我好像有点夸张了。

第九章

晚上，牛群终于从草地回到牛棚。我在自己的牛圈前，向我最好的两个朋友讲述了人类会吃掉我们的事实和出逃印度的计划。希尔德说："萝乐，没有任何一头牛会跟你走的，因为没有任何一头牛会相信你。"

"那你相信我吗？"我问希尔德。这时候小红萝卜正站在我们旁边忙着呕吐呢。

"我想什么不重要，"希尔德回避着，"没有谁会愿意放弃在这儿的闲适生活，离开农庄去冒险，仅仅就因为你给他们讲一个那样的故事。"

"但是他们必须离开！"我坚持道，没有再继续讨论，而是径直走到牛棚中央。在那儿，所有的牛都能从自己的牛圈里看到我。

"大家听着！"我向他们喊。

但是没有谁听我说话，所有的牛都继续麻木地啃着他们的秸秆。

"我有重要的事情对你们讲！"

他们继续啃嚼秸秆，连抬头看一眼都没有。

"你们都给我听着，你们这些蠢牛！"

他们不再咀嚼，抬起头来，气愤地看着我。

希尔德苦笑着说："哎哟，你赢取大家注意的方式可真有魅力啊！"

牛群里射出的充满恶意的目光让我有一点胆怯，但我还是强打精神，振作起来。现在重要的不是被他们喜欢，而是挽救大家的生命。我勇敢地说出了真相："明天我们全部都会死。农夫会把我们杀死，然后把我们吃掉。”

众牛盯着我，好像我撞到围栏上的次数有点过多了似的。

“现在有一个解救方法，”我继续说，“外面有一个国家，它叫印度，这是一个可以让我们都能幸福生活的国家，而且在那里，人会把牛当神一样崇拜着。我们可以逃到那里去。”

公牛在那里并不那么尊贵的事实，我还是先保留不说，免得母牛对此过于欢呼雀跃，让公牛们顿时感到很受挫。

“这将是一个充满艰难险阻的旅途……”

旅途可能要持续三天，并且那个名为印度的国家甚至可能远在世界尽头的树林附近，但我没有告诉他们。而我们在旅途中有可能遇到不幸，因为有很多危及生命的危险，当然我更不能告诉他们。

“……但是毕竟不论去哪儿都比直接被杀死好！”

我的短篇演讲结束时，所有的牛都只是瞪着我。我忽然感觉自己身上背负着巨大的责任：我要把整个牧群都从农庄带出去，走向更好的生活，或者是毁灭，总之是两者之一。我的呼吸都暂停了，我感到胸口承受着难以想象的压力，好像有什么非常沉重的东西压在胸上似的：我能成为牛群的一位好领袖吗？

就在这一瞬，所有的牛都开始大笑起来……关于我领导能力的问题自然也不复存在了。

甚至连冠军都压制不住自己在偷偷地笑，这让我尤其难过。我冲到他的牛圈前：“你必须相信我！”

“萝乐，你是不是吃了外围草场上的蘑菇？”

“当然没有！”

“那就是别的草场上的？”

“我根本没吃任何蘑菇！”

“哦，不！”他惊恐地问，“难道你是把鼻子伸进拖拉机的油箱里了？”

“我现在是绝对清醒的！”

“你的表现可并不能让我这样认为。”

我坚定地站在他前面，鼻子挨着鼻子，望着他的眼睛恳切地说：“冠军，这可是关乎我们所有牛的命运！”

“你……你让我感到有些害怕……”他结巴着说。他在自己的牛圈里不安地转过身去，以至于我只能看到他的屁股。“冠军！”我对着他的屁股恳求，“求你了……你想和我度过一生的……”

他没有回答，只是继续忐忑地嚼着他的秸秆。

站在我们旁边牛圈里的屁叔叔反而说话了：“小姑娘，你应该高兴自己不是在对着我的屁股说话。”

我没有理他。我太失望了，冠军竟然不相信我。我现在应该怎么办呢？留在冠军身边，为了爱情陪着他走向死亡？几天前我肯定会这么做，我甚至会毫不犹疑地说：“宁愿跟我的冠军在一起，哪怕只活一天，或者只活一个小时，甚至对我来说只活一分钟也没关系。我不能没有他，自己度过孤苦漫长的一生。”但是发生了苏西事件后，我内心深处的一些东西已经分崩离析、支离破碎了。

我噙着泪水从冠军身边走开，对其他的牛喊：“求求你们，求求你们，一定要相信我！”

从一个角落里传来：“闭嘴，不要胡扯了。我终于能睡觉了吧？”

第二个角落里传来哞声：“你脑子有毛病吧？”

从第三个角落里听到：“天哪，屁叔叔又放屁了！”

我的两个好朋友站在第四个角落里。希尔德只是同情地看着我，小红萝卜不忍心直视我的目光，只是低头看着地板，犹豫不决地来回踱着蹄子。

看来一切都是徒劳，但是我还不想放弃，也不甘心放弃，更重要的是，我不可以放弃。于是我用尽全力哞喊："不想死的牛就跟我走！"

接着，我就走出了牛棚——我的出生地。永远。

贾科莫一瘸一拐地跟着我，在出门时又看了一眼牛群："妈妈咪呀，这可是能做成很多煎肉排啊。"

第十章

在牛棚前，我望着刚刚升上天空的月亮——那个用母牛女神的奶酪做的月亮，祈祷着：“请求你，亲爱的奈雅，不要让我自己走。我会把他们全都带到那个叫印度的国家。我向你保证，神圣、坚决地保证。如果必要的话，我愿意为此牺牲自己。真的！……好吧，当然如果我不是必须得死就更好了……”

就在这一刻，我听到牛棚的门被撞开，小红萝卜走了出来。

“你相信我！”我高兴地喊。

“当然了，这么疯狂的事情你肯定是编不出来的。”小红萝卜回答道，“除非，你……”

“没有，我没有吃蘑菇！”我打断小红萝卜，“也没有去拖拉机的油箱里吸气。”

“好了,好了……”小红萝卜试着让我平静下来,并向后退了一步，她并不觉得我的举止过于疯狂。我们两个在沉默中等待着，希望还有别的牛加入我们。但是我们等了很久，难以忍受的那么久，依然没有一头牛出来。

“虽然我并不想这么说，”贾科莫打断了这份寂静，“但是，来的越少，我们在路上行程就越容易。”

他刚说完这句话，牛棚的门又被打开了，我的心已经都跳到了嗓子眼儿：是希尔德吗？或者是冠军？又或者是他们两个一起？我还可以期待一下这么美好的事吗？

一头牛走了出来，是……苏西？！

"那头贱牛。"贾科莫说。

"该死的！"我失望地小声骂了一句。

"冠军不爱我……"苏西解释她来的理由，"为此他早上才约了我，已经跟我说清了。我不能承受继续留在他身边。不管你说得对不对，我都必须离开这里，离开他。"

我非常理解她的做法。不管我多恨苏西，每一头牛的生命都值得被挽救，哪怕是她。没错，就应该是这样的。

然后我们仨继续一起等。

等了一会儿，苏西催促道："我们还出发吗？"

我还没下定决心，毕竟我并没有打算完全放弃，希望还会有牛从那个该死的牛棚门里迈出来，加入我们。小红萝卜轻声说："没有其他牛会来了，萝乐。"

"冠军……希尔德……"我绝望地说。

小红萝卜为了安慰我，舔湿了我的鼻子。如果她刚刚没有呕吐，这一舔应该会让我很受用。

"我们必须马上出发，只有在夜晚才比较容易逃跑。"现在贾科莫也开始催促了，说着就跳到我的背上。他跳上来的时候差点儿摔到地上，因为他腿上的伤还没好，不能受力。在他差点摔落的最后一刻，他紧紧地抓住我的皮毛，把自己拉了上来。可是我几乎没有感到被爪子抓挠的疼痛，因为身体上的疼痛已被我内心的疼痛掩盖了："可是现在只有我们三头牛……其他的牛都会死的。"

我的心几乎都要被这个论断撕碎了。

"四头，"我忽然听到身后传来声音说，"我们四头牛！"

"希尔德！"小红萝卜和我看到好朋友从牛棚里走出来，高兴地喊道。苏西则带着哭腔说："偏偏是那个希尔德……我真是高兴得心都要跳出胸腔了。”

我欢呼：“你也相信我！”

“不，”希尔德回答，“说实话，一点儿都不。”

我很诧异。

“但是没有你和小红萝卜，留在这个农庄还有什么意思呢？”

“你太好了！”小红萝卜高呼着向希尔德走去。

“如果你现在用你刚呕吐过的舌头舔我的话，我就马上回到牛棚去！”希尔德抗拒着说，然而是徒然的。小红萝卜毫不因此退却，坚持去舔她，并乖巧地低语讨好着她：“希尔德，你实在是太太太好了！”

当然，希尔德没有退回牛棚，而是忍受着小红萝卜在她身上的爱抚。当小红萝卜终于停下来后，希尔德转向我：“我希望，关于我们怎么离开这儿，你会有一个完善的计划。”

“计划？”我迷惑地问。

“当然了，我们需要一个计划。我只说一个词：电篱笆！”

哦，不，我根本就没有想过这些。我这头愚蠢的母牛！

小红萝卜叹着气说：“唉，希尔德，你就不能说一个别的词吗？”

第十一章

“我还能想到很多别的词。”希尔德解释说。

“其实你不一定非得告诉我们。”我说。但是我的话一点儿都没能阻止希尔德继续说下去：“比如，另一个词——农夫。”

这个词倒没在我心里引起太多恐惧，毕竟就算农夫真的会追我们，他也只会被他自己的双脚绊倒——感谢他那奇怪的烧酒！

“我还想到了‘噼啪棍’[①]。”希尔德说。

这个词让我感到的不安甚至超过了电篱笆。有一次我亲眼见证了农夫使用它。当时公鸡可可忽然有兴趣在日出前两个小时打鸣，农夫被吵醒了，他抄起“噼啪棍”瞄准公鸡，然后棍子发出震耳欲聋的声响，可可立即倒在地上，脑袋开始流血。农夫的妻子对我们动物要比她丈夫有同情心，因此臭骂了农夫一顿。但农夫只是面目可憎地傻笑着说：“冷静冷静吧，中午正好可以炖鸡吃了。”

“我又想到一个词。”希尔德依然在继续。苏西悄悄轻声嘟囔道：“现在这头老母牛开始有些烦了。”

虽然我不会使用苏西那样尖酸的措辞，也不愿意承认她是对的，但此时此刻我却不得不赞同她的观点。因为我本来对电篱笆、农夫和“噼啪棍”就没有对策，现在我并不想再发现更多的问题。

“那些斗牛犬。”希尔德说。

哎呀呀，我也没有想到他们。农夫把老狗赶出农庄后，买了三

① 枪支武器，在文中牛称之为“噼里啪啦作响的棍子”。

只斗牛犬作看家狗。他们并不聪明，每只独自行动的斗牛犬都并不像从阴曹地府归来的牧羊犬那样危险，可是他们一共有三只。一旦他们三只同时出现，那就另当别论了。农夫给三只外表一样的斗牛犬分别取名为“沙什”、“里克”和“史比思”[①]。（农夫总喜欢给农庄上的动物起奇怪的名字，有三头看起来总是很悲伤的母牛就分别叫“忧郁”、“自杀”，以及“火车车祸”。）

大多数时候斗牛犬都不太打搅我们的安宁，他们只会在阳光下的草地上流着口水。每当看到他们的样子，我们牛吃草的兴致都会消失。但是如果有任何一头牛靠近牧场最外侧边缘，他们就开始凶恶地狂吠，直到那头牛自动回归牛群。

“那些——斗牛犬，”苏西酸酸地说，“这是两组词。”

希尔德气愤地瞪着苏西说：“你数数能力竟然好到能数到这么多，真不可思议。”

苏西也毫不示弱，同样愤慨地瞪回去：“我踢你一脚也能踢得很好。”

“那希望你没有牙也依然能好好吃草。”

贾科莫叹了一口气：“恐怕对两位来说，这可算不上是一段美好友谊的开端啊。”

他说得对，这两头正在争执的牛巴不得直接冲向对方。如果她俩相互角斗，我们几个又怎么可能一起在旅途中活下来？我如果想要把大家带到印度，就必须尽快把我们几个铸造成一个整体。这点我还是很清楚的，只是这可能比对付“噼啪棍”、电篱笆和斗牛犬还

---

① 三只狗的名字，德语写为 Schasch，Lick，Spiess ，连在一起 Schaschlick-spies，（俄罗斯）烤肉扦子。

要难很多。

忽然我们身后牛棚的门吱吱嘎嘎地响了。

天啊，难道冠军确实会跟我们一起走？

那就太好了！我心爱的公牛将能活下来，我们将有一个共同的未来——还有，也会很美好的是——我可以把我们这支离家出走的队伍交给他领导。

我转过身去。牛棚的门再一次被打开，我的心跳都停止了，这时……屁叔叔走了出来。

我的心跳又恢复了正常。

屁叔叔叱骂我们："你们说话能轻一点吗？有些牛是想在这儿睡觉的！"接着又走回牛棚去睡觉了——这应该是在他放掉生命中的最后一个屁之前，最后一次入睡了。

我们的圣歌里说，我们牛死后会在奈雅茂盛的草地上醒来，会在那儿见到我们的至亲，和他们一起吃能够想象到的最鲜绿的嫩草。所以，我死后就可以再次和我爸爸妈妈头挨着头，鼻子擦着鼻子享受欢聚了。希望我父母在奈雅的草地上，不再像以前那样一直吵架，因为爸爸以前会调戏任何一头数到三还没有爬到树上的母牛——因为没有牛会爬树，不管是数到三还是数到一千，也不可能有牛爬到树上——所以几乎是所有母牛。

可惜现在我对圣歌开始起疑心了。如果圣歌里唱的都是事实，那为什么肉糜从来没在歌词里出现过呢？比如："当你成为肉糜时，你会来到奈雅的王国……"

哎，如果我能毫无保留地相信圣歌，生活将会简单多少啊！或者只是面对死亡会更容易？我试着把这些阴郁的想法和肉糜歌曲从脑子里清除，于是我摇了两次头，然后坚定地说："我们现在出发去篱笆那儿！”

“你到底有没有计划？”希尔德问。

“当然有！”我回答说。

当然，我这是在撒谎，可是我还是决绝地迈开了步子，背上蹲在我背上的贾科莫。这时我感受到了一股力量。虽然我还不知道要做什么，但是终于出发了，我心里感到无比激昂。

第十二章

那么，关于电篱笆我知道什么呢？当我们牧群中有头牛撞上去的时候，电篱笆会呲呲作响，然后空气中就会弥漫出一股肉烧焦的气味，而撞上去的牛的眼睛翻转几个小时后才会停下来。所以，一定不能碰到电篱笆，尤其是不能用舌头舔，这是所有牛从小牛犊时起就一再被告诫、牢牢印记在心里的。

我们几个当中只有贾科莫能从电篱笆下面钻过去。要想从电篱笆上跳过去，就连他都做不到，因为他的腿还伤着。所以要尽量把电篱笆弄倒，让电篱笆平躺到地面上，这样我们就可以没有任何困难地跳过去了。只是，怎样才能把电篱笆弄倒呢？

"喂，那你解释一下，你的计划是什么？"我们站在电篱笆前，苏西催促我说。

"嘘。"我低声制止她，当然也是因为我还没有对策，并且还不想承认这一点。最重要的是我们现在不能引起注意，一定不能让斗牛犬听到我们的声音。不然他们一定会把我们赶回牛棚，而且他们极有可能会利用夜晚的黑暗做掩护，在赶我们回牛棚前撕咬我们。

"什么？"苏西因为我阻止她说话有些愠恼。

"萝乐的意思是，让你闭嘴！"希尔德解释说，显然她很有兴致为苏西做翻译。

"我的嘴还轮不到她来管！"

"如果我们再这样大声吵闹，"我警告说，"那些斗牛犬一会儿便会过来。到时候他们将怎么处理你的嘴，可就跟现在有天壤之别了。"

“不，”小红萝卜反驳说，“斗牛犬不需要再过来……”

“为什么不？”我迷惑地问。

“因为他们已经在这儿了！”

我们转过身来，果然沙什、里克和史比思就站在那儿，他们的嘴角淌着口水，看起来很危险。

“这次逃离可并不十分顺利。”贾科莫自己嘟哝着。

沙什龇着牙问：“你们这几头母牛在这里做什么呢？”

“我们……我们散步呢。”我回答。

“在这三更半夜里散步？”里克追问。

斗牛犬虽然很蠢，可惜他们并没有我们想象的那么蠢。

“我们缺乏睡眠。”我试着为我们开脱。

“缺乏睡眠？”史比思惊讶地问。

“我们……我们……正处于每个月不方便的那几天。”

“同时？”持怀疑态度的沙什发着威胁的呼呼声追问。

我们几个全都点点头。

包括贾科莫。

后者不一定使我的说辞显得更可信。

“想愚弄我们，我们自己就可以。”里克也呼呼地说。

贾科莫讥笑着：“我相信你说的话。你们照镜子时，就已经是在愚弄你们自己了。”

我悄悄地对明显跟狗不对付的公猫说：“这对我们的帮助可并不大。”

“闭嘴，你这只臭猫！”里克咆哮道。

可是贾科莫丝毫无意闭上他的嘴，而是反驳道：“你们闻起来就像溢满了的粪坑一样臭！”

“你的话对我们没有任何帮助。”我现在觉得。

可是贾科莫毫不罢休地说：“你们这几只臭狗看起来也像溢满了的粪坑一样。”

“是的，”希尔德叹口气说，“对我们有帮助的言语，跟他的胡说八道是截然相反的。”

“不要担心，小姐。”贾科莫轻声对我说，“我不会有事的。如果这些丑八怪攻击我，我就爬到树上去。”

“可是他们会把我们撕碎的！”我回斥道。

“哦，”他咽着口水说，“我该想到这一点的。”

“是的，你该想到的！”我恼怒地说。这时候沙什怒喊着：“我要杀了你，公猫！”

“不！”里克叫着，“我来杀他！”

他们的兄弟史比思也反驳道：“应该让我来弄死他，你们这些饭桶！”

像兄弟之间常喜欢打闹争斗的那样，三只斗牛犬争执起来。我观察着这一切，忽然意识到：也许贾科莫的挑衅对我们还是相当有帮助的。一个计划逐渐在我脑子里成形了——这是今夜的第一个计划：我必须将这三只斗牛犬挑拨离间，激怒他们，这样他们就不再只盯着我们了。虽然这样很冒险，很有可能会让这个计划同时成为我生命里的最后一个计划，但我还是要尝试一下。

“史比思真是太友好了，”我微笑着说，“仅仅称呼你们为饭桶。你们两个不在他跟前的时候，他可是用截然不同的词称呼你们的。”

“啊，是吗？”沙什诧异地问。

“那他是怎么称呼我们的？”里克也想知道。

“同性恋狗。”

“什么！！！”兄弟俩同时怒吼着，我们几头母牛——虽然面临着巨大的危险——但还是忍不住偷笑起来。

两只狗慢慢地，又十分愤怒地向他们的兄弟史比思转过身。

史比思诚惶诚恐地说：“你们……不会是相信了这些母牛的胡言乱语吧？”

在他能说服自己的两个兄弟，让他们相信是我在撒谎前，我连忙又添油加醋地说：“他还说，他甚至无法确定是因为你们的同性恋情让他觉得恶心，还是你们的乱伦更让他恶心。”

史比思惶恐地看着我。他的两个兄弟已经在愤怒中快速向他冲了过去。贾科莫取笑道：“狗啊，就是生物进化过程中的歧途。”

虽然我不知道他说的“进化”是什么意思，但是我非常清楚地明白希尔德说的话。她悄悄对我耳语：“我并不想败坏游戏兴致，可是就算一只狗被弄晕了，还有另外两只呢。”

确实是，两个兄弟刚把史比思打倒，就又转向我们，现在他们嘴边流出的口水已经转化成泡沫了。沙什怒气冲冲地命令道：“你们给我滚回牛棚去！”

虽然跟我一起逃亡的同伴都在恐惧中瑟瑟发抖了，但是我们谁都不愿意回到那个让我们必死无疑的地方。

“不然，”里克补充着他兄弟没说完的话，“我们就把你们这几头牛的屁股撕下来！”

“你知道吗？”我继续追问着，“你的兄弟称你为什么？”

里克一下愣住了。

“用F开头的里克——Lick[①]。”

---

① 里克的名字是Lick，这里用F开头的词为Fick，相当于英文的fuck。

“Flick？”

“并不太对哦。”

他过了一会儿才反应过来我在说什么，更加愤怒地扑向他的兄弟。

“愚弄狗，”贾科莫评论说，“比从得了阿尔茨海默症的鼹鼠手里抢食物还容易。”

“这只公猫说的话可真是让人有些糊涂，”两只狗扭打在一起时，苏西说，“相比之下，萝乐还算比较正常呢。”

“苏西，你说，”希尔德拥护我，为我辩解，“难道你不应该冲进电篱笆里吗？”

“难道你不应该撞向拖拉机吗？”苏西呛回来。

“难道你不该把舌头伸进吸奶器吗？”

“妈妈咪呀，”贾科莫在我背上感叹，“我真不明白，为什么都用母马[①]形容雌性动物的互不相容，而不是用母牛？”

本来我应该先把这两位分开，但是现在有更紧急的问题：里克把他的第二个兄弟打昏后，向我们走来了。现在我该怎么摆脱他呢？我大概做不到教唆他咬自己吧，比如对他说：“你知道，你怎么称呼你自己吗？不带J的Janus[②]！”

只有一个机会，虽然是个很疯狂的想法。我必须激怒最后这只狗，让他攻击我！

“你知道，”我故意探问，“如果我是你，有什么会让我特别懊恼吗，里克？”

---

① 原文stutenbissig-die Stute，母马，bissig，会咬人的，刻薄的，挖苦的。stutenbissig是德语惯用语，指女性在一起，相互视为竞争者时，相互攻击、好斗。

② der Anus：德语，意为肛门。

“什么？”他含混不清地吼。现在他嘴里冒出来的泡沫，已经把他的半张脸都遮住了。

“你就这样相信了我说的所有的话，把自己的亲兄弟打倒了。”

里克脸上所有的颜色都褪去了。

“我收回我说的话，”苏西咽着口水说，“萝乐其实比公猫还疯狂。”

希尔德回答：“该死，我多希望我能反驳你……”

可是她现在不能。这也并不奇怪，因为我做的事确实太疯狂了。里克就要成为一个狂暴斗士，把我撕碎了。但是我依然在继续挑衅他：“如果我是你的话，我会觉得自己傻透了。”

贾科莫认为从我背上逃到安全之地的时机到了，他跳起来，落到了缠着电篱笆铁丝的一根柱子上。

小红萝卜带着哭腔说：“萝乐，他不会像昨天的老狗一样饶了你的。”

她说得对，里克嘴里涌出大量的泡沫，已经从下巴上滴下来了，甚至淹没了他的鼻子，他完全失去了对自己的控制。

我故意站在靠近电篱笆的位置，心里默默祈祷了片刻，希望我待会儿的行动能足够迅速，于是继续挖苦他：“你妈妈生你的时候肯定说，‘哎哟喂，现在胎盘出来啦。’”

“呜呼啊！”里克高呼着，一下子跳了起来。

现在正是时候：我必须在他向我飞扑过来之际，快速移到一侧。（我们牛，如果必要的话，还是能跑得极快的，至少当我们一群牛陷入惊慌时是可以做到的。）我们农庄上就发生过一次严重的牧群踩踏事故，那次是农夫的妻子想用她称为“沃尔夫冈·彼得里[①]最流行的乐曲”给我们点儿刺激。

① Wolfgang Petry，德国著名的流行乐手。

里克向我飞扑过来。他马上就要抓住我，把他尖利的牙齿咬入我的肉里。好在不像与老狗交锋时那样，我的腿这次没有显示出一点麻痹或软弱。一方面,因为这些斗牛犬不像那只地狱之狗那么恐怖；另一方面，因为这一次不仅事关我的生死，还涉及我好朋友的生命，以及那头贱牛苏西的生命。

事态的紧急赋予了我所需要的力量：我用牧群踩踏的速度冲向一侧，而里克还在飞啊飞……直接飞到了电篱笆上。

一阵噼里啪啦，火花四溅，空气中充斥着刺鼻的烧焦肉的气味。里克摔到地上，全身抽搐着，失去了知觉。现在所有三只斗牛犬都退出了战斗。小红萝卜给了我作为一头母牛能授予的最大褒奖：“全牛啊！”

希尔德用鼻子捅了捅苏西：“你也得承认，不是吗？”

苏西犹豫片刻，最终也点头说：“看来，有时候疯狂一点还是会有帮助的啊。”

只有贾科莫并没有要恭喜我的意思，而是警告说：“不要太得意，我们路上可能会遇到的对手，不是都像这些狗那么笨的。”

他不提醒我也知道，我这一生都不可能战胜像老狗那样的对手，如果我再一次遇到他的话……

但是现在思考这些还没有意义。在这些斗牛犬醒来前，我们只有很少的时间。我们必须越过电篱笆！

在经历了前一刻的濒死体验后，我身体里涌动起一股不可名状的能量，奇怪的是，脑子也忽然开始运转了。我看这个世界变得更加清楚、更加多彩了——尽管现在是黑夜，只有月亮和星星照耀着——我观察到电篱笆上的铁丝都是绑在柱子上的，也就是说，如果我们想要把这些篱笆弄倒，只要将这些尖木桩踢翻就行。

“你们跟着我做！”我大喊，然后就开始用我的后蹄去踹贾科莫坐着的那根木桩，并小心谨慎地不碰到铁丝。公猫立即又跳回到我的背上，紧紧抓住我坐稳。此外，希尔德反应最快，她开始踢另外一根木桩。随着我们两个踢的次数增多，桩子越来越向下倾斜，直到整个电篱笆彻底倒在地上。只要跳过电篱笆，奔向自由就不再是问题了。

突然，我们听到农夫的喊骂：“该死的母牛！我要把你们都做成沙什－里克[①]！”

小红萝卜不安地问：“他要把我们变成那两只斗牛犬？这怎么行得通呢？”

然而希尔德回答：“对我来说完全无所谓，那家伙现在手里端着他的‘噼啪棍’呢！”

---

① Schaschlik：德语，意为烤肉串。三只牛斗犬的名字Schasch，Lick，Spieß，前两个名字合在一起就是Schaschlik，烤肉串。

第十三章

“跳过去！”我喊，“快跳啊！”

“这个主意棒极啦！”贾科莫大声喊着就从我的背上跳起，越过倒在地上的电篱笆，并以三条腿能支撑的最快速度一瘸一拐地消失在黑夜里。希尔德紧跟着贾科莫跳了出去，立即往外跑，小红萝卜也一样。只有苏西犹豫了一秒：“或许等等农夫也挺好的。”

“我要杀死你们这些母牛！”农夫怒吼。

苏西也明白了：“也许等他确实不太明智。”

终于她也跳过了电篱笆。现在，不必再担心会有牛落下，我也可以放心地逃跑了。就在这时，我听到了“啪”的一声，响亮又清脆，我看见农夫正拿着“噼啪棍”对着空中，棍子的顶端冒出了烟。

一只乌鸦落在我脚边。

这只黑色的鸟躺在地上，身受重伤，呱呱地说：“为什么是我？我从来没有做过伤害其他动物的事儿……好吧，我确实在飞行中故意往不少动物头上拉过屎……可是哪只乌鸦不喜欢这么做呢？……好吧，我也不该啄掉另一只乌鸦——雅各布的眼睛，这明显违反了我们乌鸦的法律……”

这只小可怜的声音越来越虚弱，他的咕呱声也随着每一个音节越来越轻。他祈求着：“求求您，至上的乌鸦，请您一定让我进入永恒的乌鸦天空……”

这可真是新鲜事儿：乌鸦有他们自己的“母牛女神”，确切地说，是“乌鸦神”？尽管如此，他们死后的生活里却没有永恒的草地，而是天空？在某种意义上这也合乎逻辑，他们才需要吃几根草呀？而且我们动物们分开生活也相当方便，那样，当我们在奈雅的永恒草地上生活时，就没有讨厌的乌鸦往我们头上拉屎了。

“……请不要因为我过去的所作所为把我放逐进永恒的暴风雪……”

看来乌鸦也有一个在死后专门收治坏乌鸦的地方，而且那个地方听起来冷得可怕。我们牛就好过多了，那些不怎么友善的牛来到奈雅的草地后，会被安排去一块专属于他们的草原，在那儿他们可以随便相互挖苦彼此排挤，而我们好牛不会受到影响。我生而为牛真是太好了！那么是谁决定这些的呢？奈雅和那只“至上的乌鸦”会一起商量吗？有可能还和其他动物的神一起——甚至可能包括人类的神一起商量？

我身前的乌鸦闭上了眼睛。在他最终停止呼吸前，还轻声自言自语了一句：“至少我不必再害怕变老了。”

我的本能又来报到了：“那么，我现在想再跟你谈谈逃跑的事儿。”

这次我和本能意见完全一致。我正准备撒蹄跃起，跳过电篱笆，就听见农夫把“噼啪棍”对准我的方向威胁大喊：“站住！”

他向我走来，把棍子的一端抵在我额头上。棍子上的金属还是热的，闻起来还有烟火味，估计跟刚刚那“啪”的一声有关。

“最好，”他对我说，“最好我现在就把给你毙了！”

啊，我可不觉得这是最好的。

农夫看着我的眼睛，忽然一下变得温柔了一点儿：“你知道吗，我从来都不想杀死你们，可是我没有选择。是破产管理人要我这样做的……唉，我跟你说这些干什么呢，你又听不懂。”

农夫和他的妻子总是认为我们听不懂人类的语言，仅仅因为他们自己听不懂我们的语言，比如我们哞着说的："嘿，挤奶机设置得太奇怪了！""我们的乳头又不是橡皮筋！"或者，"你们到底什么时候才能明白，我们牛不喜欢在亲密的时候被你们观看？你们甚至还边看边给公牛加油助威？"

农夫把"噼啪棍"更用力地抵住我的额头，只是现在他看起来有点慌张。他并不想按下那个手柄，这点我很确定。我必须利用他的慌张，来说服他改变想法，于是我哞呵一声："住手！"

他犹豫了片刻。

"不要这样做！"我又哞。

"该死，你好像明白我想要做什么。"他的手指开始颤抖，我担心他晃动着的手会不小心启动噼啪棍。

"你想杀死我，"我哞道，"这有什么难理解的呢？"

"非常抱歉。"他开始哽咽了，并把"噼啪棍"放了下来——这让我感到无比放松。他断断续续地悲泣道："十年前银行工作人员说，克拉森，您必须进行大规模动物养殖，这是您唯一的机会……可是……我不想折磨任何一只动物，所以没那么做……可现在……"他继续低声哭诉，"……我必须把你们全部杀掉。"

"哦，没有任何'必须'做的事，除了三急时'必须'上厕所。"我哞着告诉他。

"不，我必须。"他回答说，好像他忽然也能听懂我的哞语了。他把脸埋在我的口鼻处哭了起来，因为他其实并不想杀死我们。他也是有感情的，像我们一样。

是的，也许人类其实也不过是另一种牛而已。

我真想用舌头温存地舔舔他的脸来安慰他，可是我莫名地隐约感到，他根本不会认为这样的举动是抚慰。

农夫又振作了起来，他把鼻涕擦在袖子上，好在他的衬衫原本就脏兮兮的，鼻涕擦在衣服上也不会太显眼。然后他用空洞的眼神望着我，我顿时明白了，不管他此刻多么痛苦，都无法改变既定的事实：他会把我们全部杀掉。想到这儿我对他的同情也忽然有所收敛。他再次举起“噼啪棍”，瞄准了我，我立即如闪电般转过身去，却不是按照我的本能跑开，而是为了一脚踢去。我用尽全身力气，用后腿踢向农夫大腿的位置。他扔下噼啪棍，蜷缩在一起哭喊：“哎呀呀……你踢碎了我的‘坚果’。”

我脑子里闪过很多问题：为什么农夫会随身带着坚果呢？他又不是松鼠。而且坚果碎了又有什么糟糕的呢？最重要的是：鉴于他随时有可能再次举起那只威力无穷的棍子，我难道不应该以后再想这些问题吗？现在唯一要做的是直接逃跑！

“当然了！”我自问自答，然后跳出去，开始狂奔逃命。

“萝乐！我们在这儿！”小红萝卜对我喊。她们藏在一片种着高大植物的田地里，那些植物上挂着玉米。在此之前，我从来没想过我们的食物里有时含有的玉米是来自哪里。如果我现在没有面临更紧迫的问题，我一定会兴趣盎然地仔细观察这些植物。

苏西责骂小红萝卜：“你疯了吗？如果萝乐跑向我们，我们也会陷入危险的！”

唉，这个苏西——没办法，只能强迫自己喜欢她。

我向他们奔跑过去，而苏西这头愚蠢的母牛却喊着：“到别的地方去！到别的地方去！”

有那么短暂的一瞬间，我甚至真想这样做，以保护我的朋友。可这时噼啪棍又响了起来，我感到一股难以名状的锐利的风快速擦过皮毛，于是我在恐慌中跑向了其他几位藏身的庄稼地。

“这下可好了！”苏西叹息说。

她转过身去，沿着庄稼之间的一条路狂奔出去。希尔德和小红萝卜紧跟着她，我跟在她们后面。从我们身后传来农夫尖声尖气的咒骂声：“你们逃不出我的掌心！”

“为什么农夫的声音这么尖？”小红萝卜问。

“他的‘坚果’坏了。”我气喘吁吁地解释。

小红萝卜迷惑地盯着我看了片刻，然后叹气说：“有些因果关系我还是不太能理解。”

我们四头牛狂奔逃命。贾科莫也在我们的蹄腿之间，用他拖着一条伤腿能达到的最快速度飞奔着，他边跑边咒骂：“我看这个农夫明显就是情绪不稳定！”

“快给我站住！”农夫尖叫道。

“我们看起来像是会站住的样子吗！”希尔德呼哧呼哧地喊，并跑得更快了。

我们又听到“啪”的一声，这次声音听起来远了一些。显然我们已经成功地把他甩开一段距离了。

“我会抓住你们的！”农夫尖声怒喊。

但我还是产生了些许怀疑，他可能做不到他喊出的话。虽然我们只是很慢地把他落在后面，但他确实是被我们甩在了后面。

“我会抓住你们的……我会抓住你们的……我会抓住你们的……不……”然后我们听到他绝望地哭喊，“我的生活怎么这么糟糕啊？！”

“你问我？我的生活才糟呢。”苏西发牢骚说。

我们几头牛现在跑得慢一些了，农夫哼哼唧唧的悲叹声也越来越小了，最终我们只是用步行的速度慢慢走在玉米地里。令我吃惊的是，我现在又开始有些同情农夫了，我为他祝愿，希望人类也有一个像印度那样的地方。

我们再也听不到被追赶的人类声音后，终于放松地喘了口气，除了苏西，因为她已经彻底崩溃失控了。

第十四章

“我要回家！”苏西歇斯底里地嘶吼，“我要回家，我要回……”

“我们不能回家。”我尽量平静地解释。但我的内心并不平静，我自己其实也更想遛回牛棚，回到我那舒适的牛圈里。

“可是我想回家！”

“不行。”

“我想，我想，我就是想！”

我的言语无法让苏西平静下来，那就只能借助牛蹄的力量了。我使出全身力气一脚踢在她的小腿骨上。我不得不羞愧地承认，这一脚踢下去，我很高兴。

苏西大叫起来：“嗷！！！”

此刻我竟有些恶毒地希望，她要是继续这样乱吼乱叫就好了，那我就有借口再踢她一脚。但苏西没有让我如愿，她只是躺到玉米地上，身子蜷缩着，像一头弱小的、迷失的小牛犊一样嘤嘤地哭了起来。

小红萝卜严厉地瞪了我一眼：“难道你一定要踢她吗？非得这样吗？”

“本来是的。”我回答，不想因为小红萝卜斥责而让自己感到良心不安。

“不，根本没必要！”小红萝卜说，神情语调异常严厉，接着卧倒在苏西身旁，温柔地舔了舔她的鼻子。被安抚的苏西哭诉声也渐渐变小了。

对此希尔德评论："哇，小红萝卜真是对什么事情都感觉不到恶心啊。"

这句评论不怀好意，但我却不由得笑了。然后我又仔细看了看希尔德，她也已经筋疲力尽了，于是我提议："我们在这儿休息一会儿吧，我们应该先闭会儿眼睛。"

"我需要睡一会儿美容觉。"贾科莫赞同我的提议。

希尔德微微一笑说："你得需要多少美容觉才能变美啊，根本睡不过来。"

"小姐，您可真是铁齿铜牙啊。"

"这正是我的魅力所在。"希尔德回复。

"您对魅力的定义还真是有趣。"

"所有雄性动物都这么说。"希尔德取笑说。我不禁自问，她一直这样强硬，以后能找到一头公牛吗？是不是她一辈子都不会享受与情郎的亲昵呢？

希尔德也在玉米地上卧了下来 。我趴到她们身边，跟她们一起躺卧着。昨天刚下过雨，地面还有些潮湿，但我们太累了，根本顾不上在意这些。只有贾科莫不想躺在湿漉漉的地上，而是宁愿趴在我背上睡："抱歉，小姐，但是我不想得膀胱炎。"

"我们还是赶紧睡吧。"我请求说。

大家都赞同地点点头，闭上了眼睛。没过几秒钟，贾科莫的呼噜声就已经大到吵得我们谁都睡不着了。我们听着他的呼噜声，各自想着心事。我在想留在农庄的其他牛，我以后再也见不到他们了，我现在就已经开始思念他们：库诺、忧郁、自杀、火车车祸、屁叔叔……好吧，我承认，对最后一位的思念是有限的。

但是，冠军……我现在也已经在思念冠军了。非常非常思念！

我想到他就要死了，真想马上就失声痛哭。但是如果我自己都在哭，我又怎么能让她们几位鼓起勇气呢。那样的话，苏西会更加失控，我的两位好朋友可能也会开始感到绝望。为了不哭起来，我忽略了贾科莫的鼾声，提议说："我们聊聊天吧。"

"聊什么呢？"苏西问。

"比如说，"希尔德提议，"我们怎样往这只公猫嘴里塞满玉米，好让他停止打呼噜。"

"那我很愿意聊。"苏西在这个晚上第一次笑起来。

看来，还是有能够让这两头相互争执的母牛团结一致的事情。这样很好。不太好的是，这件事涉及轻微使用暴力。

"我知道，"小红萝卜说，"我想聊什么。"

"什么呢？"我问。

"你们对自己在印度生活的愿望是什么呢？"小红萝卜想知道我们每一位具体是怎么想的。

"在那儿，人们不但不会杀死我们，而且会崇拜我们。"我回答。

"这点我们已经清楚啦。但是仅仅活下来还不够啊。除此以外你们还希望什么呢？"

我们的小红萝卜又来了，关于幸福的追问，这也是奈雅曾经问过自己的问题。

奈雅为什么把母牛创造到世界上

奈雅观察着她所创造的一切，发觉她很孤独。鸣禽一起唱着歌，猪群齐声哼哼着，臭鼬相互往同伴身上喷着臭气……甚至连蚯蚓都可以——当他不想再形单影只独自惆怅时——让乌鸦把他啄成几段，这样他就有伴侣了。只有奈雅没有任何陪伴，谁都不像她。

当然，动物们也会跟她说话，但通常都只是为了向她抱怨："你为什么发明了臭鼬？""荨麻到底是干什么用的？""你创造'消化功能'的时候到底在想什么？"

在一个特别美丽的夏日，母牛女神观察着蚯蚓和他的同伴在土壤里快乐地蜿蜒爬行。这时奈雅想到，她也可以像蚯蚓那样，于是她分裂了自己的身体，她的各个身体碎片里长出许多头母牛。从第一个牛群踏上草地的那一刻起，她再也不孤单了。每一天她都和母牛们一起嬉闹，吃草，用鼻子相互摩擦爱抚。她很幸福。只是，这没持续多久。仅仅几个月后，她就感觉自己还缺少些什么，那就是其他所有动物都有的——除了蚯蚓以外——可以与她肉体合一的另一半。就此奈雅决定创作她最奇怪的造物：公牛。

通过公牛，她给牛群带来了比荨麻和寄生虫还麻烦的纷繁扰乱：欲望、嫉妒，还有看起来无比乖谬的交欢——虽然她并不是有意使之看起来如此不堪的。当然，还有所有母牛都向往的，让"牛"欢喜让"牛"痛的——因此也是她所有的创造中最荒诞的——爱情。

"在印度，我要得到很多很多公牛，"这是苏西对她的幸福梦想的宣告，"就像公牛总是同时跟几头母牛交往一样，我要同时占有几头公牛。"

这不是对幸福的梦想，这是对另一种性报复的发泄，同时也是她不想再被公牛伤害的希望。看苏西现在那么心痛悲苦的样子，冠军对她的伤害肯定还是很深的，甚至有可能比对我的伤害还要更严重，尽管这几乎不可想象。

“我也有一个梦想。”希尔德说。

我本来以为她会说一句戏谑调侃的话。希尔德是一头不相信梦想的母牛，也不相信母牛女神的存在，更不相信公牛有好的一面。可是这一刻她的语气听起来那么严肃认真。确实，在这里，在潮湿的玉米地里，在野外广阔的星空下，希尔德向我们吐露了她的心声：“我希望遇到一头皮毛和我一样的牛。”

奈雅啊，希尔德因为她的棕色斑点而感受到的孤独，远比我想象的严重得多！

她向我们承认这一点后，我们又沉默了，我真心为我的朋友希望，我们在印度会遇到很多像她一样有着棕色斑点的牛，最好还有一头这样的公牛。

过了一会儿，小红萝卜打破了我们的沉默，开始讲述她的心愿：“我希望……”

只是，她忽然又没勇气继续说了。

“你希望什么呢？”我好奇地追问。

她犹豫着，与自己做着斗争，显然她想说一些很重要的事。是的，她看起来像是要坦白什么，可是又没有足够的勇气。在无尽的内心挣扎后，她只是轻声说：“也无所谓了。”

苏西尖酸地说：“我觉得也是。”

苏西的蔑视和冷漠显然让小红萝卜备受打击，但她不是那种会刻薄反击的母牛。所以她只是伤心地打个响鼻，然后闭上了眼睛。但有一点很清楚，不管她想对我们说的是什么，那一定是她内心深处非常渴望的事物——一个关于幸福的梦想。她本来肯定是想告诉我们的，不然她不会提起这个话题。

我伤心地闭上眼睛。在睡着前我还有一些羡慕小红萝卜、希尔德和苏西：至少她们都还有梦想。而我只有目标：印度。

第十五章

“我要杀死你！”老狗狞笑着说。

我们站在深深的积雪里，在一条蜿蜒盘旋的羊肠小路上。小路上满是碎石，看起来像直通天空。在路边的积雪里，我看到一朵被冰冻住的小花。在我的右侧，是刺进乌云的悬崖峭壁。在我的左侧，是一个深渊。我看不清它有多深，因为飞旋着的风雪正刀割似的打到我脸上。

我不知道我们身处何方，但是这里的空气——我该怎么描述呢——有一些稀薄。我感到呼吸困难，寒冷也让我虚弱至极。但是，比外面的寒冷更糟糕的，是老狗在我心里引起的寒战。

小红萝卜、希尔德和贾科莫呢？……或者苏西呢？为什么在这冰天雪地里，他们不在我身边，没有和我在一起？

只有一点我非常清楚，我也如实告诉了老狗："我现在多希望从这个梦中醒来。"

“不要强迫自己，”牧羊犬龇牙冷笑着，“我们很快就会再见的。”

然后他又大笑起来，笑得那么卑鄙，让我感到毛骨悚然。而我……

……恐慌地睁开双眼：我和另外几位同伴一起躺在玉米地里。太阳已经照耀大地了。我贪婪地吸收着每一缕阳光，因为刚刚的噩梦让我冷得发抖。

我撑着颤颤巍巍的腿站起来，只是忘了贾科莫还趴在我背上。他扑通一声掉到地上，大叫一声，然后开始用充满异域风情的字眼咒骂起来："黑手党，黑社会，Cosa Nostra（'我们的事业'），不要 al dente[1]的意大利面……"

他的高声咒骂很快就吵醒了我的同伴们。

苏西抱怨说："就不能让一头母牛安安静静地睡她的抗抑郁觉吗？"小红萝卜伸伸懒腰说："看啊，阳光灿烂！"希尔德却并不因为明媚的阳光而激动："太好了，我们可以在炎热里走向印度了。"振作起精神后，她们问我："那么，伟大的领袖，我们现在要往哪儿走呢？"

虽然她们是用略带嘲讽的口气说的这句话，但现在最终清楚了：我是我们这一小群牛的领袖——不论好坏，不管我对此是否有足够的能力。虽然我希望自己足以胜任，但是我心里也暗自恐惧，大概"能力不足"更加确切。

我还没来得及回答，附近就传来了一阵"哒哒哒哒"的声音。那是一辆拖拉机发出的声音。

"该死，是农夫！"希尔德骂道。

苏西跳起来尖叫着："我从来就不该听你们这几头疯牛的！"

"这不是我们农夫的拖拉机。"小红萝卜镇定自若地站起来说，打断了苏西的喊叫。

我们全都诧异地盯着她。

---

① 意大利语，把米饭、面条或豆煮到外面软化，中间一点半生不熟，保留嚼劲弹牙的质感。

“我们农夫的拖拉机，”她解释说，“发出的是‘咘呼姆——咘哈姆——咘呼姆’的声音，这辆拖拉机的曲调是‘咘哈姆——咘呼姆——咘呼姆’。”

希尔德吃惊地问：“从拖拉机的噪音里，你也能听到音乐旋律？”

“所有的事物都有乐律，就连脱粒机和碎草机都有。如果你留意些就会发现，电线杆上的电线在风暴中的歌唱有多动听……”

“我就说，”苏西哀叹，“你们这几头精神错乱的疯牛。”

我不太确定，我是否能信任小红萝卜的听觉。我们中必须有一位前去打探清楚，是不是农夫在拿着“噼啪棍”追我们。作为领袖，我不能把其他的牛推入这样危及生命的险境，只能自己做这个“有一位”。

哦，天啊，领导牛群可真是一个倒霉的任务！

我轻声说：“我不引人注意地去看看是谁在那儿。”

“你是一头母牛，”贾科莫反对说，“根本就不可能不引人注意。”

我一声叹息，他说得对，但是我必须行动起来。我沿着玉米地里的小路，朝着拖拉机声音传来的方向走去，尽量不发出声音，悄悄地走过去。只是，我的体重决定了，在“不引人注目”上我很难荣获桂冠。但至少我的动作还足够轻微，没发出太大声响而吸引外面的注意力。

我踏上玉米地的边缘，透过植物看到一片田地。拖拉机正在那块地上行驶，而拖拉机上面坐着……另一位农民？简直不可思议，竟然还有另外一个农民存在？！

好吧，我们牛知道在世界上还晃悠着另外几个人，比如有一个来取我们牛奶的人，他总是坐在一个“可以移动的小房子里”。那个人一直不停地挖鼻孔，并总是把他在鼻子里发现的东西送到嘴里吃下去。对于这个举动，屁叔叔有一次羡慕地说：“哇啊，我真希望用牛蹄子也能做到那样！”

我眼前这位农夫看起来年轻、快乐一些，最重要的是，他看起来比我们的农夫更可爱一些。不过这也没什么大不了的，因为我们至今为止看到过的为数不多的几个人，看起来都比我们的农夫友善。不过，如果那些人心情过于愉悦，对我们来说也不一定是什么好事。尤其是那个名字叫兽医的人，他总是微笑着把针头插进我们的肚皮，还一边插一边喃喃自语：“这给你们带来的痛苦可比给我的痛苦多多了。”

年轻的农夫把拖拉机关灭，周围一下子安静下来。我感到无比恐慌：他发现我了吗？我应该逃跑吗？但是如果他还没有发现我，而我甩蹄逃跑的话，那他肯定立马就看到我了，于是我保持沉默，继续静静站在那儿。我看到他手里拿着一个小盒子。他诡异地对着盒子说：“你听说了吗？克拉森的几头牛跑丢了，但是他有一个很棒的主意怎么抓到它们……”

农夫还没有放弃追捕我们？！

“克拉森也必须抓到那几头牛，如果最后宰杀的动物比原计划少的话，破产管理人一定不会给他好日子过的！”

他说到宰杀时，我的胃翻腾扭转起来。但我依然坚持站在那儿，继续偷听，因为我想知道，农夫到底想用什么方法捉住我们。

“卡拉森的计划是什么，他不肯告诉我……”

可恶！

“……但是他坚信，那几头叛逃的母牛肯定会中他的圈套。”

我确定，如果这个人发现了我，一定会把我和我的同伴们一起扭送到我们农夫那儿去。

我赶紧悄悄地、尽量不动声色地退回到其他几头牛身边。我们不能浪费一丁点儿时间，必须马上逃出这片田地，远离这个世界上的所有农夫，逃到印度去！

我无声地向我的牛群示意：立即跟我走。向她们解释农夫还在追捕我们没任何意义：苏西肯定会再度崩溃，那我们就暴露目标了。

我选了一条既不通向那个年轻农夫，又不回到我们原来所在田地的岔路。另外几头牛跟在我身后默默走着，没有问任何问题，她们感觉到了事态的严重。在步行了一小段后，我们踏出了玉米地，这时出现在我们面前的，是那些树。

"哦，该死的……"苏西悲号。

希尔德把苏西的话补充完整："……这是世界尽头的那些树。"

第十六章

现在，那些树就在离我们只有五头牛身长加起来那么远的地方，真不可思议。从我们的牧场看起来，它们仿佛那么遥远。而现在我们只走了这么短的路，就已经到了这些树跟前。

“……印度到底在哪儿呢？”我惊恐地问公猫。

“还远着呢，在很远很远的地方。”他回答说。

“但是……但是……那些树后面只有炼狱里的无尽牛奶！”我反抗质疑。

“小姐，你跟人一样。”

“跟人一样？”

这可不是一个奉承我的比喻。

“他们不认识这个世界。因为他们只看到他们能看到的一切，而不是世界上所有的存在。他们不知道，这个世界多美妙，多神奇，多有魅力。”

我们难道真的和人一样无知吗，他们甚至不知道，我们牛可以相互交流？

“相信我，”公猫咧嘴笑着说，“在我们的旅途中，你的视野会变得非常非常开阔。”他开始用他那怪诞的声音唱起来：“在地平线之后，大地还在继续延伸，我们会一起变得强壮……”

“听他唱歌，”希尔德叹了一口气说，“你就十分能理解那些狗了，能理解为什么他们那么不喜欢猫。”

“现在随便哪只动物都可以做批评家了！”贾科莫愤愤地说，然后很受辱地走向那些树。当他发觉我们几个谁都没有跟着他走时，他转过身来问："你们来啊，小姐们，不然你们还等什么呢？"

"我不进去！"小红萝卜浑身打着寒战说，"那里面住着'疯癫之牛'。"

"那只是一个童话故事里的角色，"我试着让她平静下来，"只是老牛们讲的故事。就像那个红头发和红鼻子的彩色家伙一样，他们还说他会把牛扔到火上烤，然后再夹到两片面包里呢。"

"哦，"贾科莫苦笑说，"你说的是罗纳德·麦当劳。"

小红萝卜转向我："你自己也相信由无尽牛奶构成的炼狱，为什么不相信有'疯癫之牛'呢？"

"估计，"苏西嘲讽道，"因为不可能有比萝乐更疯癫的牛了。"

我忽视了她，回答我的朋友说："无尽的牛奶和炼狱是我们的圣歌里描述的，不是某一个愚蠢的童话故事。这是有区别的。"

短短片刻，我悄悄思考着，如果像贾科莫所说，那些无尽的牛奶炼狱并不存在，那将意味着什么呢？圣歌也不过只是愚蠢的童话罢了？那么……是啊，那么我又该怎样面对如此的真相呢？惊骇？放松？振奋？激动？

"相信我，小红萝卜，"我继续劝她，"绝对没有什么'疯癫之牛'。如果我们看到世界确实在那些树后面停止，那我们就坚决不再往前走，哪怕一步都不再往前迈了。这样好吗？"

"我不知道。"小红萝卜回答。

"这听起来其实是相当理智的。"希尔德说，但是，她也只不过是有一丁点儿信服而已。虽然她是我们几头牛中最不迷信的，但是显然她也非常不确定。

"那么，"我问大家，"我们准备走进去，还是傻站在这儿呢？"

“傻站在这儿。”小红萝卜立即回答。

“我也觉得傻站在这儿很好！”苏西赞同。

“我能在这儿站一整天。”小红萝卜说。

“如果这是我们比较擅长的事情，那我们就应该做这个。”苏西补充道。

“长久地、经常地做我们擅长的事情！”小红萝卜说。

我看着希尔德，她没把握地看着我，然后说：“我反对傻站在这儿。”

至少有一头牛有勇气。

“但是，”她补充说，“我愿意与‘聪明地站着’交友结伴。”

“妈妈咪呀，这是一支什么样的队伍啊。”贾科莫嘲笑说。

我们不能在这儿停留过久。那样农夫一定会发现我们。所以，我们中必须有一头牛带头走进树林。很清楚这次又应该是谁。我深深地吸了一口气，开始前进，没有回头。

我踏进树林后，也开始因为自己的莽撞而害怕了。树林里十分阴凉，也比外面幽暗许多。这儿对牛来说不是一个自然的环境。如果我现在是在晚上穿过这片树林，估计一定已经被吓死了。

“我们不能让萝乐自己走，”我听到希尔德在我身后说，“那我们就只是更加愚蠢地站在这儿了。”

我回头望去，看到她们也动身上路了。连小红萝卜，甚至苏西都战胜了恐惧。这就好。我继续自己走的话，肯定过不了一会儿就转身逃回玉米地了，宁愿在玉米植株间一直躲藏着，直到我生命的尽头。

我们四头牛一路纵队，穿过茂密的树林。树林里的一切都让我们感到胆怯：紧紧挨在一起的空心大树，潮湿而长满苔藓的大地，还有凉爽清风吹动树叶发出的沙沙声。

而贾科莫毫无恐惧地上蹿下跳着——他的伤腿好像每过一分钟都比上一分钟恢复得更好。除了偶尔看到一两只正往树冠高处爬的松鼠外，我们没有受到任何惊扰，这让我们稍微放松了一点。

终于，我们来到一条蜿蜒的小溪旁，溪里缓缓流淌的清水像水晶一样透彻。那条小溪好像应召而来。我从昨天晚上就没喝过任何东西，再加上经历了这么多紧张和焦虑的事情，嗓子已经干得冒烟了。

小红萝卜恐惧地咽着口水："在这条小溪旁住着大熊普拉克斯，他是这片森林里勇猛而危险的守护者。而且，他可不像'疯癫之牛'一样来自童话，而是圣歌里的。"

希尔德反驳："就算圣歌是真实的——虽然我并不相信，那头熊也已经不再在这儿了，根据圣歌，他最后离开了森林。"

"但是'疯癫之牛'还在这儿。"小红萝卜回答。

"你看看四周，这里有'疯癫之牛'吗？"我问。我已经因为难熬的口渴有点不耐烦了，赶紧喝起清澈的溪水来。这溪水比我在农庄上喝过的所有饮品都更好喝，那么清凉，使我精神焕发。或者，这就是自由的滋味？

他们都像我一样开始喝起水来，甚至连小红萝卜也在喝——她的口渴远远强于她的恐惧。我们都贪婪地喝了个饱，就好像要把这条小溪喝干似的。充满新的生命能量后，我问大家："这难道不是你们喝过的最好喝的水吗？"

贾科莫笑问："小姐，您大概不知道'性感海滩'鸡尾酒吧？"

"不知道。"我如实回答。

"我知道！"我们忽然听到一个苍老的、嘶嘶如鹿鸣的雌性声音说，"我喝过！"

我们惊恐地向四周望去：看不到任何身影。好像刚刚是风在对我们说话。我的腿开始发抖，并听到，站在我身边的小红萝卜害怕得牙齿咯咯哒哒地打着寒战。

“这里，上面。”那个沧桑沙哑的声音大笑道。

我们向上望去，在紧挨着小溪边的一棵橡树上，一根格外粗壮的树枝上蹲着一头老母牛。

“天哪，那头母牛坐在树上！”苏西大叫。这也是我脑海里跳出的第一个想法。

“哦，不，这是‘疯癫之牛’！”小红萝卜轻声嘟囔。这是我想到的第二点。

“这头老牛全身都霉透了。”希尔德低声小心翼翼地说出了我的第三个感受。

是的，远远地就能闻到这头母牛身上发出的霉臭味。她的皮毛有很多褶皱，乳房垂得很低，晃荡着——她肯定已经很老了，至少有二十个夏天那么老。

她轻巧而敏捷地从树枝上跳下来，问道：“你们在我的森林里做什么呢？”

“我们在去印度的路上。”我羞怯地回答。面对着“疯癫之牛”，我陷入了畏惧和恐怖。

“你们是想看看世界的母牛？”她吃惊地问，然后大笑起来，笑得那么响亮、疯狂，让我们尴尬。这是我听过的第三恐怖的声音——仅排在农夫的“噼啪棍”和老狗的声音之后。

老牛突然停止了大笑，接着说道：“有一首歌，是关于一头看过花花世界的母牛，你们想听吗？”

当然我们谁都不敢回答。

“这首歌讲述的是一头在马戏团生活的母牛……”

马戏团？这又是什么？

“……她的命运应该成为你们的警告！”

我们竭力保持镇定。这听起来真恐怖，令我们毛骨悚然。她所叙说的情形，甚至比她就是“疯癫之牛”本身还可怕。

“这首歌的名字是《母牛帕·卡巴娜》。”老牛郑重其事地向我们宣告，然后她向上对着树冠高处喊道，“嘿，乐手们！”

无数松鼠、麻雀和啄木鸟从各个树梢里跳了出来。老牛眉开眼笑地向我们解释：“我在这儿的森林里教会了他们音乐。”然后她向动物乐手们指挥道：“我需要一段拉丁美洲旋律！”

麻雀马上就开始啾啾唧唧地欢唱起来，啄木鸟欢快地用喙啄敲着树干，松鼠欢欣地相互抛掷着坚果。年老的母牛放声高唱，她的声音竟然那么悦耳：

是的，她叫萝拉
她是表演舞牛
黄羽插于华发
乳房美丽肥大
美伦格舞[①]一流
恰恰丝毫不差……

---

① 美伦格（Merengue）舞最早出现在多米尼加共和国，具有拉丁风情的社交舞，热烈欢快是其最大的特点。节奏明快，舞步简单。Merengue的意思是“蛋白酥”，就是小甜饼，这可能就是这个舞蹈名字的由来。明快而清晰的音乐节奏，就像用糖和鸡蛋清混合在一起做的蛋糕上泛出的鲜亮光泽。

老牛一边唱着歌，一边跳着舞。看着她的舞姿，我不由得想：其他的牛，在她这个年纪这样跳舞，肯定早就把腰扭脱臼了。

她想成为明星
深深爱着布鲁诺
他是一头公牛
具她所欲所有
他们都还年轻，所以一起……
谁还需要深究

母牛——帕，母牛帕·卡巴娜
生活太美妙
母牛——帕，母牛帕·卡巴娜
音乐和爱情
伟大的驱动
母牛——帕
心已迷失

麻雀叽叽喳喳唱着，松鼠用坚果哒哒击打着，啄木鸟在树干上啄敲着——老牛所要求的“拉丁美洲旋律”，而她随着音乐狂野地舞动着。

苏西说：“到现在为止，这听起来还不像是警告。”

“我觉得棒极了！”小红萝卜赞许道，同时拙笨地随着音乐摆动着身体，随着每一个节拍她的恐惧都越来越少了。

“我要一起合唱！”贾科莫高呼。

我们一起向他投去了警告的目光：不，你可千万别这么做！

他马上就明白了我们的意思，自己咕哝道："或许，我最好还是放弃吧。"

"好主意！"希尔德说，我们全都点头支持。

这时，老牛正以自己的身体为轴心优雅地旋转——如果我做这个动作，肯定会一屁股摔倒在地上——然后她继续唱：

是的，他叫尼科
充满雄性之风
牛角威武——如象牙莹白
燥热激情慢慢涌来
他欣赏"伊牛"舞姿风采
双眼因爱发射光彩
绅士温柔，他轻轻走来
她深陷其爱

"我想，"希尔德低声说，"故事要在此开始变得糟糕了。"

"在这么欢快的音乐中吗？"小红萝卜觉得难以置信。

"哎呀，萝拉刚是和布鲁诺在一起的，可是如果现在又来了一个尼科……"

"你们谈论的样子，"苏西抱怨，"好像这个萝拉真的存在似的。"

这样的感觉，我想，我真的可以感受到。她的演绎如此深入牛心，强烈震撼，完全攫住了我的心神。

尼科忘乎所以

布鲁诺愤而战之
乱蹄相向
恐怖景象
布鲁诺与世永辞

母牛——帕，母牛帕·卡巴娜
生活重锤击打
母牛——帕，母牛帕·卡巴娜
音乐和爱情
让她受伤痛
母牛——帕
已失所爱

“太悲伤了。”小红萝卜哽咽着说。

“是的，”苏西说，“这头老牛的乳房都下垂得这么厉害了，我可不希望有朝一日跟她一样。”

“你可真有同理心啊！”希尔德面露讽刺地微笑。

“这正是我的强处。”

“那我可不愿意看到你的弱处。”

麻雀和啄木鸟从树上飞下来，欢快地围绕着年老的母牛旋转飞舞，叽叽喳喳地唱着；松鼠们也跳到地上，跳着和母牛一样狂野的舞步，并相互抛掷着坚果。

是的，她叫萝拉
她是表演舞牛

那是很久很久以前
马戏团已无存荡然
她现隐居森林
生命已近暮临
她心迷惘，她痛失布鲁诺
也失去了理智

“奈雅啊……”小红萝卜悲切地哽咽着。

“她就是萝拉，”现在我犹如切身感受般地体会到了老牛的心境，“而她的布鲁诺死了。”

“简直不可思议，”苏西再次不太能感同身受，“竟然曾经有两头公牛因为她这样一头母牛打架。”

母牛——帕，母牛帕·卡巴娜
不听劝告而受伤
母牛——帕，母牛帕·卡巴娜
音乐和爱情
致命的驱动
母牛——帕
万不要恋爱……

萝拉重复了几遍“万不要恋爱”，每一声都变得越来越轻。麻雀、啄木鸟和松鼠也逐渐停下了音乐和舞蹈。他们愉快地飞去，或者跳回森林。不管萝拉有多么悲伤，她森林里的同伴用音乐给她带来了莫大慰藉和欢喜。

“好吧，现在一目了然，”苏西断定，“她就是‘疯癫之牛’。”

“但我已经不再害怕她了。”小红萝卜充满同情地说。

“可是我还是怕。”苏西刻薄地说，“她肯定能把下垂这么严重的乳房极具杀伤力地甩很远，会很危险的。”

我什么都没说，只是走向萝拉，用舌头舔舔她的口鼻抚慰她，毫不介意她身上的霉臭味。

尽管通过她的歌我更加清楚，外面的世界对我们母牛来说非常危险，但是在她的歌声里，我也感受到一些伟大和美好：萝拉看过世界。这意味着，在这些树后面，根本没有由无尽牛奶构成的炼狱！

“你很友好，想预警我们可能会遇到的危险，”我向萝拉道谢，而她显然还在内心与自己的情感做斗争，“但是我们不一定会像你一样有那么多遭遇。”

“不，你们可能会遇到更糟糕的。”贾科莫冒失地说。

萝拉悲伤地问他：“你真的觉得，还能遇到比这更糟糕的境遇吗？”

他望向她空洞的眼睛，那是她已被摧毁的灵魂之窗，然后摇头轻声说：“抱歉。”

“萝拉，”我问她，“你能给我们指路走出森林吗？”

“你确定要去印度吗？”是她的回答。

我点头。

“你叫什么？”她问。

“我叫萝乐，萝拉。”

我们两个都不由得笑了。她用鼻子轻柔地蹭蹭我的鼻子，我回应了她的温存。

然后她领着我们穿过森林。森林已经不再让我们感到畏惧，毕竟这是一片音乐和舞蹈之地。每走一步我都更加激动，森林后面会是什么呢？

当我们走到最后几棵树那儿时，看到了宽广的田野，这里并没有炼狱里的无尽牛奶。

圣歌真的撒谎了。

这意味着：我们不必再相信圣歌。

现在我明白了，当我们的头脑不再受过去错误的知识禁锢时，会是什么样的感受：有些恐慌、震惊，但是同时又很放松，并且很激动。因为由此我们的旧生活已经彻底一去不复返了。新生活启幕！

第十七章

临离别时，萝拉又跟我蹭蹭鼻子，轻声对我说："我以前去过印度，那儿真的很美。我希望你能到达印度！"

"那你为什么没留在印度？"我困惑地追问，不理解她怎么能离开这样一个天堂。

"如果你自己的内心不美，不论你在哪儿，都不会觉得那里美好。"萝拉回答着，眼睛里涌起了泪水。她在哭之前就转回身，向森林走去，并对小动物们喊："我们现在唱'今天没有牛奶[①]'！"

等到森林里响起动物乐手们的欢呼声，我们也踏上了穿过田地的道路。我们全沉浸在新发现的真相带来的震撼中：我们竟然没有扑通一声掉进无尽的牛奶里。我们根本不知道该说什么。

我们默默无语地走了几分钟，然后踏上了一条横在我们面前的路。这条路的路面坚硬得极不自然，它的灰色看起来也不自然。太阳高高悬在空中。在阳光的照射下，路面在我的蹄下散发着舒适的温暖。如果我当时就知道，我所站立的地方，被人类冠以如此不诗意的名字——"公路"，我肯定就不会感到如此惬意了。

"那么，"苏西慢腾腾地问，"去印度应该往哪边走呢？向左还是向右？"

我向贾科莫投去求助的眼光。他沿着灰色地面跳到一个黄牌子前，牌子离我们有几头牛身长总和那么远，上面画着我们看不懂的

① No Milk Today，20世纪60年代的英文歌曲。

人类符号。公猫对着牌子观察了片刻——他看起来好像真能破解那些奇怪的符号似的，然后跑回来向我们解释："我们还要再走十五千米，一直到一个名字叫库克斯港[①]的地方。在那儿我们等待开往印度的船。然后我想办法把你们偷渡到船上……唉，我说得越多，越觉得这个计划太疯狂……"

我们还没来得及把我们关于这个疯狂计划的问题说出来，比如"什么是船？""什么是偷渡？"或"什么是库克斯港？"就听到一阵低沉的轰鸣声。

"这和拖拉机的音律不一样，"小红萝卜说，"这个东西发出的音律是'呼姆——呼姆——呼呼呼呼呼呼呼呼姆'，强有力多了，也快多了。"

"Attenzione[②]！"贾科莫喊。

我们没任何反应。

轰隆声更响了。

"Attenzione！！！"公猫又喊了一遍。

我们依然没反应。

"我喊了'Attenzione'，你们没有听到吗，你们这些愚蠢的母牛？"

"是，听到了……"小红萝卜首先开口说。

"……可是，我们不知道'Attenzione'是什么意思。"希尔德把小红萝卜的话补充完整。

"另外，"苏西解释道，她因越来越响的噪音而有些气恼，"我们不

---

① 库克斯港市（Cuxhaven）是德国下萨克森州的城市，位于易北河汇入北海的入海口。库克斯港市有一座重要的渔业港口，汉堡市和北海—波罗的海运河过往船只的登记检查站，旅游业也是该市的重要经济产业。

② 意大利语，注意，当心。

是愚蠢的母牛，至少我不是……她们几个有一点……尤其是萝乐……”

“汽车！”贾科莫喊。

在我们前方，我们看到一个与拖拉机有几分相似的东西正向我们冲过来，速度快到不可思议。那里面坐着一个女人，她看到我们露出恐惧的表情，至少和我们的恐惧一样多。

“去那里面！”贾科莫大喊一声，一头冲跳进路边的一道沟里。

这个汽车看起来非常强壮结实，因此，我认为这一跳着实是个好主意。

希尔德在思想上和行动上都比我快一蹄子，已经跳进了沟里。

贾科莫哭号起来：“你砸到我身上了……你的屁股就坐在我脸上！”

希尔德还没来得及说些什么，小红萝卜也紧跟着跳了出去。现在是希尔德开始大叫：“嗷，现在我也被砸到了！”

贾科莫呻吟：“我还埋在你身下呢。再跳上来一头母牛，我就要像我的老朋友莫斯小姐一样扁平平了！”

本来我也想直接冲出去，跳到我两位朋友身上的，但是苏西一动不动，呆呆地站在马路上，惊恐地盯着疾驰而来的汽车。

“苏西！”我冲她喊。

这头蠢牛完全没有任何反应。出于深深的恐惧，她像被死死冻在路面上一样。那个东西马上就要撞到她了，而她肯定没有命大到能在这样的碰撞中活下来。

我低下头，冲过去，用尽吃奶的力气把角抵进她屁股里。

“啊！”她大叫一声，直接蹿进那条沟里，正压在希尔德上面的小红萝卜身上，而贾科莫还被压在最下面。他现在哀呼着：“嗷呜，简直太完美了。”

最终我也赶紧跳了进去，“砰”的一声砸到苏西身上。苏西大叫起来，她身下的小红萝卜痛苦呻吟着，小红萝卜身下的希尔德也唉声叹气着，最下面的贾科莫痛骂："下次我只跟兔子一起旅行！"

汽车从我刚刚跳离的地方呼啸而过，这时我们这堆砸在一起的牛也摔落散开了。我挣扎着爬起来，小心翼翼地把头从沟道里探出来张望。另外几头牛也学着我的样子观察着外面。这条路上飞驰着很多这样的汽车，一部分比刚刚第一辆大一些，甚至有几个后面还拖着小房子。

"那些是荷兰人。"贾科莫说，但是仅仅靠着这么一句解释，这一切并没有变得让我们更加容易理解。

那些汽车显然让小红萝卜和苏西感到极其恐惧，每一辆汽车疾驰而过时，她们两个都吓得浑身发抖。勇敢的希尔德对这些快速的东西也感到厌恶："跟这些东西发出的臭气相比，屁叔叔散发的简直是野玫瑰的香甜。"

因为我也有点害怕，所以我问："谁赞成我们再找一条别的路呢？"

整个旅途中，所有的牛第一次意见一致。

可是，贾科莫反对："没有其他的选择。只有这一条路穿过文明，非常抱歉。"

"这让我感到很难过。"小红萝卜叹息道。

"我也是。"苏西气呼呼地说。

"不管'文明'是什么，"希尔德苦闷地说，"我现在就已经恨它了！"

这是我们几头母牛在这次旅行中第二次意见完全统一。

我们不情愿地踏上走进"愚蠢的文明"的大路。当然，我们并不是走在贾科莫称为"公路"的地面上，而是走在它旁边的草地上。我们左边是马路，右边是田地，夹在它们之间的狭窄草带，窄到我们只能一个跟着一个，纵队前行。苏西对此并不十分满意："好，真棒，现在我可以好长时间一直盯着萝乐的肥屁股啦！”

我还从来没有过像这一刻如此地希望我肠胃胀气。

为了不让我们队伍的气氛变得更糟，我决定不理睬苏西的放肆。然而在队伍最后面，紧跟着小红萝卜的希尔德却帮我反击了：“我愿意看你的屁股，苏西。”

“啊，是吗？”苏西惊奇地问。

“当它陷进荨麻堆里的时候！”希尔德嬉笑着说。

“我愿意看你掉进马蜂窝里的屁股。”苏西回击道。

“我想看你陷进蜂蜜里的……”

“这并不糟糕啊。”苏西不解地问。

“……一群蚂蚁堆上！”希尔德把她的句子补充完整。

她们俩像山羊一样相互挑衅着（山羊对待彼此真的很恶毒，他们一天天咩咩着相互辱骂，我们牛真觉得这不可想象），我观察着汽车里的人们，他们全都吃惊地盯着我们。因为看到我们而感到高兴的人，只有几个，就是那些小小的“人犊子”。他们挥舞着小胳膊，手指着我们，开心地笑着。看着这些小家伙，我根本不能想象，他们会吃掉我们。他们看起来也似乎丝毫无意这样做。这些年幼的人类不可能是吃牛的怪物，不是吗？

“他们根本不想吃掉我们。”我对坐在我头上两角之间的贾科莫说。他的腿几乎已经痊愈了，但是他还不想走路。他给我的印象是，他好像挺享受被我驮着走路的。

“大多数人不会自己去杀牛。他们从来没见过死牛。他们只吃你们身体的一部分，这样他们就不会想到，自己正大快朵颐的食物，曾经也是一个生命。”

这种行为听起来不仅荒诞，而且变态。

“我想，如果看到你们是怎样被宰杀的，大多数人应该也不会吃你们了。”

这就使得人类的行为变得善良一些吗？大概没有吧！人类教育他们的后代去食用其他的生灵，这简直不可理喻。如果我有一头小牛犊，我一定会教他尊重每一个生命——除了苏西。

“你们牛只需要对一小部分人感到害怕，”贾科莫解释道，“农民、屠夫、Sodomisti……”

“Sodomisti？”

“嗯，就是那些与动物欢爱的人……”

“我根本就没问！”我打断他，同时也一点都不奇怪，这个概念里含着“Mist”（粪堆、垃圾）这个词。

在我看来，人类一分钟比一分钟更阴森恐怖。关于他们，还有多少对我们的生存至关重要，但我还不知道，并必须去了解的呢？这个世界上到底有多少人呢？光是在这些汽车里，就已经难以想象了。

我正苦思冥想时，身后的苏西问：“我们快到了吗？”

“不呢。”贾科莫回答。

过了一会儿，苏西又问：“我们快到了吗？”

“不呢。”公猫说，这次有些被触怒了。

还没一分钟，苏西又问：“现在呢？”

“不！！！”

“但是我们马上就到了？”

“如果你再这样问下去，你永远都不会到了！”

“你怎么弄死一头母牛呢，小猫仔儿？”苏西挑衅地问。

贾科莫从我头上爬下来，走到我臀部——我转过头去，为了能看到他要做什么——他在苏西的鼻子跟前“唰”一下伸出爪子：“就用它。”

苏西战栗了一下，努力保持镇定：“好，好，我可不想在眼睛上受这么一下。”

贾科莫冷笑：“不，小姐，你肯定不想。”

他转回身来，又微笑着在我背上保持着平衡走回到我头部，坐在我的两角之间。他的冷笑让我感到一阵寒战。到现在为止，我一直认为他是一只温顺可爱的公猫，但是现在我感到，他也可以变得很危险，是一个真正的斗士，是一位毫不犹豫就会去伤害其他动物的主儿。刚想到这儿，我就不禁想到了老狗和我的噩梦：如果连一只有着这样利爪的公猫都差点被老狗杀死，我又能靠什么来抵御他呢？虽然那只是个梦，老狗只是在梦里想杀死我，但是如果这个梦里藏着对未来的真实预言呢？如果我确实将再次遇到这头怪物般的猛犬呢？这个可怕的想象让我在盆腔处感到一阵抽痛，有一点像来例假时的疼痛，但是又很不同。

苏西的声音让我从沉思中醒来：“公猫，我还可以再问一个问题吧。”

“哎呀，你又要问，我们是不是快到了？”贾科莫戏谑道。

“不。”

“好，那你想问什么？”

“还很远吗？”

贾科莫大声长叹一口气，然后在我的两角之间蜷缩成一团，悲哀地说：“到印度时我一定成酒鬼了。”

一个“人犊子”从一辆汽车里使劲扔出来一个苹果核，砸到我背上——看来那些小家伙也不都是可爱的。我目送着那辆汽车，不禁自问，如果那些人不得不使用汽车来在这个世界上行走，而不是他们自己的双腿，那世界到底得有多大呢？地球想必比我曾经设想的大多了，只是，到底有多大呢？忽然，我心里升起了一个可怕的怀疑，我怀疑，直到我们“到了”，还需要很久。

“你说，”我轻声问公猫，为了不让其他几头牛听到，“是不是我们走三天也到不了印度？”

“教皇是天主教的吗？”

“我不知道这个答案是什么意思。”

“当然啦，印度还远着呢。”

“四天？”我追问，希望这个“远着呢”并不遥远太多。

“还要远。”

我咽下一口唾液，这样一个行程我们母牛能坚持几天呢？八天？九天？最多十天？

“比十天还多？”我谨慎地问。

“我估计，还要多一些。”

“‘一些’是多少？”我小心地继续追问。

“哦，可能三个满月吧。”

“三个满月？！”我惊慌地叫。

另外几头牛一起诧异地看着我。

“什么三个满月？”希尔德问。

“呃，”我赶紧胡编乱造，“贾科莫说，在印度能看到三顶圆月。”虽然这个托词很笨，但是我一时也想不到其他的借口。我不能对她们说，到印度还要走那么久。如果我说了，她们全会丧失希望，就像我刚刚一样。

“三顶圆月？”希尔德追问，“这怎么可能呢？”

“奈雅在那里往天空上多甩了些她的奶酪。”我继续撒着谎，把母牛女神也扯了进来，尽管我已经完全不确定她是否真的存在了。

小红萝卜天真地认可道："她乳房的生产力可真强。"

不管怎么说，她们暂时接受了我的信口开河。但是苏西还是过一会儿就絮絮叨叨地问："还有多远？""我们到底什么时候能到？"或者："蹄子都冒烟了，可怎么办呢？"我不禁自问，这三个满月我们几头牛该怎么相处呢？更不要说在到处是人类的世界上生存下来了？在希望要彻底消失殆尽时，我的盆腔区又感到一阵强烈的抽痛。这大概不是今天的最后一次抽痛，估计也不是我这一生中的最后一次抽痛。

第十八章

每一步都走得越来越慢，苏西的声音也更轻了。希尔德则不断抱怨，我们因苏西而前进缓慢。在我们的长征途中，只有小红萝卜很兴奋，一直精神抖擞的。汽车已经不再让她感到害怕，她活跃地问着贾科莫关于我们遇到的一切新鲜、神奇的事物的问题。他向她讲述着，风车是什么（对鸟儿来说很傻），挡风玻璃是什么（对昆虫来说很傻），核电站是什么（对所有的参与者来说都很傻）。他告诉她，什么是摩托车手（对，那飘逸长发下面还是普通的人类），什么是摩托车（不应该脱手使用的东西。不，牛不能驾驶这个东西）。然后公猫又看了一块与之前类似的黄牌子，宣布道："到库克斯港还有五千米！"

"你到底是怎么学会，"我问他，"破解人类的那些符号呢？"

"跟我的小女主人，"贾科莫忧伤地说，"她经常大声朗读书上的内容。她读书的时候，我就趴在她肩头，慢慢就学会了看那些字母……"

"什么是小女主人？"我打断他。我很高兴有个话题分分心，让我至少可以暂时不用去想印度可能是遥不可及的事实。

"我属于的那个人。"

那么，公猫也像我们一样，是被一个人拥有的。如果所有的动物都被人所拥有，如果这就是这个世界的自然秩序，那大自然可真够不自然的。

"你的小女主人也吃我们牛吗？"我想知道。

"不，她不吃肉。"

"那就是只吃草？"

“不，她用草做一些其他的事。”

“那是什么呢？”

“吸。”

我完全不能理解这是怎么回事，更加惊讶了。

“我的小女主人非常喜爱迷幻蘑菇，有时候她会分给我一点，然后我们就会笑一整夜，而且能看到很多极其绚丽的色彩……”

这听起来像我们外围草场上的蘑菇一样。

“我失去了我的小女主人，而且这全是我的错。”公猫开始啜泣起来，我感觉到他的眼泪落到我的皮毛上。如果我追问，他到底做了什么以至于失去了他的小女主人，好像有些不礼貌。于是我沉默着继续往前走。甚至他把湿漉漉的鼻涕大声地擤到我的皮毛里，我也没说什么，只是由他哭个痛快。现在，我们当中唯一一个看起来依然快乐而满足的，是小红萝卜。

“你好吗？”我问小红萝卜，希望我也能有像她一样的感受。

“我们在一起，我们还活着，太阳照耀着……你还想要什么呢？”

“安全……爱……幸福……”我渴望地回答说。

“你知道，哈姆哈姆姥姥一直说什么吗？”

苏西在我身后尖酸地说：“你们不要总是给我提哈姆哈姆。”看来，她还有足够力气继续她的尖酸刻薄。

“这是一个美丽的名字！”小红萝卜强烈反对。

“听起来像普莱姆－普莱姆疯姥姥[①]。”苏西回击。

“你可以侮辱我，但是不可以侮辱我姥姥！”小红萝卜发火了，眼睛里罕见地闪着愤怒的光。苏西这才收敛了一些。对小红萝卜来

① Oma Plem-Plem：Plem-Plem 口语惯用语，意为不太理智、有些疯癫。

说，姥姥是这个世界上最重要的牛。姥姥去世时，小红萝卜连续恸哭了好几天。但是忽然一天早上她又开始笑了：她梦到了哈姆哈姆姥姥，姥姥在梦里对她说，她不应该在悲伤哀悼中浪费生命，而是应该全身心地享受生命中的每一刻。从那以后，小红萝卜又是快乐的了，并且她一直感觉到，哈姆哈姆姥姥的一部分一直陪在她身边。这赋予了她一种内心的力量，而我经常羡慕她的这种力量，尤其是现在，我从来没有像现在一样如此地羡慕她的力量。

“什么？”我问她，“哈姆哈姆姥姥说了什么？”

“安全、幸福和爱……这些全部就在你自己身上。”

我在自己身上寻找着，除了盆腔区的抽痛，很可惜我找不到什么——并且肯定没找到幸福。

“萝乐，你必须学会享受当下，享受每一个瞬间，不然它很快就过去了。”

“我的小女主人也一直这么说，”贾科莫悲伤地附和道，“每次说完后，她就会吃那些蘑菇。”

不论什么情况，享受当下，这就是幸福生活的钥匙吗？

我也可以试试，虽然我们前方的路途漫漫，虽然我内心非常压抑，但是，明媚的阳光照耀着我们，这确实很美好；舒适的微风拂面而来，确实这也很美妙；那些汽车散发着臭气，虽然毫无享受可言，但也可以忽略不计。可惜，依然有一些不容我忽略的事，说实话，我也根本不想忽略：我们农庄上的整个牛群已经被杀了，冠军也在其中。每一个当下，并不仅仅是当下这一刻本身，它既承负着过去的痛楚，又笼罩在未来的忧虑下。

小红萝卜可以淡忘或忽视这两者：过去和未来。有可能，一些别的牛也拥有这个让我羡慕的能力，但是我却没有被赋予这个能力。

我要是也想拥有这样的能力，必须从小被哈姆哈姆姥姥带大才行，而不是被像我妈妈那样的母牛，她的一生一直被她的公牛欺骗、背叛。

我只有通过塑造未来，才能跨越过去。这意味着：我必须把大家带到印度，就算路途要持续整整三个满月，我也一定不能被漫漫长路和艰难险阻打败。因为只有当我能够自己塑造未来时，我才能享受当下！

不然，我也只有靠吃迷幻蘑菇才能享受当下。

第十九章

我们到了一个贾科莫称为“汽车休息站”的地方。这里到处都是奇怪的垃圾，贾科莫称它们为薄膜、包装材料或者安全套。只是，他一边说话，一边用爪子擦着眼里的泪水。

我们停下来，仔细地观察着四周。希尔德说：“我想，再也没有比这里更让我恶心的地方了。”

“小姐，那您肯定没有去过足球场的卫生间。”贾科莫强颜欢笑着说，显然他在努力驱散他对小小女主人的记忆。

我们几头牛喘气休息着，在停车场边沿的草地上吃了一点儿草。希尔德和苏西无精打采地嚼着草，小红萝卜则是欢快地把瘤胃装满，可是我几乎连一棵小草都咽不下。我做着思想斗争，该不该把实情告诉大家呢——我们开始了一段漫长旅程，比原来预想的要持续得久得多。但我最终决定，为了不危及所要达成的目标，有时候领袖对她的牧群撒谎反而更好一些。这虽然有些狡诈、卑鄙，但也是必要的。领导一群牛的任务，比我想象的麻烦多了。

小红萝卜注意到我们看起来都很沮丧，停止了咀嚼，试着鼓舞我们。她转向希尔德：“我坚信，我们在印度一定会遇到棕色斑点的牛。”

希尔德的眼睛随着这个想法亮了起来，但她依然沉默着。她不想再去强化她的希望，这样，如果在这个世界上确实没有别的棕色斑点的牛，她也不至于因一生的梦想彻底破灭而遭受过于严重的创伤。

小红萝卜对苏西说："我祝愿你在那里会遇到很多很多公牛。"

"但是你自己不希望遇到任何一头公牛吗？还是什么意思？"苏西愤怒地问。她已经疲惫到不能体会小红萝卜的友好了，或者只是因为她的性格实在太差了。

小红萝卜犹豫着，没有作答。

"什么？"苏西追问，"难道你不想要一头公牛吗？"

小红萝卜不安地来回踱着步，看起来像是忽然开始很激烈地与自己做斗争。她最终解释道："我必须向你们坦白一件事情。"

我们全都惊呆了，停止了吃草。

"昨天晚上我没有向你们讲我的梦想……"

"啊哦，"苏西狂妄地打断小红萝卜，"那根本不重要。"

这让小红萝卜很受伤，但是跟昨天不一样，她这次没有动摇，而是继续说："我想告诉你们我的梦想是什么，但是……"

现在她又犹豫起来了。我问："但是什么？"

"我说不出口。"

"那就别说了。"苏西说。

"但是我可以用另外的方式告诉你们。"小红萝卜解释说。

"比如，闭嘴？"苏西满怀希望地问。

"闭嘴是一种能力，"希尔德挖苦道，"可惜你不具备。"

苏西的脸都变形了。

"我可以，"小红萝卜说，"唱出我的心事。"

"你们母牛，"贾科莫笑着说，"可真是都很有哞唱音乐天赋啊。"

小红萝卜开始唱起来：

我想要被一头母牛爱

就是一头母牛，谁都不要，只要一头母牛

她唱歌时妩媚地扭动着身体，展示着母牛天生被大自然赋予的风情万种。

我想要被一头母牛爱，仅此而已

呼——呼——哔——嘟——

“啊，我的天啊！”苏西第一个明白了小红萝卜唱的内容，立即从她身边走开了，“你是一头喜欢母牛的母牛。”

“这确实值得惊讶。”贾科莫认为。

我也感到很惊讶，目瞪口呆的那种：我从幼年时期就认识的好朋友，我的小红萝卜，不喜欢公牛，而是喜欢母牛？

我们都还处于惊愕中，小红萝卜用前蹄踏着可爱的小碎舞步，继续甜美地唱着：

我想要被一头母牛爱

就是一头母牛，谁都不要，只要一头母牛

我想要被一头母牛爱，仅此而已

啪——嘀嗒——嘀嗒哩——嘀嗒哩——哒么

呼——呼——哔——嘟！

唱完“呼——呼——哔——嘟”后，小红萝卜还用她大大的黑嘴巴向我们呼出一个千娇百媚的飞吻。然后她充满期待地望着我们：

她向我们倾诉了她内心深处最大的秘密，并由此而触电似的亢奋起来。同时，她也有一丝慌乱和胆怯，看我们将如何消化这个信息。

然而，我们最开始都没能消化这个信息，只是沉默着。

我们沉默的时间越久，小红萝卜就越紧张。她来回推动下巴，磨着牙齿，直到她再也忍不住了："来吧，说点什么啊！"

希尔德惊慌地回答："啪——嘀嗒——嘀嗒哩——嘀嗒哩——哒么。"

我的慌乱也丝毫不亚于希尔德，我补充道："我还想给这句加上'呼——呼——哔——嘟'。"

小红萝卜忽然笑起来："你们不用害怕，我喜欢的不是你们。"

"为什么不是我们呢？"希尔德装作生气地追问，经过最初的惊愕后，她现在咧嘴笑了。小红萝卜的笑把空气中紧张的气氛打破了。现在希尔德已经能毫无芥蒂地接受小红萝卜坦白的秘密了。身为一头"边缘牛"，她完全能接受有些牛是与众不同的。

这与苏西大大相反，苏西愤慨地哼唧着："现在可是全明了了，我就是跟一群疯子混在一起。"

然后她从我们身边走开几步，想与小红萝卜保持距离。显然，苏西属于众多的普通牛，他们反感母牛与母牛之间的爱情。如果一头母牛追求另外一头母牛，那她在牧群里的境遇就同一头喜爱公牛的公牛一样糟糕，或者是喜欢母鸡的公牛。

相反，我只是对自己有些气恼——我本来应该像希尔德一样轻松面对小红萝卜对母牛的思慕爱恋的，我并不反对同性爱情。我从来都没相信过那些老牛一直念叨的俗语："母牛和母牛在一起，只会产生怪物。"

但是我被小红萝卜的坦白搅得很乱，或者，确切地说，我感到受伤。受伤，是因为她直到现在，直到我们在逃亡路上，在一片停车场的边缘，才告诉我们，她的愿望是什么。而我们已经认识这么久了，从我们还是小牛犊时就认识彼此。如果我们还留在农庄，她要等多久才会向我们吐露心声呢？或者她有可能根本就不会告诉我们？为什么小红萝卜没有信任我？

忽然我又在盆腔附近的区域感到一阵抽痛。

小红萝卜向我走来："本来这应该是你作为朋友为我祝愿的一刻，祝愿我能够找到一头我可以爱的母牛。"

"我是要这样祝愿你的。"我回答说，更多是出于责任，而不是衷心。

"这可真是你发自心底的祝福啊。"她察觉到我的冷漠，有点不确定地、尴尬地笑着说，"是不是你反对母牛之间的爱情？"

"不，不……"我尽力平息情绪，试图为自己开脱，但是我又不想告诉她，我感到很受伤。于是我说："只是，我小腹部感到一种奇怪的抽痛。"

"你感到小腹部抽痛？"小红萝卜问。这真是令牛惊叹：上一刻我们还在谈论她最大的秘密，那是对她来说意义非凡的重大事件，但是当她为对方担忧时，她马上就忘了自己，全心全意地关注对方。

我忽然为自己的举止和心态感到很羞耻，尤其是，我没有像小红萝卜一样宽广的心田和伟大高尚的牛格。我感到那么羞愧，以至于我的回答比我本来想要表达的更加懊恼了："我本来想说的是，'我感到小腹部抽痛'。"

"真的？"她问，"你真的感到抽痛？"

"真的！"

小红萝卜忽然咧嘴大笑开来，好像她知道了什么似的。

“什么？”我想知道她为什么忽然眉开眼笑的。

她笑得更开心了，看起来也更坚定地相信她认为自己知道的事情了。

“什么？”

“你怀孕了！”

“什……什……么？！”

第二十章

“啊，萝乐，”小红萝卜耐心地解释，“怀孕的意思是，一头母牛将要诞生一头小牛犊……”

“我知道怀孕是什么意思！”我喊。

“那你为什么还问我呢？”如果有谁能瞪出如此真诚的、吃惊的牛眼，那只有小红萝卜。

“你怀孕了？！”苏西震惊地大叫着，又跑回了我们身边。她的声音听起来既嫉妒又愤怒。因为如果我确实怀孕了，那我肚子里的小牛犊一定是冠军的。

“我……没怀孕。”我结结巴巴地说。

“你就是怀孕了。”小红萝卜笑着说。

“我只是小腹部感到一阵抽痛。”我尽量镇定地说。

现在希尔德也开始把嘴裂大，笑了。

“什么？”我着急地问。

“你怀孕了。”希尔德断定道。

“瞎说！”我坚决否认。这不可能，我也不可以怀孕！

“‘火车车祸’，”希尔德说，“去年秋天她也感到这样的抽痛……”

奈雅啊，确实如此！

“……然后她就生了一头小牛犊……”

很遗憾，确实也如此。

“……我们农夫给小牛犊起名叫‘精神病药’。”

“我的抽痛跟她的截然不同。”我尽力反驳，可是我自己已经完全不确定了，因为我也不知道，这和“火车车祸”的抽痛是不是真的不一样，我只是希望不一样。

“萝乐，”希尔德问，“你上一次例假什么时候来的？”

“呃……”我开始磕巴了。

“我猜就是这个答案。”

“哦，不……”我恐慌了。距离上次例假确实已经有些时日了，确切地说，是整整两个奶酪满月之前。

苏西恶狠狠地、受伤地说：“你真的怀上了冠军的小牛犊。”

贾科莫欢呼雀跃着：“我要做干爹啦！”

他边欢呼边在我头上欢蹦乱跳着，但是我几乎感觉不到他的跳动，因为我已经不知所措了：我不可能怀孕了！我不可以怀孕！

“有一个很简单的方法可以断定，”小红萝卜解释说，“你是不是怀孕了。”

“等小牛犊生下来，就知道了。”苏西气呼呼地打着响鼻说。

“我的姥姥哈姆哈姆曾经教过我一招，怎么判定是不是怀孕了。”

“又来了，又是你的姥姥哈姆哈姆。”苏西愤愤地说，用攻击言语压抑住了她眼睛里涌起的泪水。

“是建议往我伤口上撒尿的那个姥姥吗？”贾科莫颇具怀疑地问。

“那个方法有什么错吗？”小红萝卜微笑着问。

“没有。”贾科莫让步了，他的腿是被老哈姆哈姆的医疗知识救下来的，“你的姥姥是一头有智慧的母牛，很古怪，但是确实智慧。”

“那么，”苏西催促道，“怎么确定是否怀孕了呢？”她比我还更想知道。说实话，我根本不知道我是否想知道。

“我们需要一只青蛙。”小红萝卜回答。

“一只青蛙？”我迷惑地重复了一遍。

“青蛙会告诉你，你是不是怀孕了？”苏西也很怀疑。

“如果这个文字游戏不是那么愚蠢的话，”希尔德说，“我会说，这就是呱呱胡扯。”

“青蛙不会告诉你，”小红萝卜解释，“他会通过身体的颜色来说明。”

“是不是当你跟他说关于繁殖的事情时，他会脸红？”希尔德取乐问。

“不，如果一头怀孕的牛尿到他身上，他会变蓝。如果那头牛没怀孕，他就还是绿色的，颜色不变。”

“你的姥姥，”希尔德肯定地说，“真的很迷恋撒尿。”

“如果你怀孕了的话，尿液里有一种什么东西……”小红萝卜解释说。

“荷尔蒙。”贾科莫一声叹息后，补充道。

“青蛙，”我有所顾虑，“会乐意我往他身上撒尿？而且，我们也得先找到一只青蛙才行。”

我希望，靠这些借口先回避或者结束这个话题，至少到我自己想清楚，我到底是不是真的想知道。

“那后面有一个水坑，”苏西指着离我们大概一百头牛身长那么远的一片小水池说，“那里面肯定有青蛙！”

她毫不迟疑地踏出停车场，穿过一片草地，路过几棵灌木，径直向水池走去。不像我，她清楚地明白，她想立刻知道。

“你还等什么呢，萝乐？”小红萝卜温柔地用鼻子轻轻地推推我。

我在等这个噩梦快快结束。我都不想思考，如果在我身体里正有一头小牛犊在成长，这究竟意味着什么，尤其是，小牛犊的爸爸是冠军。因此，我希望苏西在后边的水池里找不到任何青蛙。她现在已经走到水池边了，高呼着：“这里挤得满满的全是青蛙！”

所以我的希望也就破灭了。

“来啊！”小红萝卜微笑着，用牛角轻轻地、温柔地不时刺刺我的屁股，赶我向水池方向走去。我不情愿地、慢腾腾地走过高高的草丛，青蛙的呱呱叫声越来越响亮。每走一步，我的心情都更加沉重。

当我们终于走到水池边时，苏西已经站在一只极其丑陋的青蛙旁，挑衅地问我：“这只怎么样？”

她迫不及待地想知道我到底怀孕了没有！

“很抱歉，”小红萝卜向那只青蛙低下头说，“我朋友需要往您身上撒一些尿，您看行吗？”

“什么？”青蛙问，愤怒地看着我。

我羞愧地希望能钻到地底下去。

“不需要很久的。”小红萝卜细声细气、友善地说。

“你脑子有毛病吧？”是青蛙的回答。

“但是这真的很重要！”

“我的天啊！”青蛙开始呼天抢地地痛骂，“我中了魔咒，在这个身躯里晃荡了三百多年，你们还相信，会有一个女士乐意亲吻我吗？”

“呃，您说什么？什么？”小红萝卜问。

贾科莫从我身上跳下来，走近青蛙，仔细观察了观察，然后笑起来：“一个被施了魔咒的王子！我就说嘛，这个世界比你们牛还有人类想的神奇多了！”

青蛙没回应我们，只是自己回答着他自己刚刚提出的奇怪问题：“不，没有任何一个女人愿意亲吻我！反而是一头母牛想要往我身上撒尿！”

“‘想要’，”我轻声说，“这还真谈不上是‘想’……”

但我的话并不能打断或改变青蛙滔滔不绝的痛诉：“好像我还没受够似的！不论我跳到哪里，都只有丑陋的癞蛤蟆想和我交欢，想和我生成千上万的蝌蚪……”

他全身颤抖着。

“……我在法国的时候，那些愚蠢的法国人还想抓住我，把我煮熟吃了。可是，你们知道最糟糕的是什么吗？”

“你肯定马上就能告诉我们了。”希尔德戏谑道，她跟我们一样，基本不明白青蛙整段时间在那儿“呱呱”讲的是什么。

“最糟糕的是那些苍蝇。再也没有比苍蝇更没滋味的食物了！可是我们这些笨蛋青蛙不吃别的东西！我的天哪，如果我能再吃一次鲜美多汁的烤牛排，我愿意为此付出任何代价！”

我们几头牛都生气地瞪着他。

可是青蛙根本没注意到我们的气愤，只是继续哭诉：“我不该告诉那个巫婆，她的外表损害了我帝国的整体美学印象……我的天啊，甚至她的乳头上都有疣子……也许是我不对，我不该因此就把她扔上火刑柴堆……或者应该先把她绑好再扔进火里……那她就不能给我下魔咒了……”

青蛙现在根本停不下他咕呱咕呱的长篇大论。为什么不能通过往石头上撒尿来断定我是不是怀孕了呢？

苏西问：“还有谁很烦这个家伙？”

我们还没来得及回答，她就一蹄子踢到他头上。青蛙昏倒下去，失去了意识。然后苏西催我：“现在轮到你了。”

不知道为什么，往一只昏迷的青蛙身上撒尿，我就觉得没关系，可以没有压力地进行了。而对青蛙来说，肯定也比清醒着经历这一切好。

“你现在尿吗？”苏西催促着。

“我不能仅靠听从命令就排尿。”我如实地回答。

“我还一直以为，你只会撒尿，不能满足公牛的兴致呢。”她尖酸地说。

但是我并没有觉得受了侮辱。苏西想要个明白的定论，我能理解她。如果我真怀上了冠军的小牛犊，她得多痛苦呢？如果现在是她怀上了冠军的小牛，我肯定也不能接受，可能我对她，会比她现在对我还要恶毒很多很多。

我走向青蛙，把我的身体置于他的上方。但是我全身僵直，极不自然，全无尿意。她们几个这样眼睁睁地看着我，并不能帮助我放松。小红萝卜问我：“要不要我给你唱哈姆哈姆姥姥的尿尿歌？”

我还没来得及把“千万不要”说出口，她已经愉快地哼起了曲调：“嘘－呼噜，嘘－呼噜，嘘－呼噜，嘘嘘－嘘－呼噜，嘘－呼噜－呼姆。”

我的膀胱马上就开始运动了。这首歌的妙处大概在于，听者要赶紧尿完，好使得这恐怖的歌声尽快停止。

我刚刚才完成排泄，苏西就欢呼：“青蛙没有变色！”

我也深深地松了一口气。可惜，我们两个高兴太早了，小红萝卜解释：“要等一会儿的，没那么快。”

于是我们只好等着。在等着的时候，我脑子里闪过了无数想法，比如：我和冠军最后一次在草地上欢爱的场景，虽然他是个十足愚蠢的傻瓜，但我此刻依然非常思念他。这些想法在我心里上下翻腾着，这时苏西忽然喊：“这只该死的青蛙变蓝了！”

贾科莫咧嘴笑着说：“她说蓝色[①]，并不是指他喝醉了。”

---

① blau，蓝色，德语口语中也有“喝醉的、烂醉的”意思。

第二十一章

我垂眼看着还昏迷不醒的青蛙：现在，他身上的颜色不是有一点点蓝，或者是蓝绿，而是蓝得发亮。所以现在是千真万确、不容置疑了。但是我还不愿意接受这个事实，所以张口结舌地说："或许是这只青蛙有问题呢，也许我们应该再找一只青蛙试试。"

我仓促地环顾四周，焦急寻找着，但是哪儿都看不到青蛙，甚至连他们的叫声也听不见了。

希尔德断定说："肯定是他们得知这只青蛙在这儿的遭遇后，都急忙逃跑了。"

"这也可以理解。"公猫幸灾乐祸地笑着说。

我又呆呆望向我身下这只蓝色的青蛙，他依然不省"蛙"事地躺在地上。我脑子里慢慢地冒出了一个想法：奈雅啊，我就要做妈妈了！

而我完全没有做母亲的喜悦，只是感到深深的悲哀：我的小牛将从小在没有父亲的陪伴下长大了。对这个小家伙来说，这将是多么恐怖的命运啊！对我来说，这也将是多么的恐惧无助啊！这可不是我的梦想：成为妈妈，不得不独自把小牛犊养大。我期盼的是像嗡嗡和哼哼那两只蜉蝣那样的生活。

小红萝卜注意到我的恍惚和疲惫，用鼻子轻柔地蹭着我的鼻子："成为妈妈的感觉一定很棒。"

"是的，棒极了！"希尔德开怀大笑，"你会越来越胖，腿会水肿，分娩时会感到最难熬的疼痛。等牛宝宝生下来以后，你就再也不能合眼了，因为你要一直给它喂奶，而且，如果你运气不佳的话……

你的牛宝宝还可能是一头公牛。”

现在，我不仅感到悲伤，心里还非常不舒服。希尔德懂得如何让我避免孕妈妈容易产生的过于兴奋的、期待的喜悦，苏西现在甚至比希尔德还擅长给我打预防针：“如果你非常倒霉，你的小牛可能会像他爸爸一样！”

她说这句话时，嗓音里含着无限的深仇大恨。她很受伤，因为跟她暧昧的公牛，让另外一头母牛怀孕了。她的眼睛里闪着悲愤的光，同时我心里的愤怒也升腾了起来：冠军怎么可以在跟苏西有奸情时，又和我发生关系让我怀孕呢？他怎么能这样对我，这样对我们的小牛犊呢？我气愤得恨不得立马用我的牛角刺穿他。但是，当我想象这样做时，我马上又感到了愧疚。可能，冠军已经死了……

我是一头多么悲惨的母牛啊！但是，不管我的命运多糟糕，也比冠军的好多了。

我多思念他的微笑，还有他向我呼喊时深沉的声音：“萝乐，让我们亲昵亲昵吧！”

我听到他清晰而响亮的声音，好像他就在附近似的：“萝乐，让我们亲昵亲昵吧！”

不仅仅是我听到了这个声音。

“你们听到了吗？”希尔德问，“有个什么喊了一声‘萝乐，让我们亲昵亲昵吧！’”

难道是我在自己脑子里自言自语地想象时，把这句话过于大声地说出来了吗？

不，不可能。

“萝乐，让我们亲昵亲昵吧！”

听，又一遍。

我问我的同伴们："你们也听到了吗？"

她们瞪着大大的牛眼诧异地看着我，除了贾科莫，他用大大的猫眼盯着我。他们等了片刻才点头，这一刻，我感觉像是永远那么久。

我半信半疑地向声音传来的方向走了几步。声音越来越响，我的步伐也越来越快，心跳也越来越激烈。最终，我放蹄狂奔起来，在迄今为止的生命里，我还从来没跑过这么快，甚至比昨天晚上我们从农夫那儿逃跑，躲避他的"噼啪棍"时跑得还快。

我的同伴们也都跟着我，尤其是苏西跑得最急，她甚至已经追上了我。我们在灌木丛后面不远处的草地上猛停下来，透过树的叶子，我们能看到停车场，而在那儿……站着冠军！

第二十二章

他站在停车场上，就那样站在离我近在咫尺的停车场上！

但是，他的眼睛呆滞地望着前方。他看起来那么萎靡，那么沮丧。我以前从来没见过他这样，甚至在我向他申明，我是一头有原则的母牛，不能在第一次约会就跟他合欢时，他都没有这么消沉。

“他……还活着？”小红萝卜震惊地结结巴巴地问。

“但是也活不多久了，”苏西愤恨、刻薄地说，“我要杀死他！”

她如此痛恨他，正因为她还那么深深地爱着他。

相反，我只是全身战栗着。我的冠军活下来了。看到他，我的心喜悦得狂跳着。我已经很久没感到过这么幸福了，甚至可能在我生命里至今都没有像现在如此幸福过——因为过去我从来没有经历过，我以为已经去世的牛——而且是我全身心深爱着的牛，又活生生地出现在我眼前。

我那么那么幸福，以至于我什么问题都没考虑，比如：冠军是怎么幸存下来的？他怎么来到这里的？他又如何找到了我们？我甚至原谅了他和苏西偷情。我只想冲向他，亲昵地和他蹭鼻子，爱抚他，再也不离开他，告诉他我们要做父母了，我们要有自己的家庭了……但是，这时候，他忽然喊：“苏西，让我们亲昵亲昵吧！”

“这头公牛，”贾科莫说，“在我看来有点儿淫乱。”

“如果‘淫乱’的意思是‘爱不择牛，盲目轻浮’，”希尔德回答，“那我赞同你的观点。甚至如果它的意思是‘痴呆’，或者‘只用 Bing-

Bong[①]进行思考'，我也赞同。"

"Binge-Bonge？"贾科莫问。

"Bing-Bong。"希尔德纠正他。

"我就是这么说的啊，Binge-Bonge。"

希尔德只是翻翻白眼。

"Binge-Bonge 的意思就是雄性动物的'小提琴'——阳具，对吗？"贾科莫坚持追问。这时，冠军又喊了一句："苏西，让我们亲昵亲昵吧！"

我有些不知所措地看着苏西，她的眼睛里依然只有愤怒和仇恨。她鄙视地呲呲地说："这个家伙在戏弄我们。"

"这个表述还是过于友善了。"希尔德评论道。

"我要给这个家伙点儿颜色看看！"苏西愤愤地喷着响鼻，想冲向冠军。但是，他还是一直没有看到我们，虽然我们离他大概只有四十头牛身长总和那么远。这很奇怪。诚然，我们和他之间还隔着灌木丛，但是他如果仔细一点认真地看，肯定能发现我们。而且，不知道为什么，他看起来好像根本不想和我们亲昵。是的，他好像根本就不想找到我们。这后面一定有诈！他是怎么来到这儿的？为什么他活了下来？为什么他交替着喊我和苏西的名字？冠军虽然不是很敏感，但是如此无耻……？看样子他很悲伤，心头压满愧疚，好像他自己的意志已经被打碎了……一想到这儿，我猛然明白了到底是怎么回事。

"不要过去。"我轻声对苏西说。

"为什么不？"她充满攻击性地反问我，就要准备出发了。"我

① 指雄性动物生殖器。

现在马上要让他听听我的训骂，这完全是他罪有应得的！而且，你应该跟我想的一样吧，毕竟他让你怀孕了！”

“这是一个陷阱！”我急切地劝她。

苏西惊讶地站住，我们全都恐慌地屏住了呼吸。

我轻声快速向她们解释：“今天早上我偷听了另外一个农夫说的话。他说，我们农夫想用一个诡计抓住我们。这就是他的诡计：他想让冠军把我们引诱出去。”

“希尔德，让我们亲昵亲昵吧！”冠军又喊了一声。

苏西惊呆了：“现在他可真是恬不知耻地‘爱不择牛’了……”

希尔德只是鄙视地瞪着苏西。

“或者，”小红萝卜震惊地说，“萝乐说得对，是农夫让他引诱我们出去。”

贾科莫深呼吸着说：“著名大情圣 Katzanova[①]曾经说过‘淫欲导致堕落！’”

“但是，”小红萝卜轻声问，“如果确实如此，冠军为什么会同意做这样的事呢？”

“我猜，是农夫逼他……”我推测。

“但他可以反抗啊！”希尔德认为。

“如果他想救自己，就不会。”贾科莫明察秋毫。

对此，希尔德鄙夷地喷着响鼻说：“他在试图用我们的命换他的命！”

这是多么可怕的想法！如果冠军真的想通过把我们引诱到屠夫

---

① 这里是公猫在说自己。公猫的名字 Giacomo“贾科莫”，与 18 世纪极具传奇色彩的意大利冒险家、作家 Giacomo Casanova（贾科莫·卡萨诺瓦）的名字相同。卡萨诺瓦爱好追寻女色，是享誉欧洲的风流才子、大情圣。公猫把姓换成了 Katzanova，前几个字母组成德语单词 Katze，意思是“猫”。

那儿来保全自己，那这就是背叛。不只是对我们爱的背叛，而且是对伟大牛性的背叛。

这时，农夫出现在冠军身后。所以，我的推测是正确的，他在拿冠军当诱饵。

但是，“我是正确的”从来没这般恐怖过！

我们赶紧躲到灌木丛后面，一动不动地大气也不敢出。

农夫看起来非常沮丧，我们听到他大声咒骂着：“交通广播的那些白痴说,那些母牛就在这一带公路上！那它们应该就在这附近啊！”

这时我们身后的水池边传来另外一阵咒骂，是那只青蛙：“我简直难以相信，她真的往我身上撒尿了！愚蠢的母牛！我一旦再变成人，一定要把烤牛排定成我帝国的国菜！”

听到“母牛”这个词，冠军往我们这边张望了张望。他发现了躲在灌木丛后的我们。

他看着我们，我们全都不敢呼吸。

冠军马上就要出卖我们了，农夫会拿起他的“噼啪棍”，我们这四头牛就要死了。

哦，不，我们五头牛！

我身体里还有一头没出生的小牛！他也就要被杀死了，而且死于亲生父亲的出卖！

冠军直直地盯着我的眼睛。我僵住了，是的，对这头我爱得如此之深的公牛，我现在感到的只是恐惧，极大的恐惧。

但是冠军并没有大声“哞”叫，以让农夫注意到我们。他好像在和自己做内心斗争，抉择自己到底应该怎么做。然后，忽然，他内心的挣扎结束了，他一下子变得非常放松，非常平静，好像他已经做出了最终的决定，并能终生坦然面对这个决定。

他现在就要高声哞吼了吗?

没有，他根本没有那样做。他沉默着，对我微笑着。很明显，他很高兴看到我还活着，然后他亲切地点点头，好像要和我做今生最后的道别一样，然后他慢慢回到农夫身边。他没有出卖我们，没有出卖他自己的小牛犊。

他做了一个伟大的决定。

我多想现在就对冠军哞诉，他就要做爸爸了。但是这会让我们全部陷入灭亡。所以我沉默着，眼睁睁地看着他走开，不能跟他说一句话，更不要说在他鼻子上给他一个吻了。这简直撕碎了我的心。

沮丧失落的农夫把冠军牵到一辆大汽车旁，那辆车的后半部分有足够的地方，能够装很多头牛。他把冠军赶进去，然后把冠军身后的门锁上。他自己坐进那辆车的前面一部分，开始从一个瓶子里喝“该死的烧酒”。冠军消失了，他肯定马上就要被那辆车拉到屠宰场了。但是，他没有背叛我们。

也许他本来真的想过出卖我们，拯救自己。这是一种本能的冲动，可以理解，甚至可以原谅。但是，在最终的关键时刻，他没有这么做。这让他成了一名英雄，成了一位——心怀着舍身救牛的豪气和我们能够活下去的慰藉——自愿赴死的大义者。

但是他的慰藉，对我来说却完全不是慰藉。

我的身体沉下来，卧在灌木丛后，开始轻声哭起来。

我的同伴们也卧到我身边，磨蹭着我的鼻子抚慰我，包括贾科莫，他也从我们牛这儿看会了亲昵地蹭鼻子。是的，甚至包括苏西，她也不再对冠军那么愤恨了，也过来安慰我。她也像我一样抑制不住自己痛哭起来，最用情地蹭着我的鼻子，我对她的回蹭也最用情。

第二十三章

过了很久，我也说不清楚到底是多久，因为我的心疼使每一秒都像永恒那么久，我们的沉默和悲哀终于被打破了。当然，是贾科莫，他的声音压过我们的啜泣声，说："唉，我本来不想打搅……"

"那就不要打搅我们！"希尔德斥责道。

"但是，"贾科莫并没有退让，"我们现在必须准备出发了。农夫还一直在这里，一旦他喝完酒，会继续寻找你们。"

透过满眼的眼泪，我向停车场望去，我看到汽车果然还停在那里。农夫蹲在车前的地上，靠着车门，还在喝他那"该死的烧酒"。我的小腹部又感到一阵抽痛，或许是因为我太激动了，又或许是在我身体里成长的小牛犊想要告诉我："做些什么，妈妈！"

我试着忽略肚子的抽痛，可是它却越来越强烈。如果真的是我的小牛犊在抗议，那么他现在就已经是一头很犟的牛了，看来作为他妈妈，以后教育他的日子不会很容易。但是，我的小牛犊是对的：无论如何，我不应该放弃他的爸爸，不应该放弃冠军！

地面已经被我们哭湿一片。我站起来，对其他牛说："我们必须把他救出来。"

"什么？"她们不约而同地问道。

"我们必须把他救出来。"这次我更加坚决有力地宣布。

"你要想明白，"希尔德问，"农夫还拿着他的'噼啪棍'呢？"

"很可惜，我非常清楚。但是我们必须这样做！"

"哦，天哪！"苏西哀叹，"我想回到'疯癫之牛'那里去，跟你比起来，她是正常的。”

“你想怎么救他呢？”小红萝卜好奇地问。

“我们突然冲过去，把农夫撞倒。”我郑重宣布了我的计划。

希尔德还有所顾虑：“如果我们不够快的话，他会向我们打‘噼啪棍’。”

“有可能，但是我准备冒这个险。有谁跟我一起去吗？”

他们都犹豫地看着我。

“你们别同时这么怯懦啊！”

“我再问一句，只是为了保证我的理解正确，”希尔德问，“我们要为了一头已经证实只是个傻瓜的牛，拿自己的生命去冒险吗？”

“嗯……”我想回答些什么，我不喜欢希尔德的措辞，可又不太能反驳她。

“……他和那头贱货一起背叛了你。”希尔德继续说。

“嘿！”苏西抗议。

“和一头根本不能跟你相提并论的母牛！”

“我就站在你旁边，”苏西抱怨，“你知道吧？”

“冠军刚刚没有出卖我们，”我解释，并直接转向苏西，我想她应该会第一个同意我的计划，毕竟她对冠军有感情，“他选择了牺牲自己，掩护我们。”

苏西犹豫着，她对冠军的恨多于爱，所以她很受伤地说：“我不要管他。”

“我以为你是爱冠军的。”我恳切地看着她，不放弃地追问，“那你就不应该在这个时候抛弃他。”

“我恨他！”苏西回答，眼睛里闪着愤怒的光。

“恰恰是因为你那么爱他。”我温柔地回复她。

“雌性生物，”贾科莫叹息着说，“真是地球上最复杂的存在。”

苏西没有再说什么。她不想承认我是对的，但她还不能克服自己的心伤。

小红萝卜勇敢地宣布：“我帮你，萝乐！这样你能成功活下来的概率大一些。只有你做我们的领袖，我们才能走到印度。”

希尔德考虑了一下，然后转向小红萝卜：“你的观点竟然如此正确，不容置疑，我真是恨得慌！”

然后她转向我：“我也参与……只因为你……和那边那头……”

她用鼻子指指小红萝卜。

“……还有这里这头……”

她又用鼻子指了指我的肚子。

“……但是，绝对不是因为白痴冠军。”

我感激地点点头，转向贾科莫：“你呢？”

“我真希望，我现在在离这儿很远很远的地方，最好是在伊维萨岛上，正无忧无虑地啃着披萨。可是既然我在这里，那我就也参与吧。”

“我数到三，我们就冲出去。”我对大家说。

贾科莫犹豫着：“我觉得我们数到四千八百再冲出去，效果可能会更理想……”

我忽略了他，开始数：“一……二……三！”

然后小红萝卜、希尔德和我就哞喊着冲了出去。贾科莫犹豫片刻，也跟了上来。

我的哞叫是在喊：“冠军，我们来了！”

希尔德的哞叫是在说：“如果我因为这个白痴而丧命，可真不爽。”

小红萝卜是在哞叫：“哇，我想我踩到那只蓝青蛙了。”

农夫被我们响亮的哞喊吓了一跳。他把“该死的烧酒”放到一边，从地上站起来大骂：“你们来舔我的屁股吧！”

小红萝卜惊叹：“他的愿望可真奇怪。”

这时，农夫抓起了他的“噼啪棍”。

贾科莫大喊：“我还是去伊维萨岛吧！”然后就转身冲回灌木丛。

但是我们依然哞喊着向前冲。

我的哞是在说：“在我们撞倒你之前，你不可能把我们全部都杀死的，农夫！”

小红萝卜哞的意思是：“当然，如果你一个都不杀，就更好了。”

希尔德在哞吓农夫：“如果你敢打死我们中的任何一个，我就杀死你！”

小红萝卜听到后，纠正哞道：“希尔德，如果农夫杀死的那个是你，那你就不能再去杀死他了。”

“小红萝卜，”希尔德哞答，“现在不是讲究逻辑的时候。”

“嘿，你们两位，可以把注意力集中在目前最重要的事情上吗？”我哞唤着提醒她们，同时加快了速度。

“尽量活命吗？”小红萝卜问。

“把农夫撞翻！”

农夫举起了他的“噼啪棍”。

我们现在离他只有十米远。

我多希望，我跟他之间的距离，比现在近十米。

或者是远一千米。

农夫把“噼啪棍”向我们的方向瞄准。

“该死，他要开火了！”希尔德 哞嚎。

小红萝卜说：“我更希望是反过来的。”

“什么？”即使在最危急的时刻，小红萝卜也有能力把希尔德弄迷惑。

“反过来，”小红萝卜解释，“那就是‘开火吧，他该……’”

“明白了，明白了。”希尔德打断她。

我们听到“噼啪棍”发出“啪嗒”一声。我们全都知道接下来，我们当中的一个要一头栽倒啃一嘴草了，以我们牛不喜欢的方式。

我们离他还有五米远。

农夫晃动着“噼啪棍”，他不知道应该瞄向我们三头牛中的哪一头。

还有四米。

现在他决定了。倒霉的是，他瞄准了我。

我开始感到害怕了，为我自己，但是首先是为我还没出生的小牛犊。我这头愚蠢的母牛，不该让我的孩子置于危险中！但是我对母性的直觉还没什么经验。而且，现在才开始听“母性”的话往回跑，也已经晚了。

现在必须想出一个好办法。

还有三米。

留给我们想办法的时间越来越少。

农夫喊：“我要把你们六头牛都杀死！”

六头？他看我们是重影的？

还有两米。

“噼啪棍”发出一阵震耳欲聋的响声，还冒着烟！

一阵锐利的风呼啸而来……

……从我身边擦身而过！

农夫瞄得不准，打到了旁边。

我撞倒了他。

“啊……”他扑通摔到地上时大喊。“噼啪棍”从他手里滑落下来。农夫想再抓住它，这时希尔德已经跑到他跟前，一蹄子踢向他的脑袋，他陷入昏迷。

我们呼哧呼哧地深呼吸着，在惊魂未定的恐慌中颤抖了一会儿。我们看着躺在我们身边的农夫，他一动不动地倒在地上。

“我想，我们没有让他太痛吧？”小红萝卜充满同情心。

“你知道我想什么吗？”希尔德问。

“什么？”

“Schnurzpiepegal[①]。”

“什么是 Schnurzpiepegal？”小红萝卜问。

“什么？”

“这是那些我从来不知道什么意思的几个词之一。是一个 Schnurz 在嘀嘀响吗？如果是，那 Schnurz 又是什么呢？还是一个嘀嘀的声音 Schnurz 了？”

希尔德只是翻翻白眼。

我观察着农夫，这个恶毒的人想把我们都杀死。他逼冠军引诱我们中圈套。我们牧群里的其他所有的牛都被他杀死了。我真想再踢他几蹄子，管他是不是正毫无防备地昏迷在地上。但是，如果我这样做了，我就比他也好不到哪儿去了，那我就跟人一样龌龊了。

因此，我只是走到冠军消失的地方，我的两个好朋友跟着我。我喊：“冠军！”

“是你吗，萝乐？”他透过门喊。

---

① 德语口语惯用语，schnurz und piepe sein，无所谓，不关我的事儿。

“不是，”希尔德回答，“是普莱姆普莱姆疯姥姥。”

“她叫哈姆哈姆姥姥！”小红萝卜抗议。

“哦，两个姥姥我都不认识。”我们听到冠军倍加迷惑的声音。

“是我！”我又喊。

“普莱姆普莱姆疯姥姥？”冠军是真的混乱了。

希尔德嘲笑：“他的智商可真值得惊叹啊。”

“萝乐！”我对冠军喊。

“谢谢胡尔洛，能再听到你的声音真是太好了！”他回答。

胡尔洛是公牛们的神圣。他和奈雅的爱情故事既错综复杂又荡气回肠。

奈雅与爱情

奈雅看着她创造的公牛，感觉他美得不可方物。胡尔洛的皮毛比太阳还更光芒四射，他的蹄子比土地还要结实，他的阳具如此硕大，以至于蚯蚓对奈雅说：“你在创造这一部分时，想象力过于奔放了吧。”

连蓝色山湖都会嫉妒胡尔洛美丽的眼睛。他用充满深情的美丽眼睛爱慕地看着奈雅。奈雅好像终于找到了她渴求已久的幸福。

胡尔洛和奈雅立马就开始了云雨之欢，整整六天，从不停歇。第七天的时候奈雅想和胡尔洛聊聊天，想更多地了解他的灵魂。于是奈雅指着一只迷幻般美丽的蝴蝶——蝴蝶的翅膀闪耀着世界上最精美绝伦的颜色——问：“真是美极了，对吧？”

胡尔洛观察着蝴蝶，过了一会儿回答：“还行吧……”

这时奈雅第一次意识到，雄性动物好像患有细腻情感缺乏症。或者，更准确地说，不是雄性动物因为患有这个病症而感到痛苦，而是雌性动物为之备受折磨。

奈雅太累了，不想再说话，便睡着了。当她醒来时，天空上挂着的夕阳已经红彤彤的了，可是胡尔洛却不见了。她马上去寻找他，结果发现他正在和一头母牛交欢。蚯蚓也目睹了，并对奈雅说：“你真不该发明阳具。”

可是奈雅只看到，草地上卧着的很多母牛，都正因为刚被胡尔洛临幸过而感到幸福和满足。看到那些欲仙欲死的奶牛，奈雅非常伤心，转身就跑开了。母牛女神跑啊，跑啊，一直跑到世界尽头的树林那里。这些树是她种下的，为了防止有动物会一不留神径直掉进无尽的牛奶里。在树林里，她遇到一头巨大的熊，他的名字叫普拉克斯。她命令熊守着森林，不许任何动物踏进一步。然后她就穿过森林，来到无尽的牛奶旁，一头跳了进去。她的眼泪流进牛奶里，使牛奶变酸了，从此就有了无尽牛奶构成的炼狱。

“你自由了！”我向冠军喊。

“我不这么认为。”他回答。

“为什么？”我有些发怒地问。

“因为，门还关着呢。”

我仔细看了看，确实，一把锁挂在门上面，牢牢地锁着。

“可恶！”希尔德骂，“我们怎么才能在农夫醒来前把这个傻瓜弄出来呢？”

“她说的傻瓜是我吗？”冠军委屈地问。

“也许，”我建议，“如果我们把车拱翻，锁会摔坏。如果我们一起向这边挤，车一定会翻。”

“真是每一秒都比上一秒更有趣了。”希尔德不耐烦地打着响鼻，但她还是和我跟小红萝卜一起用鼻子抵着汽车。我们用尽全力顶着汽车的一侧，车晃了晃，但是我们三个的力气还不够，不能推翻它。我们需要帮助，而这份帮助只有可能来自一头牛：苏西。这期间她已经来到我们身后，观望着我们瞎忙活。

“一起来推吧！”我恳求她。

“我为什么要这么做呢？”

“因为这是正确的。”

“他背叛了我。”

“啊哈，其实应该说，他和你一起背叛了我。”我现在也气呼呼地说。她的自以为是让我很恼火。

“我觉得，”小红萝卜低声对我说，“你现在不跟苏西吵的话，她还有可能帮助我们。”

小红萝卜这么说当然是对的。现在事关冠军的生死，我暂时放下受伤的感情。虽然我并不情愿，但是我必须压抑自己，忍下我的气愤。我轻轻嘎吱嘎吱地磨着牙，然后尽力用平缓的语气问：“好吧，冠军背叛了你，但是仅仅因为这样他就应该去死吗？”

我们能看出来，苏西最想回答“是的”，但她最终还是没能张开牛嘴，把这句话说出口。她默默走到我们旁边，我们一起用鼻子合力顶着汽车，直到它轰然倒向一边。

这一刻我们听到里面的冠军大叫一声，显然他整个身体都摔下去了——或者是头撞到了这辆大汽车的内壁上。我跑到车门前：锁已经裂开，门也微微打开了一些。我把鼻子挤到裂开的门缝里，去顶门的内侧，锋利的门边缘割进我的鼻子，鼻子开始有些流血了，我都没有在意。费了很大周折，我才终于把门掀开。

冠军躺在汽车的侧壁上。他昏过去了，但幸运的是他还有呼吸。显然他在跌倒时重重地撞到了头。我钻进汽车，在倾斜的地板上摇摇晃晃地走向他，轻柔地舔着他的鼻子——谢谢奈雅，我又一次离冠军这么近了！然后，他醒了。

我双眼含着幸福的泪水，对他微笑着说："能再见到你，真是太好了！"

看来，我一生的梦想还能实现：我们将要一起拥有我们自己的家庭！我真想马上就告诉冠军。可是他困惑地看着我问："呃……我们……认识吗？"

"现在这个时刻还开这样的玩笑，可并不有趣！"我回复。

但冠军完全是认真的，根本没有开玩笑，他只是说："我不知道你是谁。"

第二十四章

冠军不认识我了。

奈雅啊，他不认识我了！

“是我啊，萝乐！”我说。

“非常抱歉，但这个名字并不能让我想起什么。”冠军回答，“我们应该认识彼此吗？”

我真要歇斯底里地大叫了！我是他的母牛，我们在一起已经过了一个冬夏了，那是我们目前生命的三分之一！而且他还让我怀上了小牛犊！他应该至少对我有一点儿朦胧的印象！

“嘿，你们两个亲热的 Turteltaube[①]，”希尔德向汽车里喊，“我们得在农夫醒来之前赶紧逃跑。”

“什么农夫？”冠军一边挣扎着站起来，一边问。

“嗯，让我想想，”希尔德说，“可能是那个想杀死我们的农夫……对，是他，我想应该就是他。”

“有人想杀死我们？”冠军震惊地大喊。

希尔德诧异地看了我一眼，她不理解为何冠军如此震惊。

我小心翼翼地问：“你真的什么都记不起来了吗？”

“是……的。”他结巴着说。

希尔德震惊地说：“他失忆了。”

简直不可思议，但是对于冠军的举止，我们又没有其他解释。

---

① Turteltaube，斑鸠，德语口语中指显然相互有好感、亲热的两个人。

“也许，”我在绝望中希望着，“哈姆哈姆姥姥也告诉了小红萝卜治疗失忆的秘方。”

“如果她有这样的秘方的话，”希尔德回答，“肯定也跟往他身上尿尿有关。”

“你们想要往我身上撒尿？”冠军下一秒变得更迷惑了，“你们是什么样的母牛啊？”

我真想大声哞喊，告诉他，我是怀着他的小牛犊的母牛。但是希尔德催促道：“先赶紧从汽车里出来吧！”

我们从倾倒在地上的汽车里跳出来。苏西已经等在车前了，她的眼睛里射着愤怒的寒光，语调刻薄地“欢迎”冠军的归来：“你好。”

“你好。”冠军疑惑不安地回复道，这时苏西已经用尽全力用前蹄狠狠踹到他腿上。

“噢！”冠军痛呼，“这是什么意思？”

“你还问我？”苏西暴怒，又踢了他一蹄，而且这一蹄是踢到更敏感的地方。

“一蹄子直接踢进了‘爱的双簧管’。”贾科莫充满同情地说，他现在也回到我们身边了，“现在成了‘不孕的吉他’了。”

希尔德取笑公猫：“你刚刚那样临阵退缩，可真是非常勇敢啊。”

贾科莫低头看着大地，巴不得钻到地下去：“如果事态很严重，不管是谁我都会抛弃不管的，甚至包括我的小女主人。”

任何一个另外的时刻，我都会问他，他到底在哪里怎样背弃了他的小女主人，可是现在我的注意力全部放在冠军身上，顾不上其他。冠军的瞳孔在眼睛里不受控制地打着转，他尖叫着问苏西：“你为什么踢我？”

“太不可思议了，”小红萝卜惊讶道，“他的叫声竟然像乌鸫鸟[1]的啾啾声那么高。”

苏西依然怒气冲冲：“他马上就能像一只死乌鸫一样吱吱叫了。”

小红萝卜纠正苏西：“一只死了的乌鸫就不会再叫了……”

“一只讨厌的死乌鸫会做什么、不会做什么，对我来说根本无所谓！”

我试着向苏西解释：“冠军在汽车里撞到了头……”

“冠军？”他尖声细气地打断我，同时努力地让眼睛恢复聚焦，“这是我的名字吗？”

“是，”贾科莫说，“不过有时候，你的名字并不一定是对你的描述。”

“什么描述？”冠军已经什么都听不懂了。

“你们能闭嘴吗？”苏西愤怒地大叫，“我都不能集中注意力踢他了！”

苏西正准备再踢冠军一蹄子。在最后时刻，我跳到他们之间：“苏西，他什么都不记得了！”

她沉默了片刻。

“他不知道我们是谁。”我悲伤地说。

苏西彻底被搅乱了，她需要一点时间让自己再重新集中心思。然后她不屑地说：“我是他的话也会这么说。”

“我曾经假装过失忆。”贾科莫说，“我当时的新娘，抓到我和……她的三个姐妹在一起。”

小红萝卜悲伤地把头转向一侧，我知道为什么：不是因为冠军，

---

① 乌鸫，全身黑色，但嘴黄色，鸣声嘹亮，春日尤善啭鸣，其声多变化，故又称“百舌”。常在田圃或疏林间地上觅食，以甲虫、蝗虫、蚊、蝇等多种昆虫为食，为农林益鸟，也掘食蚯蚓。受惊则飞上枝头。营巢于乔木上。乌鸫是瑞典国鸟。

而是因为她面对此情此景想起了她热爱的哈姆哈姆姥姥。哈姆哈姆姥姥在她生命的最后几个月，身体严重衰退，而且也患上了失忆症，这导致她几乎不再跟小红萝卜说话，而是一直对着我们牧场上的苹果树热烈地发表长篇大论。

我们身后的农夫开始发出哼哼唧唧的呻吟声。我们转身看他：他就要醒过来了。希尔德踏着稳健的步子走过去，又一蹄子把他踢得消了声，他又一次失去意识昏迷过去。

冠军惊讶地吞着口水："你们母牛可真暴力。"

"我们还能更暴力！"苏西威胁他，他听到后，只是咽了更多的口水。我很少看到冠军这样不知所措，其实只看到过一次，只是那时他表现出的是完全不同的不知所措：那时候，在一个温暖的春日，在我们的牧场上，他用嘴叼着一朵蒲公英花送给我，向我表白他的爱意。

"我们现在必须赶紧从这儿消失！"贾科莫催促道，"人类可不喜欢被动物攻击，他们会追杀那些有攻击行为的动物。现在他们肯定马上开始对你们这些牛进行追捕！"

这听起来可不妙，完全不妙，于是我问："我们该怎么办呢？"

"不要害怕，"贾科莫得意地笑着说，"我有一个很好的主意！"

"只是，"希尔德叹了一口气，"为什么这并不让我感到安心呢？"

"因为这个主意有一个麻烦，我猜。"公猫回答，"你们想知道是什么麻烦吗？"

我们全都摇头。

"但我还是要告诉你们，"公猫微笑着说，"我们必须首先穿过城市！"

第二十五章

我们向着太阳落下的方向，沿着公路慢慢地走着，大家都沉默着，几乎谁都没说话。苏西终于接受了冠军失忆的事实，不再踢他，但是她的愤怒并没有消失，她一直从一侧怒视他，而冠军则小心谨慎地与她保持着距离。冠军就这样跟在我们身后走着，没有像公牛一般情况下会做的那样，挤到我们一群牛的最前面。他自己也能感觉到，在这个他一无所知的陌生环境里，没有我们他将彻底迷失。可惜我们并不能帮他走出迷茫，一方面我们自己在这个新世界里也不比他更有头绪，另一方面小红萝卜没有治失忆的秘方。如果她有这样一个秘方的话，小红萝卜解释说，那时候她就给哈姆哈姆姥姥使用了，也就不用那么嫉妒那棵苹果树了。

整整一路我都与自己做着斗争：我应该告诉冠军我怀孕了吗？可是告诉他了又能怎样？他现在根本不认识我，所以估计他对做父亲感到开心的可能性也相当低；而且现在的情形就够他挣扎了，所以我不应该再给他增加负担。于是我决定，先不告诉他我怀孕的事。

走了一段时间后，我们离库克斯港已经很近了。在我们的前方，我们已经能看到非常高大的房子，这些房子比我们农夫的房子高大很多，但是以它们特有的方式看起来一样的破旧。在这些巨大的、灰色的、肮脏的"牛棚"里肯定住着很多人，这点我们能猜到。看到这些房子的外表后，我们就明白，如果这儿的人也那么爱喝"该死的烧酒"，一点儿也不稀奇。

我们离开公路，小心翼翼地向那些房子走去，因为贾科莫说我们必须走过这块区域，不管我们愿不愿意。当然，我们本来就一点儿也不愿意。

很多人从那些“牛棚”的窗户里探出头，俯视我们。我们迟疑谨慎地沿着一条灰色的路走着，这时我们遇到的第一伙人向我们走来。他们中许多人的肤色比我们农夫的肤色深；几个纤小的女性用纱巾蒙着头；年老一些的男人穿着灰色衣服，看起来很疲倦；很多年轻人则穿着刺眼花哨的衣服，看到他们的衣服，我们真希望自己是色盲。

越来越多的人向我们涌来，到最后我们别无选择，只能停下来，我们不想把他们撞翻。我们能感觉到这儿的人还从来没近距离看到过牛，至少没看到过活着的、整个的牛。我们也从来没见过这样的人，更别提一下子这么多人了。

“这儿大多数人和你们一样，”贾科莫笑着说，“也有移民背景。”

不管这句话是什么意思，这些人让我和同伴们感到害怕。我每一刻都在担心，会有人忽然抽出一把刀或者一根“噼啪棍”。不过幸好，这样的事儿倒是没有发生。

相反，一个女的“小人犊”向我走来，递给我一根胡萝卜。我闻到萝卜的香甜气味时，才意识到已经饿了，毕竟我们几乎一整天没怎么吃草。我感激地咬住萝卜，狼吞虎咽地吃下去。然后这个女“小人犊”满意而开心地笑了。我看着这个小人儿这么快乐，有那么一刻，我感到很喜欢她，虽然她是个人。

越来越多的“小人犊”向我们走来，拿着各种他们正好带在身边的美食喂我们。小红萝卜欢呼：“你们一定要尝尝橡皮糖！”

“还有巧克力！”苏西喊，“吃起来有点像牛奶，但是好吃很多！”

“这个名叫‘Berliner 甜甜圈’的东西完全没有什么不好嘛！”

冠军也高兴地说，这是他失忆以来第一次笑。

“妈妈咪呀，”贾科莫欢笑道，“你们将成为第一批患糖尿病的牛！”

人群中有几个甚至敢伸出手抚摸我们。这一切看起来根本不那么危险。我一边享受地咀嚼着嘴里的苹果，那是一个年老的妇人递给我的，一边大胆地想，也许不是所有的人都是坏人。

这些可爱的人给我们喂食时，几个穿着彩色衣服的男“小人犊”活跃地打闹嬉笑着。一个头顶歪戴着帽子的男“小人犊”，对另一个脸上不规则地长着细细绒毛的男“小人犊”说：“哈堪，你看啊，那头母牛长得像你妈妈。”

“喂，艾尔堪，”另一个回击，“你妈那么肥，食物链的最顶端只能坐下她一个。”

冠军听到这句话，从甜甜圈前转回头来，脸上的笑容骤然消失。他悲伤地叹了一口气：“我一点儿也记不起来我妈妈了。”

我停止嚼苹果，这一刻我为冠军感到无比的难过。这一切对他有多糟糕？可是我又能对他说什么呢？给他讲关于他妈妈卡尔拉的故事？告诉他她生性轻浮，在牧群里有着“荡妇卡尔拉”的别称？

是的，冠军和我，我们两个的父母相处都并不和睦、不幸福，因为其中一方总是对另外一方不忠。在我的家庭中是我爸爸，而他们家中是他妈妈“荡妇卡尔拉”。我怎么能期待，我们两头有着如此原生家庭的牛能一起幸福地生活呢？我们能向谁学习怎样过满足幸福的生活？来自过去的阴影从我们爱情的一开始就笼罩着我们，甚至在我们出生前就已经在那里了。

或许现实与我想的不一样：在我们可以自己塑造未来、享受当下之前，我们还必须先解决过去的问题。

我沉浸在自己的哲思里，闭嘴细嚼着苹果。这时那个男“小人犊”

又开始嘲讽："你妈妈真傻，她竟然为政治家写博士论文。"

"你妈妈才傻，她发明了欧元！"另外一个反击着，攥起了拳头。

两个"小人犊"间的争论越来越激烈。虽然他们的相互抨击并不是针对我们牛，但是谁能预测这种攻击情绪什么时候会忽然改变发泄对象呢。我又感到心情很低沉。这时贾科莫提醒我，我们必须出发了。但是我们根本走不出去，路完全被人群堵死了，他们开始提一些让我们不舒服的问题了："广播里提到了一些攻击人的牛。"

"它们肯定有狂犬病或者类似的病。"

"那就必须得宰了它们。"

"这让我想到你妈妈。"

这些人又在谈论"屠宰"。我彻底感到恐惧。其他几头牛也开始害怕了，他们也不再吃人们喂来的食物，不安地看着我，甚至包括冠军。这是在我生命里第一次遇到，一头公牛看着我，向我寻求帮助。虽然现在的情景很窘迫，但是我还是感到了一丝骄傲。现在我必须想出一个主意。

"我给警察打电话。"一个男人高喊。

"也许这些牛有疯牛病。"

"你妈妈生下你后，看到你也得了这个病。"

正是这样！如果这些人对我们感到恐惧，他们就会把路让开，所以我们必须假装我们是疯了的牛！

"我们必须假装我们疯了，然后这些人会给我们让路。"我对其他几头牛说。现在那些"小人犊"很失望，我们不再理会他们的食物了。

"我们中的某几个，"苏西挖苦说，"只要做她们自己就行了，不用装。"

“你们还记得，”我没有回应她的侮辱，只是继续问，“农夫疯了的时候，我们怎么想的吗？”

小红萝卜回答：“他妻子离开他以后，他赤身裸体地站在外面，对着月亮号啕大哭。”

“那可不是什么美丽的景象，”苏西证实说，“尤其是人裸体的样子，幸亏他们平时都用些什么遮住身体 。”

希尔德叹息：“回想到这个画面，我宁愿我也失忆了。”

“我也是，”苏西赞同道，“那我就不用再想着冠军了。”

“我到底对你做了什么？”冠军问她。

“我告诉你，你做过什么……”苏西想要对冠军讲发生的事情了，但是在她泄密我怀上了他的小牛犊之前，我连忙打断她：“我们像那时候农夫哭喊的一样号叫吧！”

冠军和苏西犹豫了，但是希尔德和小红萝卜马上就和我一起吼了起来。我们对着天空大声疯狂地哞哞叫着。人群退开了，显然他们现在开始害怕我们了，包括那两个男“小人犊”。

“这些畜生在鬼哭狼嚎什么呢？”

“不知道，也许它们看到了你妈妈的照片。”

很快我们就有了足够的空间溜走，我们畅通无阻地从那群人身边跑过去。这样做，我并不是没有任何愧疚感，因为那些“小人犊”显得那样惊慌失措，我很抱歉我们引起他们这么大的恐慌。

当太阳在地平线缓缓落下时，我们已经把那些灰色的高楼远远甩在了身后。我们正沿着一条荒寂的街道走，这条路比“公路”窄小很多，几乎没有汽车迎面驶来。贾科莫告诉我们，这是一条通向库克斯港口的路，而且在这一带晚上没有人工作。这条路被高高的街灯照亮。我还是小牛犊的时候，以为我们农庄上的那些灯是农夫抓了很多萤火虫关在里面。我曾经想解救那些可怜的小生灵，试着去咬碎那层玻璃，但只是把嘴巴烫了一下。现在我知道，这些灯里面不是萤火虫在飞舞，而是人类用一种神奇的方法把阳光装到了里面。是的，连阳光都逃不过人类的魔爪，没有自由。

已经起风了，夜风清凉，渐渐地我开始打冷战了。在前方远处，我们看到几个巨大的、怪物似的东西并排站在一起。我不确定是否应该让我们的小牧群走近那些东西。但是公猫劝我安心，说我们不用害怕那些“起重机”。于是我们继续往前走，小红萝卜追上我，小心翼翼地问:“你还在生我的气吗，萝乐？”

“没有。”我撒谎说。

“你就是还在生气。”

“我没有！”

“你就是！”她坚决不让步。

“我没有！该死的，我已经说了！”

然后小红萝卜就只是用她那忠诚的“小红萝卜眼睛”悲伤地看着我。

“好吧，小红萝卜，你赢了。我确实是在生气，为什么你没告诉过我，你……你是……”我试着寻找一个正确的词来描述她对母牛的爱,却只找到,“‘啪——嘀嗒——嘀嗒哩——嘀嗒哩——哒么’？”

“我想，”从我们后面传来希尔德的笑声，“‘啪——嘀嗒——嘀嗒哩——嘀嗒哩——哒么’不是正确的表述。”

我转过头狠狠瞪了希尔德一眼，她不由向后退了一小步。这很有趣，过去希尔德从来没有因为我的目光而退缩过，也从来没服从过我的话。但是,现在随着我做的每一个决定,她对我也越来越尊重。看来做牧群领袖不是只有愚蠢的一面。

小红萝卜伤心地乞求我："不要生我的气了。"

可惜我还在怄气，所以只是发着臭脾气说："我是你的朋友，你应该早就告诉我的。"

"但是我害怕，如果你知道了，可能不愿意再做我的朋友。"

这立马让我感到更委屈了："你认为我是这样的？"

"本来不是的……"小红萝卜怯怯地低声说。

"结果呢？"我挑战地问。

"结果我想，只要有一丁点儿失去你这个朋友的风险，我就坚决不去冒这个险。哈姆哈姆姥姥头脑不清楚后，就只跟那棵愚蠢的苹果树说话，从那以后我就只有你和希尔德了。如果你们也躲避我，那连我也不会再认为水槽是半满的了。"

我可怜的朋友内心一直在承受着怎样的煎熬啊，仅仅因为害怕就独自紧守着她的爱情秘密？而我又是多么的不敏感，竟然从来没有发觉一点异常。

"以前我希望，"小红萝卜继续说，她的眼睛里涌起了泪水，"在去印度的路上一切会变得不同……不过，可能是我想错了……"

现在已经有几滴眼泪滑落到她鼻子上了。我这头愚蠢的母牛，用我的玻璃心伤害了世界上最可爱的生物——唯一一头连苍蝇都从不忍心伤害的牛。

"你永远都不会失去我。"我温柔地对她说，"不管你是'啪——嘀嗒——嘀嗒哩——嘀嗒哩——哒么'还是'呼——呼——哔——嘟'或者任何其他的什么。"

"真的吗？"她抽泣着问。

"真的。"我微笑着说。

小红萝卜的眼泪继续沿着口鼻滴落，不过现在是因为快乐。她迟疑地问："你相信我会找到我生命里的那头母牛吗？"

事关爱情时，连一向认为水槽是半满的、一般情况下从不放弃希望的母牛都不确定不自信。

"当然了！"我不由得笑着说，"如果我也喜欢母牛的话，肯定非常迷恋你！"

"很可惜你不喜欢母牛，"小红萝卜回答说，并用她的"小红萝卜眼睛"认真地看着我，以至于有那么短短一刻我真的认为，她真心希望和我做情侣。但是，她马上又把视线从我身上移走，低头看着大地。我真是精神错乱，才会认为她爱上我了，但是我用了一些时间，才能把这个想法从脑海里消除掉。

确实很可惜，我不喜欢母牛。如果我爱的是一头母牛，而不是冠军，我的生活一定容易多了，最好我爱的是一头很可爱的母牛，就像小红萝卜一样。

现在我向小红萝卜请求："但是，你必须向我保证一件事……"

"一切！"

"从现在开始一定要对我绝对诚实。"

"我坚决保证！"小红萝卜回答，并用舌头把鼻子上的泪水舔掉。

我感到轻松了很多。在众多包裹着我、让我不安的疯狂中——从我的怀孕到冠军的失忆，从关于老狗的噩梦再到与人类的奇妙相遇——现在至少我和好朋友和解了。

"我真的，"她郑重地说，"从现在开始就对你绝对诚实了。"

"是吗？"我诧异地问。

"你嘴边还有一些巧克力残渣。"

我把巧克力舔下来。嗯，感觉真好，让神经平静了一些。

"而且，你真的应该早点儿知道你怀孕了。"

可惜，小红萝卜说得对。如果我及时注意到了，还在农庄时我就可以告诉冠军，那他肯定就不会和苏西乱来，这份正直他应该还是有的。那么，很有可能他当时立马就决定和我一起去印度，以保护自己的家庭不陷于困境，这样他也就不会失忆了。

另一方面，这样的话，苏西就会留在农庄，就和牧群里的其他牛一起被杀死。还有，冠军肯定会负责领导我们这个潜逃的小牧群，虽然这是我昨天晚上的强烈希望，但是现在，我已经不那么确定，我们母牛是不是应该总听公牛的指挥了。尤其是在印度，如果我们有一天能到达的话，不论如何，公牛一统天下的日子肯定就结束了。

然后小红萝卜又说了一些实话，但我根本不喜欢这些话："尤其是，你必须现在就告诉冠军，你怀着他的小牛犊。"

"小红萝卜？"

"嗯？"

"忘了'一直说实话'吧！"

她的"小红萝卜眼睛"吃惊地轻微转动着。我的盆腔附近又开始抽痛了，因为小红萝卜说的自然是对的：某一时刻我必须要向冠军承认，我怀着他的小牛犊，而这"某一时刻"应该很快、很快就要到来了。

第二十六章

来到港口区后，我们看到，那些“起重机”没有生命，不可能袭击我们。但是除此以外，整个气氛都显得更加恐怖：风在这里刮得更凛冽，夜晚的天空布满乌云。最可怕的是空气闻起来很奇怪，尝起来更诡异。贾科莫对我们说，这是“海盐的味道”。而他对“海洋”的描述，更是让我们不寒而栗：这片无边无际的、深不可测的水域，听起来根本不是适合牛去的地方。很难想象，我们必须要穿过海洋才能到达印度。更难以想象的是，我们牛该怎么漂洋过海。

我们走进一个巨大的、金属建造成的“牛棚”。那里面没有干草，没有水槽，什么都没有。这个金属“牛棚”空空如也。冷风那哨声般尖锐的声音吹进来，尽管如此，这里面还是非常难闻。

“这是世界上最美妙的味道！”贾科莫欢呼道，“这是死鱼的气味。”

“如果让我再多闻一会儿这个气味的话，”希尔德评论说，“我很快就变成一头死牛了。”

“以前人们在这里装卸鱼。”贾科莫解释道，并贪婪地深深地吸着这气味，好像这是娇鲜的野玫瑰的香气似的。

我问他：“你为什么对这里这么熟悉？”

“我来到这个国家时，最开始住在这里。因为人都不敢来这里。”

“闻到这个臭气，就不奇怪为什么没人敢进来了。”苏西厌恶地说，“我只想从这儿出去。”

我反驳她：“如果这儿没有人进来，我们在这里就是安全的。”

“我才不管，我可不想闷死在这儿。”苏西回复，说着就想往外走。

“你给我站住！”我坚定地命令她。

“有谁死了吗？又有谁说了你是我们的领导？”她恼怒地回斥我。

对这个问题，我只能给出一个答案，就是那最沉重、最悲伤的事实：“所有的牛都死了，整整一个牧群都死了。”

苏西的愤怒立马消散了，我们哀伤地看着彼此。冠军慌乱地咽着口水说：“如果是这样的话，那我几乎要庆幸我现在什么都不记得了。”

贾科莫在我们的牛腿之间来回跳动着，解释着他的计划：他将尽量在天色破晓之前帮我们找到一艘船，因为我们一定不能在大白天出行，那样容易被人看到，这对我们来说太危险了。作为牛，我们的身体太过庞大，不可能长时间不被人注意到。说完，公猫就从金属“牛棚”里飞奔了出去。

我们牛卧了下来，相互依偎着彼此。冠军没有和我们卧在一起，他在离我们稍有点距离的地方休憩。我多么希望他卧到我身边来。在他身边，我就能感到安全舒适了。只可惜现在这完全不可能，他对一切还很困惑，这让他很劳累，几乎精疲力尽。如果现在我们这几头牛里有谁比我还更需要安全感，那就是冠军。

苏西、希尔德和小红萝卜因为疲惫很快就睡着了，但她们比昨天晚上在玉米地睡得还不平静，今天的经历对大家都太刺激了。希尔德的下巴来回磨着，小红萝卜在睡梦中不时喃喃两句“哈姆哈姆”，而苏西一直在空气里踢着蹄子——估计她在梦里都还在踢冠军。冠军像我一样不能入睡，频繁地向我们母牛这边不安地张望。他茫然若失的样子真让我心疼。我考虑是不是卧到他身边去，依偎到他身边，用我的温暖、我的爱抚慰他——奈雅啊，这一刻我清楚地感到，我真的还爱着他！可能这也是一个合适的时机，悄悄告诉他我们要做父母了。于是我站起来，轻轻走到他身边。如果他也还爱我，我向他坦白一切后，我们就又能幸福地紧紧拥偎在一起了。毕竟感觉跟记忆无关吧，感觉是不会被忘记的吧，难道不是吗？

我站到他身前，轻声问："你还好吗？"

"除去我现在什么都记不起来，和我们去的所有地方都让我恐惧以外？"他现在还那么混乱，以至于他甚至都没尝试装作是一头勇敢的公牛。我真想马上就去蹭蹭他的鼻子。我弯下四条腿，准备卧到他身边去，这时他微笑了。显然感情确实跟记忆没什么关系！

我高兴得几乎没有注意到，他的微笑并不是对着我，而是对着我旁边。这时他忽然用鼻子指着苏西的方向，咧嘴笑着说："她甚至在睡梦里都还在踢我。"

"是……"我回答，不清楚他想说什么。于是我就先用半弯的腿，以极不舒服的姿势站在那儿。

"她到底为什么对我这么愤怒？"他问着并站了起来，以便我能再把腿伸直站好。

"因为……"我纠结了，现在正是告诉他事实的好时机，可愚蠢的是，现在却不是我能鼓起足够勇气的时机，所以我回避说，"哦，因为她正处于不舒服的那几天。"

"那是什么？"冠军回答。他的失忆比我想象中的更彻底。

这时我听到贾科莫的笑声，他正好走了一圈回来了："我现在可好奇你将怎么给他解释。"

我很紧张，不知道说什么。

冠军并没有等我回答，只是接着问："'那几天'会持续多久？"

"你为什么想知道这些？"我不解地问。

"因为……"冠军吞吞吐吐的，而且看起来很尴尬。

"什么？"

“不知道为什么，我觉得这个苏西挺可爱的。”

“什……什……什么？”

“她还挺有脾气的。”他出神地微笑着说。

“我现在就给你点脾气看看！”

我狠狠踢了他一蹄子，至少像之前苏西踢他时那么用力，甚至更用力。贾科莫现在甚至都同情冠军了：“现在它彻底成为‘无能的乐器’了。”

冠军大叫起来：“你们母牛真是都跟公牛有仇！”他喊得那么响，把另外几头牛都惊醒了。苏西最先明白过来我做了什么，恼火地骂：“喂，我不可以踢他，但是你可以？”

冠军哀号：“本来她也不可以。”

我又气又累，根本不想理苏西。这时公猫又来插话了：“本来我真的不愿意打断这么有趣的踢打，但是我有一个好消息：我找到了一艘船，我们能乘那艘船去印度。明天黎明时分船离港出海。”

苏西惊慌地问：“什么是‘出海’？是海水从船里流出来吗？它有裂缝吗？我可不想乘着漏水的东西去穿越阴森恐怖的大海！”

正在努力忽略两腿间疼痛的冠军走向苏西，试着鼓舞她：“不要害怕，不管发生什么，冠军都在你们身边。”

苏西只是厌烦地看着他。

“你的心情肯定也会好起来的，”他柔声细语地继续说，“等你不舒服的那几天过了就好了。”

“我的什么？！”苏西能理解他的话。

“你不舒服的那几天，我也不知道那是什么意思。”冠军回答道，并讨好她般微笑着，笑得那么谄媚，苏西恨不得立即再踢他一蹄子作为回应。

而我这时已经不再想着踢他的事儿了。冠军费尽心思讨苏西欢心的样子，简直让我心碎。我的身体里怀着他的小牛犊，而他做什么不好，偏偏去喜欢不可爱的苏西。

天啊，爱情真是个混蛋！

我从装死鱼的“大牛棚”里跑出来。小红萝卜在我身后喊：“萝乐，你想干吗？”

我没回答她，因为我实在太伤心、太委屈了。

“也许，”我听到冠军猜测，“她也正处于不舒服的那几天吧。”

为什么我会爱上这样的傻瓜？

“你根本就不知道那是什么意思。”贾科莫嘲笑冠军。

“你们谁都不告诉我啊。”冠军抱怨。

“我去追萝乐。”小红萝卜决定。

但是我并不希望她来，如果小红萝卜这时还告诉我应该享受当下，我肯定会疯的。

“最好还是不要去了。”希尔德劝阻住了小红萝卜，因为希尔德本身也这样，当她心情不好时，宁愿自己待着。

起初我觉得她们没跟我出来很好，但是很快我又感到很伤感，因为现在我真的是独自一牛奔跑在寒冷又充满咸味的风里，而且风越来越大，越来越冷了。我跑向那些名叫“起重机”的诡异的庞然大物。“起重机”们矗立在一条宽大的溪流旁，那条溪水的流向那么直，看起来很不自然，几乎不像是由大自然决定的走势。

我卧到起重机下，希望能在那儿躲一躲风，但并不太管用，寒冷还是能侵蚀到骨头里。但是我又不想回到金属“牛棚”里，就算这意味着我在外面可能会被冻死。还有另外一件事我现在也不想做了：我不想和另外几头牛一起去印度了。

第二十七章

我卧在起重机下面，看着布满乌云的夜空。我仔细观察着天空，发现它像是在狂暴地翻腾滚动着，就像我心里七上八下的感受一样。我上一次感到这么无助不安时，还是一头小牛犊。但是那时候，每当我有这样的感受，我都能依偎在妈妈身边，虽然妈妈并不一直是我最亲近的牛。因为她一直承受着我爸爸出轨的痛苦，所以她经常对待我也很粗暴。但是在那些不安无助的时刻，她一直都陪在我身边，唱歌哄我入睡。她最喜欢的歌回荡在我脑海里，我开始轻轻哼唱起来，这首可爱的歌儿叫《母牛泽拉，泽拉》：

那时我尚年幼身小
问妈妈，未来会是什么样的
会有一头公牛爱我吗
在这里我会幸福吗
她说，没有谁知晓

是的，妈妈也并不能给我一个聪明且确切的答案。对此，她一直无能为力。

母牛泽拉，泽拉
会是什么样的，会是什么样的，会是什么样的
未来，没有谁知道

母牛泽拉，泽拉
未来，没有谁知道

现在我也快要做妈妈了，我只希望以后我能给我的小牛犊更多母亲的智慧和支持，但现在我还不确定自己是否有这个能力。

现在我自己也要有一头小牛了
并且问自己：会一切都好吗
他会承受痛苦吗
我可以帮他避免吗
担忧让我内心苦楚

母牛泽拉，泽拉
会是什么样的，会是什么样的，会是什么样的
独自承受一切好难
母牛泽拉，泽拉
未来，没有谁知道

我自己悲伤地哼唱了一会儿。忽然，我又感到身体里轻轻的抽痛，但这次与之前的痛感都不一样，并没有不舒服，而好像是我的小牛想要跟我说话，告诉我他喜欢这首歌。一种惬意的舒适充满了我的身体，这是我第一次感受到，一头小牛正在我肚子里成长是一件美好的事情。

这时我也注意到“会是什么样的，会是什么样的，会是什么样的”这种态度完全是愚蠢低能的表现。我马上就要为一个小生命负责了，

他应该有比我更好的生活。为了更好的生活，他必须去印度。所以我必须竭尽全力创造，决定未来，而不是消极地等待未来将要发生什么。不管冠军是不是喜欢苏西，我有我的任务。这不再是关于我是否会有幸福的一生。我必须给我的小牛犊幸福！

第二十八章

我坚定地爬起来，想回到同伴身边，然后一起登上开往印度的船。这时候我听到身后一个声音：“你们牛还真喜欢唱歌啊！”

我浑身打着寒战，夜晚的冷风相对于这个声音来说，根本不算什么。我当然知道，这是谁的声音，而且一直强烈希望，再也不要听到这个声音。我向一侧望去，在一大堆箱子上面看到了老狗，他微笑着。

“你们牛以后真应该演个‘哞乐剧’。”他嘲讽地说，然后哈哈大笑起来。显然他开了一个玩笑，但我听不懂是什么意思。

“以前在农庄上，”他忽然又不笑了，“我特别喜欢听你们哞叫，你们的歌声很美妙。”他的声音里含着一丝几乎难以察觉的感伤，那是一丝感情上的涟漪，我以前绝不敢想象老狗也会有感情。“我很嫉妒你们的声音，那时候，是我从逝者的世界中回来以前。”

他真的是从冥界归来的？那农庄上的动物讲述的就不只是谣言？还是，这只是老狗自己的想象，因为他已经疯了？哪一种对我现在更有利？好像是一种比一种更恐怖。

他轻轻叹一口气：“那时候我还相信幸福。”

他现在不再相信了吗？本来也不奇怪，如果我们站在他的角度考虑，毕竟他的最爱——贵宾犬婷卡就那样毫无意义地死了。有那么短短一刻，我感到——虽然我很害怕——对老狗的一丝同情。老狗也觉察到了我在怎样看他，显然不能忍受我的目光。他呲呲地说：“我跟你说过了，当我们再次相遇时会发生什么。”

说完他一个健步从高高的箱子堆上跳下来，轻巧地落在坚硬的灰色地面上，动作灵活优雅，如同一只猫。

我惊恐万分地结巴着说："这……这不是有意的。"

"对我来说完全无所谓。"他回复道，慢慢地走近我。他肯定现在就要杀死我了。

我抽咽着："这不公平。"

"难道我看起来像是公平的？"老狗问。

"说实话，不像。"我小声回答。

我一边说，一边后退躲他，但我身后只有那条充满盐水的宽大溪流，而且这条溪流看起来比我们牧场旁边的小溪深多了，所以我害怕掉进去会淹死在里面。不过，跟被老狗咬死相比，这应该是更美好的一种死法吧。

他继续向我走着，缓慢地，缓慢地，他很享受这个过程。

我继续向后退，已经在认真考虑是否跳到水里去。也许我能用什么办法拯救我和我那尚未出生的小牛犊？好像对我来说，不管什么都比接下来要发生的事情好很多。

在起重机下，他在我眼前停下，嘶嘶地说："在你看来可能我并不公平，但是其实我是非常公平的。"

"啊，是吗？"我诧异地问，也停了下来，现在我离水面只有半蹄子远了。我心里悄悄萌生了希望，虽然我也明白，恐怕老狗只是想逗我玩一会儿。

"我也是有心的，"他狞笑着说，"尽管我身体里面已经没有心脏了。"

"你没有心脏了？"我不禁惊恐地脱口问道。

"细节，细节……但重点是，我将宽恕你……还有你的孩子。"

他知道我怀孕了？

“是的，我知道。”

难道他还会读心术？还是他只是非常非常善于推测？

“我跟踪了农夫一段，”他解释，“听说了你怀孕的事儿。”

“就是说，”我问，“我们这次见面，是因为你在跟踪我？”

“你又开始提不重要的细节了。重要的只是，今天我会放过你和你肚里的孩子。”

“真的？”我充满希望地问。

“真的。”老狗点头说。他说话的语气听起来是真诚的。我现在马上就要放松得大哭起来了，这时他补充道：“现在暂时。”

“现在暂时？”

“现在暂时！”

“我，”我惊慌地啰唆起来，“我真的再也不会见到你了，我向你保证，以一切对我来说神圣的事物的名义……”

“你还会再见到我的。”老狗打断我。

“为什么？”我恳切地问。

“因为你肚子里的孩子现在还没有心跳。但是某一刻它的心脏终归会开始跳动的！”

我脑子里闪过一个念头，只有有心跳的生命才能被杀死。

老狗冷笑着转身跑走了。他在奔跑中又一次转过头来大笑着对我喊：“我们会再见面的，等你肚子里的小东西心脏开始跳动的时候！”

第二十九章

老狗消失在茫茫夜色中。虽然他早已不见踪影，我还是对着他消失的方向呆呆望了很久。他冷酷无情的笑声还在我耳边回荡，但我已经不再颤抖了，相反，我心里升起了更加坚定的决心：这只疯狂的地狱之犬一定不能抓到我的小牛犊！我一定要逃脱他！

为了实现我的决心，我们几头牛必须尽快登上开往印度的船。只要我们上船了，我想，老狗就再也抓不到我了——即使是一只不死的猛犬，肯定也游不过宽广恐怖的大海吧！

我急忙赶回同伴身边。在奔跑的路上，我几乎察觉不到凛冽的风和飘落的细雨。我踏进“牛棚”时，大家都还醒着，几头母牛都在听冠军说话。他有些尴尬不安地感慨：“你们雌性动物的‘那几天’听起来真有点儿不舒服。我们雄性动物也有这个吗？”

希尔德回答他：“你还没失忆时就已经是个傻瓜了，现在你真真正正成了傻瓜之神。”

苏西看到我走回来，挖苦说：“现在正好跟他匹配的傻瓜女神也来了。”

“住嘴！”我怒斥道。

“什么？”她恼羞成怒地问。

“‘住嘴’两个字，你哪个听不懂，是‘住’还是‘嘴’？”

“你们母牛，”冠军评论，“相互之间可太不礼貌了。”

“住嘴，冠军！”

希尔德走到我身边，轻声批评我的举止：“你做了我们的领队后，脾气越来越暴躁了。”

她说的当然有道理，但是现在我很难做到对苏西和冠军友好。有那么短短的一刻，我自问是不是应该告诉他们关于老狗的事，但我考虑过后又放弃了这个念头。因为那样他们肯定只会感到恐惧，害怕他会把他们一起咬死。而且，一般情况下——我在这次旅行中学会和发现了——恐惧，是一个坏的咨询师，经常给你一些馊主意，并且出主意时声音大得讨厌。

小红萝卜转向希尔德："不要对萝乐这么严厉，毕竟她怀……"

"住嘴，小红萝卜！"我打断她的话，我要坚决避免冠军此时得知我怀孕的事。现在这个时刻，我根本没能力应对关于这个话题的谈话。

小红萝卜对我粗暴的语气感到很意外："你真的有点不友好，萝乐。"

"萝乐怎么了？"冠军追问小红萝卜，"她怀……什么了？"

在小红萝卜讲出实情之前，我赶紧抢先回答了他，说出我脑子里想到的第一个用"huai"开头的词，很可惜这个词是："坏掉脑子了。"

苏西开心大笑："自知之明是恢复正常和进步的第一步。"

"你坏掉脑子了？"冠军吃惊地问，然后又明白了什么似的断定说，"嗯，这样一来，你的一些行为确实就得到解释了……"

"哎，"我赶忙纠正自己，"我想说的是，怀有一副碎嘴子，絮絮叨叨，啰里啰唆。"

这也没好到哪儿去。

"怀有碎嘴子？"冠军还在追问。

"是……是的……"我结结巴巴地说。

他更加仔细地观察着我："嗯，好吧，确实你也有那么一点儿……"

他真是傻瓜之神。

“我的意思是，徊怀波利。”我又快速更正了自己一次。

“徊怀波利？这是什么意思？”

我也希望自己知道那是什么意思。

“我告诉你，絮絮叨叨的萝乐到底怎么了……”苏西现在想要把一切告诉冠军。

“哦，不！”我强调，“你不能说！”

“不然怎样？”她挑衅地问。

“不然我就杀了你。”我毫不客气、不加修饰地说。

“萝乐这看谁都不顺眼的样子，”冠军悄悄咕嘟，“她肯定也正处于‘那几天’。”

“然后我就杀掉你。”我对他说。

苏西讽刺说：“我真心为你祝愿，你现在正处于‘那几天’。”

“等我杀死冠军后，我就再杀死你一次。”

“这根本行不通，”冠军反驳，“不管是谁，你不可能杀死他两次。”

我对他抗议的回答只是：“接下来就又轮到你了。”

“虽然我能理解你，”希尔德说，“但是作为我们牧群的领队，你确实应该养成更好的交流习惯，用别的语气好好说话。”

希尔德说这话的样子，明显让我感觉到，她想接管我们的牧群。然而，无论如何她说的是对的。只有我对他们多一点耐心，少一些刻薄，我才能够更快地把我们带到印度，远离老狗。于是我深深地吸了一口气，转身问公猫——我现在已经不那么暴戾了：“我们现在怎么去那艘船上？”

他没有直接回答，而是领着我们走出了牛棚，在细雨中走向一堆被称为“集装箱”的巨大箱子堆前。这些大箱子，一些是蓝色的，一些是红色的，大多数是灰色的。稍微远一些的地方，在那个充满海水的巨大溪道里，停着那个名字叫“船”的大东西。“船”看起来像是特别大的汽车，只是它会在水里游泳。有一点我们必须承认，人类确实很有创造力，他们可以去到任何地方，包括他们本来并不属于、也不应该在的地方。

贾科莫对我们说，那些集装箱会被运到船上，所以我们应该藏到那些箱子里去，并保持绝对安静，以防止人们发现我们。

希尔德充满怀疑地打量着这些巨大的箱子，问：“我们在里面不会憋死吗？这上面没有气洞。”

“等船开进大海，远远开了一段后，你们几乎不能呼吸的时候，就大喊大叫，这样人们就会把你们弄出来了。”

“他们不会生气吗？”我有顾虑，“当他们发现我们的时候？”

“会的，确实会生气，但是他们不会因为你们再特意折回来，他们会让你们留在船上，一直到印度……”

“或者？”

“……又或者他们会把你们扔进海里。”

我们全都震惊地看着他。

“我只是开个玩笑。”公猫立即开怀大笑了起来。

但是他说这话的样子，还有他夸张的笑，都让我感觉到这个可能并不能完全被排除掉。

贾科莫用爪子指着两个蓝色的集装箱，这两只箱子开着，里面分别装满了奇怪的黄色东西。它们看起来全都一样，荒诞而可笑，还有些像农夫有时拿来清洗我们皮毛的海绵，只是这些海绵上都长着腿、胳膊，还有疯狂的眼睛。

公猫解释：“这些是叫作海绵宝宝的毛绒玩具。”

在我看来，有一个毛绒玩具很像是田里吓唬鸟的稻草人。这些黄色海绵看起来那么奇怪，面目可憎，张牙舞爪。不难想象，除了鸟，它们还可以吓走很多其他的动物。

“人们把这些毛绒玩具送给他们的孩子玩儿。”公猫继续解释。

他们都对他们的孩子做些什么啊！

小红萝卜仔细观察了一个海绵宝宝：“它们的眼睛看起来有点不对劲，像是疯了似的。”

公猫笑着说：“好像他吃 M&Ms 糖豆时误吃了 LSD[①]似的。”

这时，希尔德继续仔细观察着集装箱，并认定：“一只集装箱装不下我们所有牛，它已经被这些海绵宝宝装得那么满了。我们必须分开。”

她说得对，但这对我却是一道难题：我最想跟希尔德和小红萝卜去一个大箱子，但这样冠军和苏西就会一起去另一个集装箱了，这是我坚决不能容忍的。所以我必须——不管我愿不愿意——和他们两个中的一位一起进同一个箱子。而本来我是不愿意的。

苏西和我在一起的话，我们肯定会吵架，导致人们过早注意到我们，这个解决办法太危险了。因此只剩下一种选择：冠军和我必须进同一只箱子。

---

① LSD 是该化合物的德文（Lysergsäure-diäthylamid）的简写，是一种强烈的半人工致幻剂。

第三十章

大家都没有反对，苏西甚至热烈地拥护我的提议："太好了，我不必跟那个傻瓜挤在一起。"

苏西的话让冠军感到很受辱："我觉得，你发怒的时候，就不那么可爱了。"

贾科莫解释说，我们必须藏在箱子最里面，这样人们来关集装箱的门时，才不会发现我们。另外，他还对我们预警，等会儿起重机把这些巨大的箱子吊起来运送到船上时，会有些摇晃。我们躲在箱子里的时候，他自己只需要跳上甲板，因为一只猫不像牛那样容易被人发现。

小红萝卜、希尔德和苏西消失在一只蓝色箱子里。冠军和我挤进另一只集装箱。我们穿过所有的海绵宝宝，一直走到后壁前，才蹲坐下来。这个过程中，我一直小心翼翼地跟他保持着一定距离。我们沉默了好一会儿，然后冠军开始说："萝乐？"

"如果你现在又想问我，我是不是正处于'那几天'的话，你可当心！"

"我可不敢再问了，我怕你的蹄子。"他回答道，并魅力四射地微笑着。清晨的太阳已经散发出最初的微弱光线，几缕阳光透过集装箱开着的门落进来，借着阳光，我能清晰地看到他的面部表情。他的微笑让我有些心软，因为如果有谁能绽放动牛心魂的魅力微笑的话，那就是冠军。他的微笑，就像屁叔叔的排气一样是招牌，而苏西的招牌则是招别的牛讨厌。

“非常抱歉，”他继续说，“你根本就不那么絮絮叨叨。”

他的话相当贴心。我正想回答“你也不是傻瓜”时，他又补充说：“最多也只有一点点。”

所以我什么都不用说了。

“我感觉你很熟悉。”现在他温柔地解释。

奈雅啊，他的记忆要回来了吗？

“这让我有点吃惊，”他继续说，“但是不知道为什么，这么近地挨着你，我感觉很好。”说着他向我挪近了一点儿，以至于他已经几乎快要碰到我了。

难道他确实还爱着我吗？难道我们真的还有机会重新回到一起吗？就像奈雅和胡尔洛一样？

胡尔洛拯救奈雅记

胡尔洛宠幸了整个牛群的母牛，但这并不让他感到幸福，他如此思念奈雅。他眼睛里涌起了水，水聚集成一颗巨大的眼泪，最终连强壮的胡尔洛都再也不能忍住那颗眼泪。泪水滴落到地上，淹没了地球上的王国。所有的蚯蚓都被淹死了，除了奈雅创造的第一只原身。他怒骂着：“现在我又必须让鸟儿把我啄成一段一段的了。”

胡尔洛向蚯蚓一遍遍地道着歉，并解释他多么想念奈雅。蚯蚓责骂道：“那你为什么不去找她，而只是在这儿乱哭呢？”

“我根本没想到我可以去找她。”胡尔洛回答道，同时自己也被自己的愚蠢震惊了。

“唉，你本来也就只是一个愚蠢的雄性动物而已，不是聪慧的雌雄同体动物。”蚯蚓回答。

“如果可以像你一样聪明的话，我也宁愿做一头雌雄同体的牛。”胡尔洛回答。

“那你就得放弃你的阳具。”

“好吧，那我还是不要雌雄同体了。”胡尔洛回答。

胡尔洛坚定地出发了，他要穷其一生去寻找奈雅。他寻遍了所有的牧场、草地和田野，最终他走到了世界尽头的那些树木——恐怖的森林——跟前。他勇敢地踏进森林。森林里的阴冷幽暗没有让他感到一丝恐惧。当他来到一条有着水晶般清澈的水的蜿蜒小溪边时，一头巨大的熊恶狠狠地向他迎面走来，威胁他说：“我是森林的守护卫士普拉克斯，我有最强壮、最坚硬的牙齿！”

换作任何一个动物，肯定已经吓跑了，任何一个，除了胡尔洛。他用更凶猛、更可怕的眼睛瞪着大熊说：“让我过去，不然你就会变成牙齿被打进肚子里的普拉克斯。”

大熊躲避着胡尔洛坚定、凶狠的目光，颤抖着说：“我想，我还是给自己再另外找一片森林吧”。

“这是一个很好的主意。”胡尔洛赞同道。

大熊马上就跑远了。胡尔洛穿过森林，一直来到无尽的牛奶旁。他看到奈雅浮在牛奶里，已经失去了意识，就快要死了，因为牛奶已经被她的眼泪腐蚀而变得有毒了。胡尔洛毫不犹豫地跳进毒牛奶里，去救他的最爱。他丝毫没有担心自己可能也会丧命，尽管他身处巨大的危险之中。有时候，思考虽然不是你的强项，却也能给你带来一些好处。

胡尔洛用尽他全部的力量把心爱的奈雅从牛奶里救出来，拖进森林。她依然昏迷着，于是他就守护在她身边。一天又一天过去了，一星期又一星期过去了，一个满月又一个满月过去了。当她终于再次睁开眼睛时，胡尔洛向他的最爱承诺，永远不会再对她不忠。然后奈雅欣喜若狂地舔着他，一天又一天，一星期又一星期，一个满月又一个满月。

冠军继续轻声温柔地说："在你身边感觉真的很好很好……也许，你是？"

"我是什么？"我更加轻声地问。

"你是……"

"什么？"我的声音更低了，只是轻柔地吐气低语。

"我的姐妹？"

他又来了，笨蛋之神！

"不是。"我冰冷地说，"我不是你的姐妹！"

很显然，我们不是奈雅和胡尔洛，虽然冠军经常像胡尔洛一样愚蠢。

这时，外面传来的脚步声越来越近，于是我们不再说话了。我们恐惧地屏住呼吸，透过那些海绵宝宝，我们看到两个满脸长着胡子的人，他们来关集装箱的门了。两个人一胖一瘦，瘦子咒骂："愚蠢的雨总是下个不停，这根本就不是这个季节该有的天气。该死的气候灾难！"

"就是，真该踢那些制造商的屁股！"胖子骂道。

"或者把二氧化碳充进那些人的屁股里。"瘦子补充道。同时，我们大气都不敢出，一动不动地蹲在箱子里。

“他们给我做肠镜时那样做过。”胖子讲。

“谢谢你跟我分享你的故事。唉！”瘦子叹气说。

他们两个聊天的时候，我下意识地靠近了冠军，想寻求一些保护。我的皮毛挨到他的皮毛。我的身体感到一阵酥麻，有点像当我们的鼻子不小心碰到电篱笆时感受到的那样，只是更舒服，也让我更兴奋，好像我们第一次触碰到彼此时一样。在一定意义上，这确实也是第一次：我们在新世界里的第一次。

胖子继续说：“这样的医生我也不愿意做，整天往别人肠子里灌气，然后还要再检查那些肠子。”

“嗯，这不是什么美好的职业。”瘦子附和道，“但是如果你没有学过任何其他技能，也就只能做这个了。”

两个人“砰”的一声把集装箱关上。周围忽然一片漆黑，我们甚至都看不到就在自己眼前的蹄子了。但是，我们能听到他们的脚步声渐渐远去了。我依然不敢呼吸，一方面我害怕那些人还有可能注意到我们；另一方面，与冠军的身体接触搅乱了我的内心。我身上的毛激动得全都竖了起来，他的也是，我能很清楚地感觉到，这让我的内心更加激荡了。

忽然，我们听到响亮的吱嘎吱嘎声和扑腾扑腾声。我害怕得大声哞叫起来，而冠军的哞喊比我的还响亮，完全盖住了我的尖叫。幸运的是，我们两个的喊声都被起重机的轰隆声掩盖了。起重机抓起集装箱，把它举到空中。箱子离开地面，海绵宝宝们疯狂地四处飞舞，我也被甩了出去……直接飞到了冠军身上。

我压倒在他身上，鼻子对着鼻子，胸膛挨着胸膛，乳房挨着……哎，我还是不讲了。

我感受着他火热的呼吸，他也感受着我急促的呼吸。如果刚刚还只是一阵酥麻的战栗穿过我的身体，那么现在，我们处于——在黑暗和生命危险中——可以想象到的、最能引起兴奋的亲近之中。

箱子在空中悬浮着，一切不那么吵了，我们也终于又能听懂我们自己在哞什么了。冠军温柔地用呼气般的声音在我耳边说："我很高兴，你不是我的姐妹。"

"为什么？"我也轻声吐气问。

"因为我不喜欢乱伦。"

我太困惑了，不知道该回答什么。

"我……"他真诚地解释，"不知道为什么，我很容易被你吸引，以一种亲切、熟悉、美好的方式被你吸引。"

这听起来很好。

"而且远远强于被苏西的吸引，我能清楚地感觉到。就像是，我们是属于彼此的。"

这听起来还要好很多。

"告诉我，我们两个是一对情侣吗？"

在一个飞动着的箱子里，在一堆海绵宝宝之间，面对真相的时刻来了。

"我们曾经是。"我回答。

"曾经是？"冠军吃惊地问，"我们之间发生了什么？"

箱子现在又往下落了，开始剧烈地摇晃。我马上就要从冠军身上摔下来了，但是他用强壮的四肢紧紧把我抱在他身上。

"一些相当愚蠢的事儿。"我回答。

"那些相当愚蠢的事儿是我做的吗？"他小心翼翼地问。

我没有否定。

“我很抱歉，也很难过。”他轻声说。

“我才难过。”我伤心地说。

“你能原谅我吗，不管我做了什么？”他用可爱的眼睛盯着我问。

如果我现在就原谅他，那么我们肯定就会立即开始用舌头热烈地互相舔对方。然后一切就都好起来了，我还能再找到我的幸福，像蜉蝣哼哼和嗡嗡一样，和他一起度过美好的一生。

一方面，又有谁能保证，冠军不会一有机会就又和苏西暧昧不清，再一次伤透我的心呢？可是，反之另一方面，我现在难道不应该先用尽一切办法克服我内心的不安全感和不信任，不仅仅因为我现在怀着他的小牛，而且因为从来没有谁能在缺失信任的爱情里获得幸福。但是，反之又反之的另一方面……冠军知道我们的小牛犊后，会怎么反应呢？他会因为要做父亲了而高兴地哞笑吗？还是为了躲避责任落荒而逃？

这时冠军已经开始用舌头充满激情地舔我了。我如此兴奋，以至于完全忘了所有“另外、另外，反之又反之”的问题。我把嘴压在他的嘴上，把整条长舌头全部伸出来，和他的舌头激烈地纠缠到一起，他的舌头也热烈地回应着我。我们以前从来没有如此疯狂、相爱地让舌头绞在一起过。是的，在这样随时可能丧命的危险中，我们都比平时有更多、更热烈的激情。如果不是这样的险境有着致命威胁，真的可以推荐每一对处于危机中的情侣一试。

我们纠缠、纠缠、纠缠在一起，忘记了时间、空间和那些海绵宝宝，一直到我的小腹部又开始抽痛，我才又想起小红萝卜说的话：冠军必须得知，他就要做爸爸了。

我们亲吻得如此热烈幸福，所以我怀有希望，他一定也会对我的怀孕感到高兴，然后我们一定会更有激情地相拥在一起。虽然我们的舌头还相互绞绕在一起，我开始说："冠军，我必须对你说件事儿。"

"什么呢？"他问。我们依然保持激烈地纠缠在一起。

"我怀上小牛犊了。"

"小牛犊？是我的？"

"不是！"我略微生气地说，"是公猫的。"

"公猫的？这怎么可行呢？"

"当然是你的！"我现在就想把舌头从他的舌头上解开，但我还没开始，他就说："哦。"

不是"太好了"、"太棒了"或者"今天太棒了，像今天一样的一天实在太美好了"，只是一句"哦"。

他并不因为我们的小牛而感到欣喜。

我的心扭成了一团。

冠军还怯怯地补充道："那你应该并不是正处于'那几天'。"

说着，他松开了怀抱，我们的舌头也分开了。箱子在下降中摇晃得越来越厉害，因为他不再紧紧抱着我了，我从他身上跌落下来，"嘭"的一声掉到集装箱地板上，集装箱则叮里咣当地慢慢落到船甲板上。我的头着地撞到箱壁上。我昏迷前的最后一个想法是：爱情不仅是个混蛋，简直就是无敌大混蛋！

第三十一章

不知过了多久，我醒了。我的四肢伸展着，身下的地板还在摇晃，但跟之前摇晃的感觉不一样了，不是整个箱子在抖动，而是只有箱底轻轻地来回摇摆着。我不能判断，这是我自己昏昏沉沉的感觉，还是箱子底面真的还在晃动。我的四周还是一片漆黑，这对我判别方向起不到任何帮助。我旁边是冠军，至少我认为，我感觉他在我身边，但是他的声音听起来却无比遥远："我想，我们现在已经在那片海面上了。"

我松了一口气，我们成功地躲掉了老狗。随着这个想法，我一放松，再一次失去了意识。

"你逃不过我的！"老狗冷笑着说。

我们两个又站在深深的雪里，还在那条小路上，小路两边分别是深渊和高高耸入天空的巍峨悬崖。

暴雪呼啸着抽打到我的脸上，我太迷惑了，不知道说什么。

"哦，看啊，那边是谁？"老狗笑着，用一只大爪子指着我身后。我在狭窄的小路上勉强转过身去，必须留心不能打滑摔下深渊。我期待会看到冠军，希望他会来救我——另一方面，我也明白，他跟老狗决斗，就像一只小兔子对战一辆汽车一样。但是，从盘旋小路的下面向我靠近的身影，很瘦小，很柔弱……他还是一头小牛犊。一个小小的动物，只有一天那么大。他浑身发着白光，但那不是因为大雪覆盖了他的身体，而是因为他的皮毛上没有任何斑点。小牛浑身发着抖。那是我的小牛，毫无疑问。我爱他甚于自己的生命，想马上就去温暖他。但老狗只是短暂地对我笑笑，接着就一下从我身前跳过，向下奔跑出去，正对着那头颤抖的小牛，而我只能大声喊着……喊着……喊着……

当我醒来时，四周还是漆黑一片。我感到口鼻上承受着不可思议的重量。于是我问："你说，冠军，是不是你正按着我的嘴巴呢？"我说话的声音非常不清楚，因为嘴巴是被压着的。

"没有。"冠军轻声回答。

"那是什么呢？"我问。我甚至感到很难呼吸。

"我坐在你鼻子上。"

"什——么？"

"我坐在你鼻子上。"他轻声低语。"如果你一直这么大喊大叫，人们会听到我们的。"

克服了最初的一阵惊异后，我问："你不能只是把我的嘴巴按住吗？"

"哦，我没想到可以那样做。"

我简直不能理解。我更加不能理解的是，他根本没打算站起来。

"冠军？"

"嗯？"

"从我身上滚下来！"

"别这么大声。"冠军乞求。

我还没来得及对着他的屁股咬一口，就听到外面传来那个满脸胡子的胖子的声音："这个集装箱里好像有什么东西。"

我这头愚蠢的母牛出卖了我们！

满脸胡子的瘦子说：“那我们必须打开看看。”

“愚蠢的是，这意味着我们又得干活了。”

“如果里面有耗子，这批货被咬坏，船长会生我们的气的。”

“嗯哪，那我们还是把这个东西打开看看，把那些耗子扔进大海里。”胖胡子叹息说。

“还好，”冠军对我耳语说，“幸亏我们不是耗子。”这时他才终于从我的脸上滑了下来。

“恐怕，”我轻声回复，“也没太大区别。”

我们恐惧地屏住呼吸。集装箱的门被拉开时发出很大的声响。阳光透过海绵宝宝们照射进来，让我们眼花。像我们这样在黑暗中待很久后，哪怕是一缕极其微弱的阳光都会让眼睛感到疼痛。而且根据冠军制造的牛粪来判断，我们在这里面已经待了一段时间了。

冠军害怕地把自己紧紧抵在后墙的角落里，希望能不被人发现。而我知道，这一切都是徒劳的。估计在宽广宏大的世界上，再也没有比我们牛更不适合玩捉迷藏的动物了。

两个满脸胡子的人走进集装箱，牛粪的臭味让他们作呕。胖子说：“这里闻起来像城际火车上的厕所一样。”

“铁路管道工人的工作也挺傻的。”瘦子回答。

他们离我们越来越近了。冠军屏住呼吸，把肚子收起来，尽管如此，这也不能让他隐身。不出几分钟，那两个人就发现了我们。

“这两个，”满脸胡子的胖子惊奇地说，“看起来不像海绵宝宝。”

“我当时就跟你说，我听到这里面有声音。”

“船长会杀了我们的。”

“天啊，我现在宁愿在铁路上做一个管道工人了。”

两个人骂骂咧咧地把我们赶出集装箱。高高悬挂在天空上的太阳如此刺目，以至于我只能眯着眼睛看，而且只能看到一闪一闪的金星儿。我使劲眨着眼睛去适应光亮。这时那两个人谈论着各种事情，像“希望船长吃过抗抑郁药了”，“如果吃过的话，希望别又是用伏特加喝的”以及“太可惜了，他从来不会服药过量”。

当我终于又能睁开眼睛时，他们的探讨已经不再能引起我的任何兴趣，因为我看到的情景，完全勾住了我的心魂：我们站在一艘巨大的船上，甲板轻微摇晃着，头顶是湛蓝无云的天空，四周全是无比美丽的、蓝色的水，光在水面上舞动闪烁着——这就是大海。大海和我想象的大相径庭。它一点儿都不恐怖，没有丝毫暴戾，而只是美丽，纯粹的美丽，因为它看起来是那样的无边无际。

当我还是一头小牛犊时，我就一直试着想象，圣歌中描写的无尽牛奶到底有多宽广。但我微小的牛脑子，从来都勾勒不出这般景象，浩瀚无垠会如此震撼。海水美丽得妙不可言，轻轻潺潺地荡漾着，一直伸到天际线，而在天际线之后，贾科莫这样唱过，水面应该还在延伸。眼前的美景让我全然忘记了周围的一切，忘了危险，忘了另一个集装箱里的牛，甚至忘了冠军并没有因为我们的小牛而感到幸福。我心里充满敬畏：地球的精彩和神奇，远远超过我曾有过的最大胆的想象。而我是一头有幸去探索发现地球的母牛。这一刻，我对生命只有无尽的、深深的感激。

“萝乐，”我听到冠军低声说。他的声音听起来仿佛那么遥远，因为我的所有感官都还沉浸在大海的吸引中——大海的喧嚣，大海微咸的气息，大海幽蓝的闪烁……

“萝乐，我并不想打断你傻乎乎的四处张望，但是有一件小事，也许你应该处理一下。”

“什么？”我并没有真的关注冠军，因为我还在全心享受美景。

“我们现在有生命危险，该死的！”

现在我确实要关注他一下了。

我只能先让美丽的海景孤独地展示它的美丽。我转头看那两个人，发现他们身边现在还站了一位年老的男人。跟他们不一样，他脸上没有一点儿胡子，但是有一双无比忧伤的眼睛。

“船长，”满脸胡子的胖子问老人，“我们应该怎么处置这些畜生呢？”

老人没有回答，只是吞了一粒小小的圆粒儿，含混不清地自言自语：“牛在我的船上……天哪，如果不是我太太总是待在家里的话，我早就退休了。”

冠军轻声问我：“要我把那些人撞翻吗？”

“我想，”我轻声回答，“那之后他们会更不愿意让我们留在船上。”

“可是我想不到其他的主意。”冠军回答。

“本来你也就是一头公牛而已，”我说，“你们除了撞翻什么也不会。”

“你作为母牛有更好的主意？”冠军挖苦道。

我确实有更好的主意。但我必须承认，我的主意也不是一定就能救下我们，但至少可以为我们争取一点儿时间。我转向希尔德、小红萝卜和苏西所在的集装箱，向她们喊：“请回哞！”

苏西的骂声作为回复传了出来：“我们必须马上从这儿出去！光是牛粪的臭气就已经快让我们窒息了。”

满脸胡子的瘦子极其吃惊：“还有更多的牛！”

而老人喃喃自语：“我必须加大药量了。”然后又吞下一粒圆粒儿。

两个长胡子的人把另一个集装箱的门打开。苏西、希尔德和小红萝卜跌撞着冲到外面。瘦子震惊地喊：“现在我们船上有五头牛。”

“四头母牛和一头公牛。”船长气恼地纠正，但是没有人回应他的话。

老人只是叹息着说："今天不是我的好日子。其实这星期也不是，甚至这一个月。我仔细想想的话，我的一生都没有好日子。"

"这些牛怎么上船的呢？"满脸胡子的胖子迷惑地问。

"我也不清楚。"船长回答，"但是我完全可以想象，你们工作时的粗心马虎对此功不可没。"

两个满脸胡子的人窘迫地看着地板。老人含糊地低声说："这些畜生在船上，纽约海关一定不会让我们通关，我们必须把它们扔下船。"

其他的牛都开始颤抖了。我仔细观察着老人疲惫的脸，他并不是真的想杀死我们，但是他也不想喂养我们，他只是想摆脱我们，因为我们会成为累赘。那么，我脑子里快速地想着，如果我们能说服他们，我们留在船上会对他们人有一些用处，那我们应该就能获得一个活命的机会。但是怎样说服他们呢？我们能提供牛奶，但是这些人看起来并不像以牛奶为食。除此以外，我们唯一真正擅长的事情，就是制造牛粪。可是我也不太能想象，这会让这些人振奋。

冠军打着响鼻："那么，我可是赞成把他们撞翻。"

"不行！"我坚决反对。因为我清楚，这样的话，那些人才会坚定地把我们扔进水里。

希尔德赞成冠军的意见："不过，我觉得，这个笨蛋说得对。"

"你说谁是笨蛋？"冠军生气地问。

"我就说你是笨蛋呢，傻瓜！"

"你可当心点，你敢再这样叫我一次看看！"

"笨蛋还是傻瓜？"

"两个都算。"

“我从来没叫过你‘两个都算’。”

“啊——”冠军气呼呼地怒吼。

“公牛精巧而风趣的表达能力总是让我感到很有魅力。”

“这些牛，”满脸胡子的瘦子发现，“好像相处得并不很融洽。”

可惜他说对了。作为领队，我到现在都还没有成功地让我们成为一个整体。如果我现在还不能尽快想到一个好主意，那么我们这个小牧群就要被贡献给死亡了。

“大概牛也不过和人一样吧，”老人说，“只是，这些可怜的动物不知道，命运对它们有多残酷。”

希尔德哞着回答：“这我可不同意。”

当然老人听不懂她在说什么。他现在看起来甚至比刚刚还要悲伤了。跟我们的农夫不是没有相像之处。人类好像没有幸福的能力。

“这个世界是如此的悲伤。”老人喃喃地说，“你们知道我有时候想什么吗？宇宙不是随着一个大爆炸而产生的，而是随着一声轻叹。”

他准备再吃一粒小圆粒，好像这些圆粒可以给他提供一些安慰似的。两个脸上长满胡子的人却没有安慰他，也许因为他们根本不想；也许——更有可能是后者——因为他们不知道怎样安慰彼此。在这一刻我明白了，船长说错了，牛和人不一样。我们有一个巨大的区别：我们牛感到悲伤的时候，一定会有另外的牛来跟她蹭蹭鼻子。甚至连苏西和我这样互不相容的情敌都互相安慰过彼此，那时候我们以为冠军就要被杀死了。我一想明白这个区别，就知道我们可以给这些人提供什么了：安慰。

我走向老船长。他把手里的圆粒儿放下，疑惑不解地看着我。苏西问：“这个疯子现在又要做什么？”

冠军回答：“我猜，是极其疯狂的事儿。”

“不,”小红萝卜微笑着说，“我想，她要做一件很有爱的事儿。”

我站到船长旁边，然后开始用鼻子轻柔地蹭他。

苏西看到马上拉长了脸:“萝乐竟然不觉得这很恶心。”

我一点儿也不觉得恶心。因为如果对另外一个动物，甚至是一个人的友好亲近是真诚的，那么，这不应该成为恶心的理由。

老人对我的举动感到很吃惊，但他并没有闪躲。我继续蹭着他，过了一小会儿，他开始微笑了。

“你看到了吗？”满脸胡子的瘦子悄悄地跟胖子说，“船长笑了。他上一次笑是在五年前。”

“在他女儿还活着的时候。”胖子补充。

奈雅啊，原来这位老人失去了他的“小人犊”。

难怪他那么悲伤。我真的是发自内心地为他难过，于是我用舌头舔舔他的脸。这时他竟然大笑起来:“你真是一个小可爱,不是吗？”

“不，她不是。”苏西评论。

老人当然听不懂她的话，他也根本就没有注意她，只是享受着跟我的接触。他把那奇怪的圆粒儿放进上衣口袋，轻轻地抚摸着我，对两个满脸胡子的人说:“我们把这些牛留在船上。”

“纽约海关怎么办？”瘦子问。

“我们到时候再想办法。”老人高兴地笑着说。

我们几头牛都深深地松了一口气，两个满脸胡子的人也一样，好像他们也很高兴不必杀死我们。他们不想做凶手，如果他们必须杀死我们，也不过是不得不执行命令而已。另一方面，如果他们动手杀了我们，哪怕只是因为必须服从命令，那他们最终还是凶手。所以，他们至少是可能的凶手。

本来我现在也应该感到轻松，因为我们不会被扔进海里了。但是，最直接的生命危险才刚刚过去，我就开始思考别的事情了：一方面，并不是完全不重要的事实困扰着我的内心——冠军并没有因为我们的小牛犊而感到幸福；另一方面，我不禁自问，刚刚那些人说的“牛约”是什么。为什么，奈雅啊，他们刚刚一个字都没有提到印度？

第三十二章

满脸胡子的两个人把我们领到船上的一个角落，我们可以留在那里。我的同伴都卧在甲板上，让太阳温暖自己的皮毛。我还没来得及问，我们在这里将要吃什么时——因为在这光秃秃的船甲板上可没有青草——贾科莫就从一个集装箱上跳到我背上，笑着说：“我就说过，你们肯定能活下来的！”

我没有和他一起欢呼，而是马上问：“为什么刚刚那些人压根儿没提到，这艘船将要开往印度？”

贾科莫爬到我头上，回答说：“你一定会笑的！”

“我不确定。”

“哦，你会的，因为这是一个有趣的、小小的混淆。这艘船根本不开往印度，这艘船的名字叫‘印度’号。”

简直难以置信：我们现在漂泊在漫无边际的大海上……将要漂往一个完全不同的目的地？

“你没有笑。”贾科莫说。

“这你倒是清楚地注意到了。”我生气地回答。

“也许我该给你讲一个笑话？”

“也许我该扇你一耳光？”

“我可是知道一个特别好笑的笑话。”贾科莫毫不松口，说着从我背上跳到甲板上，“一只兔子来到一家眼镜店，问：‘你有胡萝卜吗？’眼镜店主说：‘有。’兔子说：‘你一个卖眼镜的预备胡萝卜干吗，你把我的玩笑都毁了。’”

我只是死死地瞪着他。

“你现在看我的眼神像是在说：‘你疯了吗？’”

“这次你观察得很正确啊。”

“但是，你还是没有笑。”

“如果你跳进海里，我可能会笑一笑。”

“如果你想这样，我的小姐，”公猫回答，突然露出他最有魅力的微笑，这个笑脸像是突然用魔法变出来似的，“一位优秀的喜剧演员应该为了观众的笑声做任何事情。”

“那你就做一位优秀的喜剧演员吧。”我说。我的愤怒并不能因为他的魅力就这样简简单单地烟消云散。

贾科莫轻巧地跳到墙上——后来我在旅途中得知，这些墙被称为“船舷”。当然他并不是真的想跳下海，但是他还在继续努力哄我息怒。他在船舷上做出挣扎的样子，信誓旦旦地说：“如果你真的想，那我就跳下去。”

“我就是真的想！”

现在他叹了一口气，不再装疯卖傻，从船舷上跳下来，对我说：“对不起。”

“这个‘牛约’很远吗？”我没有接受他的道歉，只是继续问。

“纽约。”贾科莫只是纠正我。

“回答我的问题！”

公猫犹豫了一会儿，然后笑道：“不，不……一点儿都不远……基本上就在旁边。”

如果他不是犹豫了一会儿才回答，我可能真的已经相信他了。

公猫注意到我的疑虑，真诚地盯着我的眼睛，说：“我的眼睛会撒谎吗？”

“你的眼睛可能不会，但你的嘴巴肯定会。”

“不要担心，萝乐。”贾科莫说，又跳上了集装箱，开始享受日光浴，“你应该像我一样，享受温暖的太阳……再过一段时间，你肯定又会笑起来的。”

我很清楚，公猫暂时不会给我一个诚实的答案了，我再追问也没有什么意义。甚至他可能是对的，过一段时间我也许会对他的失误一笑置之。也许。不过，更有可能的是，我不会因此而笑。

至少有一点是确定的，我必须先对我的同伴隐瞒这个错误，先不告诉他们我们的旅行现在完全没按照计划进行。而我现在马上就要隐瞒的第一位，是冠军。他向我走来，说：“我思考了一下……”

“哦，这可真意外啊。”我明显怀着些许气愤回答道。但是，难道我的粗暴态度很不可理喻吗？毕竟是他先对我的怀孕反应如此冷漠的。

“我们要当父母了，我一定会承认小牛犊是我的孩子。”

这是他能做的、也是该做的底线啊。可是冠军来向我表明决心，好像他将要做的是一件多么伟大的事儿似的。典型的雄性动物，他还等着我为此对他大加赞赏呢。

我沉默着。过了好一会儿，他问：“你听到我说什么了吗？”

“我只是怀孕了，没有聋。”

然后我们又沉默了一段时间，最终他说：“我发现，你好像还是在很生气地看着我。”

我看着他更加生气了。

“那我应该说什么呢？”他紧张地问。

对这个问题我想到的答案有很多。他本来可以说一些亲切的话语，比如：我爱你，我们一定有一个幸福的家庭；我们还可以再生几头小牛，以后甚至会成为爷爷奶奶；你的爷爷奶奶给你起外号叫“滚吧”，我们一定不会成为他们那样的爷爷奶奶，会比他们好很多。

但是，冠军从来都不会说甜言蜜语，所以我只是悲伤地回答：“你已经把能说的都说了。”

第三十三章

没过多久，船上的人就拿着胡萝卜、玉米和新鲜生菜来喂我们了。满脸胡子的瘦子边喂我们边说：“请尽请享用吧，反正我们本来也不吃蔬菜。”

胖子补充道：“我还是小孩子的时候就觉得绿色食物很傻。”

我最好还是不要仔细去想，那么他们两个吃“什么”——或者确切地说，吃“谁”。我让自己尽量只关注好的方面，至少现在我知道，我的牧群在这个旅途上会得到什么食物了。

我的同伴都还在慢慢细嚼着美食，而我只吃了几根小胡萝卜后，就已经没有心情和食欲了。作为孕妇，我本来应该有着两头牛的食量，可是现在，我有的只是十头牛的挫败感。我走到船舷旁边，目光越过船舷，看着宽阔的海面。在紧挨着水面的下方，有一群鱼在游动，它们比我家乡小溪里的鱼大很多。它们匆匆地组成新的群组，看起来那么自由自在、无忧无虑，就像我向往的生活一样。为什么我偏偏作为一头牛出生在这个世界上呢？

如果冠军没有站起来，拉了一摊壮观的牛屎，屎的气味把新鲜的大海的空气都污染了，我肯定能观察那些鱼群一直到深夜。满脸胡子的胖子路过时，捂住鼻子说：“伊朗可以用这个做生物武器了。”

瘦子说：“生物武器制造家也是一个愚蠢的职业。”

“压力太大了，我肯定无时无刻都在害怕，我的防护服上可能会有一个裂缝。”

冠军向我走来，我在心里恳求着，他可千万别来向我炫耀他拉了多么巨大的一摊牛屎——公牛一般都喜欢吹嘘这些事情。他们可以一整天只是谈论他们的牛屎，他们的性功能，或者谁能尿得最远、最高、最准。雄性动物有这么一种能力，可以用任何一个再正常不过的身体功能来相互竞争。然而他们却没能力理解，为什么我们雌性动物一点儿都不会像他们一样为这些事情而感到震撼。

冠军开口了："我要对你说……"

"如果是关于你的牛粪，你可当心！"我打断他。

"你到底把我当成什么？"他愤慨地问。

"你肯定不想听我关于这个问题的回答。"

"我恐怕确实不想听。"他叹气说。

我们注视着徐徐落下的太阳，它把大海染成了橘红色。这时我明白了，大海本身没有颜色，而是与天空构成一个整体，沾染着天空的颜色。是不是在天际线处，大海和天空会交错在一起呢？当我们到达大海的尽头时，是不是就能在那儿登上天空呢？

过了一会儿，冠军又开始说话了："我真的有话对你说。"他这时的表情极为严肃，我很少见他这样，这让我感到很好奇。他要和我谈关于我们小牛犊的事情吗？如果是的话，将谈什么呢？不论如何，他现在并没有让我觉得，他很高兴就要做爸爸了，并且忽然激动狂喜地舔我。尽管如此，我心里还一直没放弃这个希望。于是我问："好吧，你要说什么？"

"我们还没悼念过我们死去的牧群。"

这很出乎意料，不只是我，其他几头牛也全神贯注地把脖子伸向我们这边。我的瘤胃和其他几个胃绞在一起，在慌乱和震惊中，我们还没来得及正式向被杀死的牧群道别。现在我们终于不再处于生命危险中了，终于在逃亡路上第一次享受到了宁静，可是我们都在做什么？吃饱喝足，睡觉做梦，一秒钟都没有想过那些无辜逝去的牛。偏偏是冠军第一个想到了他们。

“我想说几句话。”他开始说。

其他几头牛站起来，和我们聚到一起。大家都专注地听着，冠军将要讲什么。这是我们这个逃亡小牧群第一次想要倾听公牛讲话。他清清嗓子说：“虽然我已经不记得我的牧群，也不记得那些死去的牛。但是我大概能猜到一点儿，屁叔叔是头什么样的牛，我们也应该有比‘忧郁’、‘自杀’和‘火车车祸’更有趣的同伴，但是对这一切我都不确定。我也不能——这真的让我很难过——记起我父母，但他们肯定是伟大的牛，因为他们生了一头我这样的公牛。”

正常情况下，在这样的时刻，希尔德肯定会嘲讽他的自负，比如说一句“谦虚是一个漂亮的装饰品，可惜公牛不懂得欣赏”。但是，现在是庄重哀悼逝去的牛友的时刻，对这么严肃的话题做这样的评论就太不懂事了。

冠军用哽咽的声音说：“现在，我母亲和我父亲……永远都不能见到他们的小牛孙子或孙女了。”

我喉咙里也感到一阵哽咽，我父母已经早就去世了，冠军的父母最近才被屠杀掉。虽然我们的父母不完美，但是他们从来没机会见到自己的孙辈，这依然是很悲伤的事实。这对我的小牛犊来说，可能是最糟糕的，因为他要从小在没有爷爷奶奶、姥姥姥爷的陪伴下长大。而这一切，只是因为人吃动物。为什么他们不能像我们正常的动物一样仅仅反刍些青草呢？

冠军抬头望着天空，好像去世的牛们能在上面听到他说话似的：“老牧群里的亲牛朋友们，虽然你们已经不幸离世，虽然不管我怎么努力，都还是记不起你们的音容笑貌，但是我衷心地向你们保证：我们永远不会忘记你们！”

现在我不得不尽力抑制着自己的眼泪，苏西也一样。小红萝卜已经满脸是泪了，甚至连希尔德都只能勉强保持着镇定，用沙哑的声音对冠军说：“也许你并不只是个傻瓜。”

“我就不明白，你们为什么总这么认为。”冠军非常认真地说，丝毫没有讽刺或开玩笑的意思。他根本不理解，他为什么总是被看作傻瓜：“我是一头非常优秀、极其出色的公牛！”

这让苏西、希尔德和我——虽然眼里还含着泪水——都不禁笑了起来。一边哭一边笑，这真是一种奇怪的感觉，再没有比这更强烈的震撼了。我们感到自己既充满了活力，同时又很悲伤。

“怎么了，怎么了？”冠军不解地问。

“你确实是个傻瓜。”希尔德友好地用鼻子轻轻碰碰他，“但可能不是特别讨厌的那种。”

冠军依然很困惑。我们几个只是笑着，除了小红萝卜，她正哭得不能自已。我们都走到她身边，轻轻地磨着她的鼻子，甚至连冠军也这样做了。这可真是见证“罕见的雄性动物同理心”的时刻。

我从眼角看到，老船长在观察我们，并不断问自己：“为什么我就不是一头牛呢？”太疯狂了，人想要做一头牛，而我这头牛想要做一条鱼。如果鱼儿想做人的话，那这个世界就真的是太荒诞了。但是，不可能，那太愚蠢了，肯定没有动物会蠢到有做人的愿望。

“我们的生活很好。”小红萝卜抽泣着说，“是我们太不懂得感激了。”

“可是，我想，”我们还在继续蹭着鼻子时，苏西说，“我们的生活是否很好，是一个看法问题。”

希尔德支持苏西的观点：“而且，确实你得有一个相当奇怪的看法，才会觉得这里的生活很美好。”

我也正想附和一起抱怨时，小红萝卜又抽噎着说：“哦，是的，我们的生活真的很棒！我们都还活着！”

她说完这句话后，我们大家又都开始哭了，因为她的话千真万确，甚至连冠军也开始流泪了。

透过我们的哭声和相互磨蹭鼻子的声音，我远远听到船长咕咕哝哝道：“这些牛给我的印象是，它们好像也需要一些抗抑郁药。”

忽然，小红萝卜陡然停止哭泣，深深地吸了一口气，然后说：“我们很幸运，也很幸福，应该享受我们的幸福。”

我们完全惊呆了，但也跟着擦干了眼泪。

原来这就是幸福。

活着。

就这么简单。

第三十四章

太阳现在已经完全沉入大海里了。一直以来我都在自问，太阳到底在哪里过夜。现在，我终于知道:她躺到水下面去休息了。不过，太阳肯定沉到了水下很深很深的地方，因为晚上一丁点儿她的光都看不到。月亮和星星映照在黑色波浪上。在经历这么多天的艰辛后，这一刻，我终于感到很安详——我聆听着船身劈开海水而发出的潺潺声，感受着我蹄下甲板的轻微晃动，体会着海风在我皮毛里轻微的颤动，贪婪地享受着浸润我鼻孔的新鲜空气。我感到了身心巨大的放松，在历经各种艰难和冒险后，我们活着走到了现在;还有深深的感激。如果这些情感就是幸福的话，那我现在真的很幸福。

愚蠢的是，这种感觉并没持续多久。

我内心里一个不懂感恩的小角落开始躁动，认为生命不应该仅仅是幸存下来，活着。我试着把这个“怀疑分子”压抑下去，但是我越和它斗争，它在我心里就越活跃。它认为，我现在所感受到的幸福，和真正的幸福并不一样，我感受到的是放松。而放松和幸福不一样，不然放松就不叫放松了，而应该叫幸福，而且也不应该有“放松”这个词了，因为它将完全是多余的。我反驳着我内心的“怀疑分子”，批评它对生活太不懂得感恩。对此它只是回答“布拉布拉布拉……”。我说，这根本不是进行讨论的正确方式。而“怀疑分子”则反驳说，我并不能有力地论证我的观点，因为它还没有听到我对它所提出异议的反例，所以它坚决猜测，我根本就想不出反驳它的内容。我回答说，如果它一定想要听的话，我肯定能找到理由证明我所感受到的就是真正的幸福。它说它想要听，我却迟疑了，因为我确实根本想不到任何一个论据。然后“怀疑分子”嘲笑我，这正是它所预见的。我对它说，它最好还是只去关心它自己的事情，不要干涉我的事情。然后它回答，我们在讨论的就是它自己的事，因为它是我的一部分。但是我觉得，它最好还是离我远点儿。但是对这个建议的可行性，“怀疑分子”有它自己的怀疑，因为毕竟它是我内心的一部分，怎么离我远点儿呢。当我终于明白这一点时，我不再与它来回争吵了，只是给自己也提了这个问题：为什么我觉得我感受到的幸福，并不像幸福呢？

因为这真的并不是幸福？

还是因为我这头笨母牛根本没有幸福的能力？就像那些愚蠢的人一样？

第三十五章

在这同时，我的同伴们也不能入睡，一起随意聊着天。这时他们开始谈一些私密话题了，我从船舷附近偷听着他们的交谈。

“我还是处子之身。”小红萝卜在一阵叽里咕噜的交谈里承认道。希尔德听到笑着说：“不要太当回事儿，我也是。”

她们两个的自白并不让我吃惊，虽然希尔德的情况我从来都不是很确定，因为她总是能很好地把她的感情和秘密隐藏在坚硬的外壳后面。

苏西叹息道：“我希望我也还是。”

这反而更让我吃惊，因为她一般是死缠着公牛不放的那种母牛。

希尔德没有理会苏西的叹息，只是用坚定的声音说：“但是，我并不想以处子之身死去！”

“那么，”冠军清清嗓子，摆出一个极有魅力的微笑，“我愿意帮助你。”

“如果万不得已，我会考虑的。”希尔德对他微笑着说。

“真的吗？”小红萝卜问，她和我一样震惊。

“真的？”冠军比我们还更加震惊。

“不是真的。”希尔德抿嘴一笑。

“‘不是真的’的意思也并不是‘不’？”冠军充满希望地问，一直微笑着。

“‘不是真的’的意思是，你真是无可救药。”希尔德咧嘴笑着说。

于是冠军悲叹一声，轻声认同地说：“是的，我真是无可救药。

我什么都不记得了，也没了任何用处。我真希望能够重新找回我的记忆。”

现在我又同情他了，虽然我的心还依然很痛，因为他好像并不怎么为我们的小牛犊而感到高兴。

苏西又叹了一口气：“唉，我有时也希望能失去一些记忆，尤其是每当我想到我甚至曾经和屁叔叔发生过关系时。”

“好吧，真是谢谢你。”希尔德唉声叹气地说，“这个画面再也无法从我脑子里抹去了。”

苏西看起来非常沮丧：“有些时刻，我对自己的看法可能应该更好一点儿。”

冠军走到苏西身边，小心翼翼地问：“我们两个也发生过……？”

“当然。”苏西马上回答，“至少二十次。”

“二十次？！”我对着他们大叫一声。我一直以为，应该只有那么一次，最多两次，可是现在看来，冠军经常骗我，而且骗了很久。如果只是一次失足，我可能还可以原谅他，可是现在……这是有计划的、长期的背叛。

冠军偷偷地向我这边看了一眼，意识到我正气得发抖，于是低声下气地对她们说：“现在我慢慢明白，萝乐为什么这么生我的气了。”

“说生气简直太轻了！”

他吞吞吐吐地建议道：“我们……换个话题吧，你们觉得怎么样？”

“非常好！”我说。

大家都沉默了一会儿，然后希尔德说：“如果印度没有棕色斑点的牛，我就继续走，一直到找到跟我一样的牛。”

希尔德看起来很坚决，这让我很震惊。为了实现她一生的梦想，她已经做好准备放弃我们，不管在这个世界上找到棕色斑点牛的可能性有多大。

“不管是在印度，还是别的任何地方，”苏西轻声说，“我再也不让公牛靠近我了。”

小红萝卜很诧异：“我以为，你想要很多很多公牛，并且要让他们伤心。”

“为此我又不得不让他们靠近我了。”苏西回答，她的语气透露出，她根本没勇气做这些。她是一头被公牛利用了的母牛，即使有一天，她还能再对一头公牛敞开心扉，但可能还需要很长时间。小红萝卜友好地用鼻子碰碰她，开玩笑说：“要不要尝试一下，换头母牛谈恋爱？”

小红萝卜开这句玩笑时那么亲切自然，完全让苏西放下了戒备心理，以至于苏西都不禁浅浅微笑着——忘记了她对母牛与母牛之间爱情的反感——说：“比跟公牛在一起还糟糕是不可能的。”

冠军大吃一惊，高叫着：“两头母牛？两头母牛一起做爱？！”他的脑子大概没有能力处理这么劲爆的信息，至少他做不到不动声色地在脑海里想象这个画面，而是边想边把舌头贪婪地伸在嘴外，“不知道为什么，这让我……”

“别说了！”我们几头母牛同时喊。冠军赶紧又把舌头卷回到嘴里。

“我们该睡了。”希尔德说。

没有任何牛反对。在船甲板上待着的一整天，还有一切新鲜的见闻让大家都很疲倦。于是我们第一次全部听从希尔德的指挥，都卧下来——我依然在他们旁边稍远一点儿的地方。每个人都想着自己的心事，包括冠军。当我们正要闭上眼睛时，听到他喃喃低语：“两头母牛一起……”

我们整个牛群齐喊：“闭嘴，冠军！”

第三十六章

接下来几天的旅行很顺利，甚至过于平静无事，不过这也正合我们的心意，牛本来就是为单调的生活而生的。有时候我甚至渴望，就这样永远在大海上漂着吧。印度根本不可能比无尽大海的永恒轻颤更加祥和。也许我们能说服这些人，让我们留在他们身边。他们一直对我们很友好，显然也很享受我们的存在。我甚至有这种印象，我们给他们的生活赋予了新的意义。

“动物饲养员肯定是个很美好的职业。”满脸胡子的胖子动情地断定，因为小红萝卜正因为胡萝卜而感激地舔他。

“比水手令人满意多了。我们一天天只是在海洋上运输毛绒玩具、电烙铁或者反坦克榴弹发射器。”瘦子赞成道。

“而且比被索马里海盗威胁好太多了。”

“哦，是的，相比之下那真没什么乐趣。”

“这种事情几乎不会发生在动物饲养员身上。”

“可能只会发生在索马里的动物饲养员身上吧。”

“我们应该去接受改行职业培训。”

“是的，我们应该这么做。动物饲养员是第一个我想不到有任何什么不好的职业。”

苏西正反刍着几个特别多汁的胡萝卜。她微微一笑：“这些人比我们的农夫友好多了。”

希尔德讽刺说：“你还真是善于发现显而易见的事情啊。”

“那至少我还有一点擅长的事儿，我已经把控不好自己的生活了。”苏西伤心地回答。我们的旅行越长，离原来的家园越远，她好像也越后悔她以前的生活方式。

希尔德现在逐渐有些同情这头本来她最不喜欢的母牛了，她还不太清楚该怎么面对这种感觉。

“苏西。”她说。

“嗯？”

“不知道为什么，现在的你，比以前只是一头蠢牛的你，让我更加喜欢。”

“说实话，我从来没真正喜欢过自己。”苏西回答。她看起来那么脆弱、受伤，以至于希尔德都没有用一句尖刻的“完全赞成”来回答她。希尔德只是沉默着。

晚上，满脸胡子的两个人打呼酣睡后，船长才敢出来，到我们这里来。他经常坐在我身边的甲板上，靠着我的背，轻轻挠着我耳后，几个小时都不说一句话，只是默默看着星空。但是有一次，夜已经很深了，他哭了起来：“我不该出海，那我就会留在女儿身边，一直陪着她了。她在世界上的时间那么短，只有二十二年，而我大多数时候都不在家……”

他趴在我身上哭啊哭，眼泪都流进了我的皮毛里，但是我一点儿都不反感，没有阻止他。这一刻我忽然明白了，我们很难让幸福停留在我们身边，但是不幸我们却赶也赶不走，很乐意永久驻扎。如果爱情是无敌大混蛋的话，那么不幸就是超级无敌大混蛋。

老人在哭过之后好受了一些，奇怪的是，我心里也感觉好受一些了。看来，如果别人有比你更糟糕的境遇，那你的满足感就会上升一点儿——奈雅给牛们创造这种感觉时，是在想什么啊？她想以此教会我们谦卑与感激吗？还是为了赋予我们帮助别人的力量？还是她根本什么都没想，就像她在创造不幸时什么都没想一样？或者，奈雅是一头非常非常有智慧的母牛，她的智慧不是我们一下子就能全部参透的？还是，她只是一个笨蛋？

不论如何，现在我的心情已经不像最开始到船上时那么糟糕了。也因为这段时间，小牛犊在我肚子里慢慢地成长着，我甚至都开始有一个隆起的小肚子了。我也逐渐注意到，每当我的小腹部位轻微抽痛时，我都会不自觉地微笑。我想象着，可能小牛真的是想用这种方式与我说话吧，而我也想回答他。这使我说了很多傻话，像："你个小家伙儿，嘟哔，嘟哔，你肯定会是一个很讨牛喜欢的滑滑小可爱。"

希尔德听到我的话大笑："如果你再这样跟他说下去，他以后一定是一个有语言障碍症的滑滑小可爱。"

从那以后我决定，只在脑子里跟我的孩子说话，这样，其他牛就听不到我跟孩子说的话了。想到其他牛，我现在充满了骄傲——当我看到他们安详地卧在甲板上，我感到欣喜而骄傲——我带领着小牧群走了这么远，而且没有一头牛受伤。也许我还不算是一个坏领队吧，虽然希尔德一直试图让我认为自己不是一个好的领袖。

我的心情在这些天越来越开朗，我的希望也越来越强烈，也许我的幸福有一天确实会来到我身边吧。

但是，首先是小红萝卜来到了我身边。

并表白了她的爱情。

第三十七章

我正欣赏着美妙绝伦的落日，西下的太阳像火一样红彤彤的。这时，小红萝卜走向船舷边的我，开始结结结巴巴地说：“萝乐……你知道，我喜欢的是母牛。”

“有些事情，很难忘记。”我微笑着说。

“但是有一件事，我还从来没跟任何牛说过……”她继续说。

“什么事呢？”我问，在说出这几个字时，就已经隐约感到了，我会后悔提这个问题。

“我……我爱的是我们牧群里的一头母牛。”

“啊，该死！”我脱口而出。

小红萝卜震惊地看着我。

“我想说的是……”我赶忙撒谎圆场，“啊，天哪，我想，我感觉到了小牛的第一次踢腿。”

有一个像小红萝卜这样单纯的好朋友的好处是，你很容易就可以骗她，因为她什么都相信；坏处是，你自己终归会感到愧疚，因为她实在是太可爱了，你会感到自己不应该对她撒谎。

“太棒了，”她回答我说，“你能感受到一个新生命这么伟大的事物在你的身体里。”

我尴尬地微笑着。她继续说：“你知道吗，我一直深深地隐藏着我的爱，从来没有透露过一丁点儿，因为我不想失去我爱恋的那头牛，她是我的好朋友。但是现在，我们已经一起经历了这么多，马上就快到印度了，在那么美好的一个地方，在牛被崇拜的地方，肯定没有牛会反对母牛之间的爱情。所以我在想，我是不是应该向那头牛表白我的心意……”

“哦，我的天啊！”我又一次脱口而出。

“又踢了一下？”单纯的小红萝卜问。

我连头都没点一下，我现在太混乱了：小红萝卜想要向我表白她的爱！如果她这样做的话，我必须告诉她，我不能回应她的感情。然而，只是，这样我就会伤了她的心。可是我并不想伤害她。我爱她，那是肯定的，但是只是作为朋友，而不是她所希望的那样。

“你应该，”我谨慎地试着把整个话题岔开，“应该感觉到了，如果那头母牛对你的感情有回应的话……”

“可能吧。”小红萝卜充满希望地说，“可能她像我一样，因为害怕而没有表现自己的爱。”

从小红萝卜的角度看，这是符合逻辑的。她真的希望，我们可以成为情侣。那她真是比我一直以为的还要幼稚很多，这可麻烦了。一方面我自己很清楚：有爱，就有希望，哪怕这个希望很疯狂。也恰恰是因为有爱，才有疯狂。

“但是，”我试着继续阻拦小红萝卜向我表白，“如果那头母牛不爱你，该怎么办呢？”

“那至少我是诚实的。”

“哦，”我反对道，“诚实被看得过于重要了。”

“你为什么忽然这么说？”

“还有很多更加重要的品质。”

“什么品质？”

“哎……宽容，比如。”

“我觉得同样重要，但是并不‘更重要’。”

“干净。”

“相比来说，我觉得干净不是很重要。”

“守时！”我已经逐渐开始词穷了。

“守时？”小红萝卜难以置信地问。

“是的！”

“你认为守时比诚实更重要？”她用她那大大的“小红萝卜眼睛”看着我，好像我的脑子不太正常了似的。

“设想一下，如果你不守时，会发生什么？”我慌忙地叽里呱啦乱说着，几乎语无伦次了。

“不守时？”

“就是嘛！”我在混乱中随口赞同道。

这完全不能让小红萝卜信服。

我绝望地看着被夕阳染红的大海。我不想让我最好的朋友伤心。最好我们还是不要说实话，继续做朋友，而不是因为愚蠢的、确实被过于高估的事实失去我们的友谊。

“那么，你的意思是，”小红萝卜小心翼翼地问，“我应该向那头母牛表白我的爱吗？”

我能怎么回答这个问题呢，除了：不，不，不，坚决不要，我们还是继续谈守时的好处吧；或者，我们跑着用头去撞击船舷吧，直到我们忘了，你本来想要谈什么。

但是那肯定会让我的小红萝卜伤心。所以我只好沉默着。或许我现在应该假装我感到了孕期疼痛，必须马上卧倒，所以不能再继续聊天了。但是我们在第二天或者第三天肯定又会开始同样的对话。用以上的方法，我只能拖延面对这个不可避免的话题，而不能真的回避。所以，我必须告诉我最好的朋友，我不爱她，然后向奈雅祈祷，我们的友情将继续维持下去。

“小红萝卜？”

“嗯？”

“我必须跟你说实话。”

“对你来说，我不够守时？”

“不是，别的事情。”

“什么？”

我犹豫着，然后鼓起所有勇气，用沙哑的声音解释：“我不爱你。”

她目瞪口呆地看着我，有一刻她的脸像是被冰冻住了似的。当冰融化后，会发生什么呢？她会哭吗？肯定。甚至崩溃？很有可能。从此还会靠近我吗？估计不会了。啊，天哪，我真不该说这句话！

小红萝卜的脸现在又开始动了，每一秒她都有可能开始流泪，而我的心肯定不能承受这样的景象。

“求你了，小红萝卜，不要哭……”我恳求道。

小红萝卜果真没有哭，不，她在笑。她笑啊，笑啊，笑啊，整个身体都颤抖着。奈雅啊，她彻底疯了。

“你……你……”她在大笑中上气不接下气地说。

“我怎么了？”我着急地问，很是为她的精神状态担忧。

“你……”她稍微平静一些了，“你真的以为，我爱的是你？”

然后她又开始一阵狂笑，甚至笑得趴到地上开始打滚。

“是的，我是这么以为的。”我小声地承认，羞耻得巴不得立马跳进海里。

“真抱歉，”小红萝卜说，她终于平静下来，挣扎着站起来，“但是你真的不是我喜欢的类型。”

“为什么不呢？”这句话从我嘴里夺口而出，现在我确实感到有些受伤。

“因为，你有一点儿太胖了。”

“哦，谢谢！”

“而且你的腿不漂亮。”小红萝卜微笑着说。

“你还是忘了我的问题吧。”

“而且，当你紧张的时候，你就会斜着眼看，这时候你看上去就稍微有一点儿傻。”

“我说了，忘了我的问题吧！”

“有时候你嘴巴里的气味儿还有点难闻……”

“小红萝卜！”

“好啦，好啦。”

她不再说话，但还是咯咯笑了一会儿。我懊恼地看了她一会儿，然后又迷茫地望向大海。最终，我又转向她，提了一个在此情此景下不得不问的问题：“那你爱的是谁？”

“希尔德。”小红萝卜的回答声音很轻，但是非常清楚。

那，还好，至少她没说是苏西。

“你觉得，”小红萝卜现在非常认真地问我，“她也爱我吗？”

说实话，对此我真的一无所知。在我看来，从来没有这样的迹象，完全没有。但是我也没有发现任何小红萝卜爱希尔德的迹象。看来，事关爱情时，我们可以隐藏得很深很深。

作为领队，我现在必须考虑，如果希尔德对小红萝卜说“可惜我不爱你”，或者甚至“我也爱你”，对我们整个牧群和我们从纽约去印度的旅程意味着什么。

我思考着我现在应该怎么劝小红萝卜——向希尔德袒露心声还是继续隐瞒。我想啊想啊想啊，直到一只海鸥忽然拉了我一头屎。

我抬头向上望去，脸上随即就又迎来一摊鸟屎。作为牛，我们根本不能清洗自己的脸：用蹄子不行，因为那样我们会摔倒；尾巴从后面够不到脸；用舌头……那简直是……呜哇！

“从哪儿来了这么多海鸥呢？”小红萝卜一边友爱地用尾巴帮我擦着鼻子一边问。我们头顶上方盘旋着很多海鸥。这是我们很长时间以来第一次看到鸟。

贾科莫在船舷上轻盈地扭动着腰身向我们走来，解释说：“我们已经接近陆地了，所以现在有这么多海鸥，用不了几个小时我们就到纽约了。”

“纽约是什么？”小红萝卜问。

贾科莫吃惊地看着我：“你没告诉他们？”

“你没告诉我们什么？”小红萝卜把头偏向一侧，审视着我。我轻声轻气地说：“你肯定会笑的……”

第三十八章

小红萝卜没有笑。

希尔德更加没笑。

苏西倒是在笑——只是，可惜她是在歇斯底里地笑。

冠军的头脑不足以应付现在的状况，只是非常茫然地看着我们。

只有贾科莫对我微笑着："你本来应该告诉他们的。"

"我本来应该把你推进海里的。"我咬牙切齿地回复他。

希尔德打着响鼻："这个纽约离印度多远？"

我把公猫给我的答案告诉他们，虽然我自己也并不相信这个答案："哦，不远……"

"真的吗？"希尔德怀疑地问我，其他几头牛也盯着我，他们貌似一点儿也不相信我。

我转向贾科莫求助："这是真的吧？"他只是微笑着说："遥远又是多远呢？太阳离我们很远，跟太阳相比，其他所有一切都很近……"

希尔德走到他跟前，她的眼睛愤怒地挤成一条细缝，呲呲地说："如果你不马上给我们一个理智的答复，我就把你身上某个部位远远撕开。"

"尊敬的小姐，我不认为您的蹄子具有精细作业的能力。"

希尔德只是更凶狠地挤着眼睛。

"……但是我想……我还是好好回答这个问题吧。"

"决定正确。"希尔德点点头，但她眼睛里依然射着威胁的寒光。

贾科莫用爪子在甲板上的灰尘里画了一个叉："这儿是库克斯

港……”

×

然后他在旁边画了一颗星星。

×

*

“这里是印度……然后这里，”他在甲板上的尘土里又画了一个圆圈，“是纽约。”

×

○*

连小红萝卜都不相信他的话。

希尔德打着响鼻说：“想捉弄我们，还轮不到你，我们自己就行。”

有点胆怯的贾科莫赶快纠正自己：“那么，纽约可能更偏这边一点。”

× ○

*

“你现在马上老老实实地告诉我们实情！”希尔德逼促他。

贾科莫把代表纽约的圆圈抹掉，又重新把代表纽约的圆圈画了一次，这次在完全不同的方向。

×

○

*

我们全都惊呆了。

除了冠军。他在问：“呃……圆圈代表什么来着？”

“我们，”公猫诡异地微笑着说，“更像是沿着哥伦布的航线去印度。”

希尔德愤怒地咆哮："这个哥伦布对我来说根本无所谓！我们到印度还需要多久？"

"小姐，这个问题根本就不那么容易回答。"公猫在试着给自己争取时间。

"哦，不是的，你能很容易地回答这个问题！"已经勃然大怒的希尔德说着，闪电般地用嘴叼住了公猫，死死地咬着他的身体。他大叫求饶，手舞足蹈地挣扎着，但就是挣脱不掉。她把嘴里的贾科莫举过船舷，他恐慌地看着身下的大海。如果希尔德现在张开嘴，他就会掉进水里，我们的船将继续前行，他一定会淹死在海里。虽然我们身边已经有很多海鸥在盘旋飞翔，但我们根本还看不到陆地的踪影，也就是，还看不到如果他被扔进海里获救的可能。

"到印度的路程还很 Lang-lang，很长很长，我说 Lang-lang 指的不是那个钢琴家。"他大叫着说。

贾科莫说了真话，我认为他这样做非常勇敢，因为根本不能完全排除希尔德在暴怒中张开嘴把他丢到海里的可能。但是她把头和公猫一起从船舷边收了回来，把贾科莫"扑通"一声扔到甲板上。她没有再攻击、责备他，而是转向我："你早就知道我们这条船并不是开往印度？"

"嗯，是……"我结结巴巴地说。

"那你本来准备什么时候告诉我呢，伟大的领队？还是你准备在纽约的时候也一直欢快地感叹'看啊，印度多么美丽啊'？"

对这个问题，最诚实的答案是：我太懦弱了，不敢向他们承认我们的旅途出了这么大的错，而且我也没有能力应对他们的不安全感和紧张，因为我连自己都照顾不过来。

但是，我只是轻声说："我不想给你们压力……"

“你把我们当作什么？未成年的小牛？”希尔德备受屈辱地问。她已经走到我眼前，鼻子离我的鼻子那么近，以至于我害怕得向后退了几步。另外几头牛整段时间都沉默着，但是也并没有帮助她。可惜也没有帮助我。

希尔德把鼻子扭开，在甲板上来回走着。我们都看着她，谁也不敢发出哪怕任何声音。这是我们在整个旅途中第一次全体等待希尔德发号施令，而不是等着我给出解决方法。因为事实很清楚，我没有解决方法。但我依然想尝试控制当下的情景，赢回牧群的牛心，于是我尽可能勇敢地说：“我们肯定有办法解决的。”

希尔德停下来，审视着我，很久。其他的牛都等着她将要如何反应。我不知道我现在该做什么，因为我完全没把握，我的朋友——她现在到底还是不是我的朋友？——从来没有这样盯着我看过。过了好久，她终于平静地说：“你说得对，我们会有办法的。”

我放松地深深吸了一口气，至少我们不会再继续争吵了。

“但是，”她补充道，“不是以你作为领队。”

“什……么？”我纠结地说。

“你自己的事情都还忙不过来，你的小牛犊和其他所有的事情。”

虽然我很想反驳，但我无能为力，尽管这样看待孕妈妈很不公平。

希尔德冷静、客观地宣布：“我来接管我们的牧群。”

这一点我不仅仅“想”去反驳，我也真的这么做了：“可是我觉得这并不太……”

好吧，我承认，这并不是很有说服力的反驳。

希尔德转向其他牛：“那么，你们怎么看？”

整个牧群都盯着我们俩，所有的牛都不确定他们应该选择站在哪一边，所有的，除了一头。

“我想，希尔德应该做我们的领队。”小红萝卜很小声地说。

我很想生气地怒吼，她这么说只是因为她对希尔德有感情。但是我从小红萝卜的眼睛里读到了她急切的恳求：请千万不要把我的秘密吼出来！于是我还是沉默了。

接下来苏西表态了：“你们两个我都不喜欢，但是你们都比我这头懦弱的母牛勇敢强大，而希尔德比萝乐更强大。”

可怜的苏西，她的自信心一天比一天更分崩离析了，而我的自信心现在是“一秒比一秒”更破碎。我不由得把目光转向冠军，我还希望他会选择为我站队。他却只是张开嘴说：“我心里有个什么在说，本来应该是我引领我们牧群的……”

“那你还是不要听从你‘心里有个什么’。”希尔德坚决果断地打断他的话，他也因此而完全不知所措了，于是他真的选择了不听从他“心里有个什么”的提议。谁都没有再说什么，局势已定：我失去了我在牧群顶端的领导位置，更加糟糕的是，我失去了希尔德这个朋友。

第三十九章

我自己躲到角落里，暗暗想着：如果希尔德一定想要，就让她去管这些事吧，谁一直为别的牛承担责任和压力啊？从现在开始，我就只关心我自己和我的小牛犊。就是这样！我对我肚子里的小牛犊说："妈咪会照顾你，你个滑滑小可爱。"

苏西对此评论说："如果你想给小牛犊再取一个这么傻的昵称的话，你可以叫他'屁屁尿尿'。"

我恶狠狠地瞪了她一眼，她也马上识趣地闭上了嘴。然后我轻轻哼着摇篮曲哄我的小牛犊入睡："晚上好，晚安，小宝贝，赠你以玫瑰，覆盖你以丁香丁儿，轻轻滑到干草下，甜美美地睡吧。明天一早，承奈雅之爱，你又将喜乐。"

当然，我并不是真的想要唱歌哄我还没出生的小牛入睡——也许他还根本什么都听不到呢，我只是想让自己平静下来，因为我依然处于极度愤怒中，不能入睡。我把蹄子放在肚子上，忽然我感到一阵轻微的跳动。我一下子停止了唱歌。

苏西刻薄地说："你再唱一句'晚上好，晚安'，我就要用'丁香丁儿'扎你的屁股，而不是把它们当被子给你盖上温暖你！"

但是我根本没理会她，因为刚刚那阵轻微的跳动，不是我听到的，而是我感觉到的，那是我的小牛犊的心跳。

所以现在他是真的具有生命了。

幸福的浪潮席卷了我的全身。

紧接着就是一阵恐惧的战栗。

因为，我的小牛的心跳意味着：我很快又要遇到老狗了。

第四十章

日出时分，已经有越来越多的海鸥围绕着我们的船飞舞。牧群的其他牛都还在睡，而我昨夜几乎整晚无眠，一直在不安地琢磨，到现在都还在想，在问自己——或许我确实应该永远留在船上，也许这样能躲过老狗。但是，另一方面，我到底在害怕什么呢？虽然老狗对我宣称，当我肚子里的小牛开始真正具有生命时，他会杀了我，但是他又怎么可能穿过这茫茫大海跟踪我们呢？难道不是吗？

我还在徒劳地尽量让自己安心时，贾科莫在船舷上步姿摇曳地向我走来，高喊："已经能看到陆地了！"然后他看着我，微笑着说，"我早就希望能这么喊了……"

我没有对他微笑。

"你今天早上不太爱说话啊。"贾科莫继续微笑着说。

我没有回答。

"我就认为你沉默的意思是'是的'。"

我还是没有回答。

"这次的沉默就是对上一句的确认，我可以认为你的答案是'是的'。"

虽然我没有说话，但是我心里还是高兴有贾科莫在我身边。如果你正感到恐惧，那么没有比愤怒更好的分心术。而这一刻，我对贾科莫比对任何牛任何人任何动物都更愤怒。我不生希尔德的气，不生小红萝卜的气，甚至不生冠军的气。苏西几乎已经彻底退出"惹我生气"的候选者行列了——虽然在不久前我还完全不能想象，在"惹我生气"的竞赛中，她竟有可能远远落在其他牛后面。现在这一切都是贾科莫的错误，我们登上了错误的船，我因此和整个牧群都闹翻了脸。可是他看起来连一丁点儿愧疚都没有。甚至，恰恰相反，他情绪高涨，兴奋地在船舷上跳来跳去，好像他一直在热切等待这一刻，终于要到达纽约了，好像有什么在那里等着他似的……忽然，我心里产生了一种可怕的怀疑。

“贾科莫，你说，”我问他，“有没有可能，我们登上来纽约的船，不是意外？”

“你怎么会这样想呢？”他不安地问。

“因为，你如此期待到岸的样子，有些可疑。而且，刚刚我问你时，你看起来好像是做坏事被抓到一样，这不正好验证了我的怀疑吗？”

他现在看起来更加像是做坏事被当场抓到了。

“你现在的目光证实了我的猜测。”

贾科莫叹了一口气，坦白道：“你是对的，我故意选了这艘船。”

本来我现在应该像癫狂症爆发一样发泄愤怒，驱赶我的恐惧，可是我的怀疑被证明为事实，我太震惊了：惊愕与愤怒在我内心里激烈地相互斗争着，以至于我一开始竟不知道说什么了。当我终于又能说话时，我只是结结巴巴地问：“因……什么？”

“虽然我并没有完美地掌握你们的语言，但是我确定‘因什么’不是一个正确的词。”

“为……怎么？”我依然是磕磕巴巴地说。

“‘为怎么’也不是正确的词。”

“为么？”

“也不对。”贾科莫评论道。

“你知道我想问什么！”我怒骂起来。我的愤怒终于战胜了震惊。

“是的，我知道。”贾科莫沮丧地回答，然后说，“我向你讲过我的小女主人。”

“就是喜欢吃奇怪的蘑菇的那位？”

“一直吃到眼睛打转，”贾科莫回答，又伤心欲绝地补充，“一直吃到有一天眼睛再也不转了。”

我没有完全明白，他的话是什么意思。他开始向我讲述他和他亲爱的小女主人在一起时的生活：贾科莫的小女主人是一位年轻的女士，很会享受生活，到处寻欢作乐，他们两个一起在世界各地到处旅游。他们在亚马孙地区观察过最漂亮的鸟儿（贾科莫还吃了其中几只）。他们在海地与伏都教巫师一起跳舞（并且出于我不能完全理解的原因，把烧热的针扎进代表小女主人前任恋人的布娃娃里）。在哥伦比亚共和国，他们了解到，在那儿直接喝自来水不是什么好主意（至少，如果你不喜欢肠腔里的微生物的话，就不是好主意）。小女主人和贾科莫奉行自由恋爱（当然，不是和对方）。他们的旅行最终到了纽约，确切地说是纽约城里叫“中国城”的一部分，在那儿，他们两个都与亚洲女性度过了很多美好时光（小女主人既喜欢女人，也喜欢男人）。一天晚上，他们从一个街头贩子手里买了“让你变‘嗨’的植物”，据说“大师曾经也吸过”那种植物。但是这种植物不知道含有什么东西。小女主人的脸都变绿了，她的眼睛转啊转，最终她“砰”的一声摔到地上，眼睛一转不转了。

“她……”我本来想问贾科莫，但是我还没有把“死”字说出来，他就怒吼着打断我：“我不知道！”

然后他开始努力控制自己的眼泪，并承认说，当时他由于害怕，加上吸食的植物无限放大了他的恐惧，就惊慌失措地跑走了，一直到纽约的港口，在那儿他藏进了一艘船，转眼之间，他还没注意到，船就开往了库克斯港，远远地离开了他的小女主人。在库克斯港，他偶遇了老狗，并激怒了他。他对老狗说——因为不知道他的贵宾犬爱妻婷卡的悲惨命运："你看起来这么闷闷不乐，你应该找个母狗快活一晚上。"

老狗因此追赶了他一整天，一直到我们的农庄，直到我们救了他。

现在我明白贾科莫想在纽约做什么了："你想去看看，小女主人的眼睛是不是还在转动？"

他点点头，然后开始大哭，他因此恨死了自己。

我现在还怎么对他生气呢？相反，我试图鼓励他："她的眼睛一定还转着呢。"

"你真的这么认为？"他哭着把鼻涕擦到皮毛里。

对此诚实的答案应该是"我一无所知"，但现在不是讲究诚实的时刻，于是我微笑着说："我不仅这么认为，我还清楚地知道一定是这样的。"

公猫用爪子抹去眼边的泪水。他心里又升起了一些希望。我为他祝愿，祝愿他的希望终将成为现实。

这时，我看到远处有一个巨大的、女性的人类站在大海里，手里还举着一个火把。那应该不是一个真人，看起来她更像是石头做的。贾科莫注意到我的惊讶，解释道："那是自由女神像。"

"自由"这个词深深地震撼了我，也让我的心跳加速许多。人类为自由修建这么巨大的工程，真的很了不起。我脑海里不由地想象着，如果那儿站着的不是一个石头修成的人类女性，而是一头巨大的母牛叼着一束火把，为来往船只照亮航路，那该多么宏伟！啊哈，如果我们牛也有能力制造除了粪便以外的事物，该多好……

我还在心醉神迷地欣赏雕像时，听到我身后满脸胡子的瘦子说："海关官员不会让这些牛上岸的。"

“估计它们就要被人道毁灭了。”胖子悲伤地说。我听了暗暗想，“人道”这个词加在“毁灭”前，它的意思肯定不像它听起来那么友好。我心里开始恐慌，现在我该做什么呢？可是，在接下来的一瞬间，我马上就想起来，我现在根本不是牧群的领队了，接下来做什么是希尔德的问题。可惜这一点儿都不能让我平静。

“不要担心。”船长走向他的水手，“在这个世界上没有用贿赂解决不了的问题。我有足够的钱买通那些官员。那些钱本来是给我女儿读书用的。”

水手们听船长提到去世的女儿，都不禁面露一些哀伤，咽着口水没说话。如果我不是已经感觉到现在事关我们生死，我一定会更强烈地和船长感同身受。船长继续说：“我已经跟海关解释过，这些牛将被送到爱荷华州的一家饲养和牛的农场，那里应该是牛的天堂。它们在那儿会享受到这个世界上可能存在的最美好的生活。”然后，他又悲伤地补充说：“我也想要那样的生活。”

船长忧郁的眼睛证明，他是真心为我们着想。不管怎样，他为我们找了一个陌生的天堂。虽然这个天堂不是印度，我还是感到放松了：天堂就是天堂。

只是，愚蠢的是，希尔德在这一刻向我走过来，下令说：“船一靠岸，大家就在我的指令下赶紧冲出去。”

更加愚蠢的是，我根本不能反驳。我刚吸一口气准备说话时，她就已经抢在我前面说：“你必须习惯这一切，你已经不再是我们牧群的领队了！”

说完这句话她就转身离开了。所有的一切中最最愚蠢的是，我是有选择的，我可以选择独自去船长为我们准备的天堂，或者选择继续留在我的牧群里。

第四十一章

船一靠岸，船长就在船前接见了两个看起来很严肃的男人。船长叫他们“美国海关官员”，他们的口袋里装着看起来像是小型“噼啪棍”的东西。船长递给这两个嗔着脸的人一些绿色的叶子。那些叶子全部一样大，所以看起来很不自然，好像它们根本就不是从一棵树或者一株其他什么植物身上长出来的。然后，那两个人开始微笑了，笑得那么贪婪，船长马上又递给他们更多的绿叶子。我问贾科莫，那是怎么回事，他回答说：“对人来说，钱比食物、饮料、爱情和性还重要。”

“为什么呢？”我吃惊地问。

“因为人用钱可以得到食物、饮料、爱情和性。”

“这听起来可不太有逻辑。”我发觉。

“一个有逻辑的人，这本身就是矛盾的对立两面。”贾科莫叹气说。

船长转身向我们走来。他一定是想来告诉我们，我们已经安全了，他要把我们送到他向水手说过的牛的天堂去。但是他没机会说出这些话，因为希尔德已经发出逃跑命令，她大喊一声：“跑！”

希尔德快速冲了出去。当然小红萝卜立马就听从了她的指令，连苏西和冠军也跟着我们的新领队跑了出去。现在，我必须做出选择：天堂，还是我的牧群。但这并不是一个真正的选择，没有伙伴的天堂……也就不是天堂了。所以我也跟着跑了出去。

船长在我们身后绝望地喊：“停住啊……”

我还听到了满脸胡子的瘦子说：“现在我们必须是牛仔才能用套

索抓住它们。”

满脸胡子的胖子回答：“牛仔肯定是比动物饲养员还要好的职业，当我想到那些酒吧、威士忌和女招待，尤其是女招待……”

我们从很多船只和起重机旁跑过，冲出港口区，跑到一条街上。这条街比通往库克斯港的街宽大很多，上面行驶着很多巨大的汽车。我们沿着街道最边上奔跑，虽然我们已经全都喘不上气来了，希尔德还在催促我们快跑。她是一个强硬的领队，不接受“我再也跑不动了”、“我的蹄子都冒烟了”或者“我想我马上就要吐了”作为休息的理由。甚至连冠军都很难追上她的脚步。有些巨大的汽车从我们身边咆哮而过时，他偷偷对我说：“我想，我宁愿跟从你，而不是她。”

他边说边亲切地微笑着。在这一刻，我本来甚至可以为冠军这句美言而高兴了，可是，他是冠军，所以我知道，在这么一句讨我欢喜的话后，我只需要数到三，他就会开始说蠢话了。于是我开始在心里默默数：一……二……三……

“如果我跟在你后面跑的话，”冠军微笑着说，“我就能看着你可爱的屁股了。”

啊哈，他就是这么容易预测。

“因为我觉得你很有魅力。”

这又是一句讨好的话，但是这次我依然很确定，我只需要再数到三，他就又会说傻话了：一……二……

“也许因为，你在怀孕期间乳房变大了很多。”

这次甚至更快了。

“严肃地说，”他现在说，微笑也从脸上消失了，“我想，如果我们两个试着重新认识彼此，重新开始，肯定会很美好，为了我们的小牛犊，但也为了我们自己。”

这完全打乱了我的内心。我们真的应该试着重新再来吗？我不想去认真思考这个问题，宁愿继续在脑子里默数，因为一旦他又说蠢话，而且他肯定会说的，那我就不必回复他的建议了：一……二……三……

他什么都没说。

……四……五……六……

他保持着沉默，只是充满期望地看着我，我们还在并肩奔跑着。

……七……八……九……

我的天啊，他还没有说蠢话！这意味着：我必须说些什么回复他。但是我该说什么呢？我真的应该冒险再相信他吗？再次承担又一次对他失望的危险？

“这……这不可能！”希尔德大叫一声，突然停在了路边的条形地带。我们都很高兴终于有机会喘口气了，而我更高兴能暂时岔开话题了。我看向希尔德那边：在路的边缘有一栋大房子，无数的人进进出出，并边走边吃或边喝。在房子上面，挂着一幅巨大的图画，上面画着一个面包，面包中间夹着一片肉，而面包旁边是一头巨大的、看起来无比幸福的牛。我把牛和面包联系到一起，得出了结论：“天哪，不！”

我们目瞪口呆地看着那些人，他们咬着牛做的夹心面包。知道人吃牛是一回事，但是亲眼看到他们吃牛，就完全是另外一回事了。我们全都很冲动，真想冲过去一角把他们刺穿，然后用力甩出去。尽管他们中的大多数人体重超重，要把他们甩出去很不容易，但是我们来不及实现这个冲动，因为它被另外一种更强劲的冲动压制住了，那就是我和小红萝卜在第一次听说人类的暴行时，用更脆弱的方式展现出来的冲动：我们全都吐了，就吐在那些吃面包的人的脚边。

相应的，他们都对此感到很恶心，大喊着“我的天啊！”或者“我的鞋啊！”或者“哦，天哪，我为什么穿的是拖鞋？”

贾科莫哈哈大笑说：“我想，对他们来说，这可不是‘欢乐套餐’了。”但是马上他就警告我们：“你们必须马上逃跑！”

“我做不到啊，”苏西反对道，她的四条腿都在发抖，“我一步都走不动了。”

“如果你不走，你就会被做进帕尼尼三明治里。”

“做进什么里？”苏西疑惑地问。

“面包！”

“我还能跑！”

说着苏西就撒蹄开跑。我们几个又短暂地看了一眼那些面包，都不希望在不远的未来被拌着洋葱抹到面包上，所以也马上跑开了。其中一个胖胖的吃牛人还咒骂着：“有史以来最差的营销！”但是他们中没有任何一个人来追赶我们。这些肥胖的人已经胖到身体走形了，估计就算他们尝试追赶我们，肯定也跑不了几米就会气喘吁吁地瘫倒在地上。

我们跑到一座巨大的桥上，桥跨过一条宽宽的河流。在这座桥上，没有汽车，只有人，他们在慢慢步行或者跑步。大多数人对我们丝毫不感兴趣，最多只是关注我们短短的一个瞬间，与当时库克斯港的人完全不同。贾科莫解释说：“要想让纽约人感到惊奇，还得多几头牛才行。”

因为这儿的人们不会对我们怎么样，我们现在走得慢了一些，甚至可以说是在舒适从容地散步。我们诧异地观察着桥尽头那些巨大的房子。它们如此高耸地挺入云霄，我们根本辨认不清房子的顶端在哪里，因为太阳那么耀眼。

这里的人没有盯着我们看，希尔德却反过来仔细打量着他们中的一些。有一些人的皮肤是黑色的,我们以前从来没有见过这种肤色。不难猜测到希尔德在想什么：如果这儿有拥有不同肤色的人，那肯定在某个地方也有不同颜色的牛，甚至可能有像希尔德一样棕色斑点的牛。如果确实有跟她一样的牛，那她在世界上就不再是孤单的了。在希尔德的牛眼里，我们看到希望的光芒真正地亮了起来。

当我们到达河的另外一侧，就要离开大桥时，贾科莫对我悄悄说："现在我不得不离开你们了。"

"去找你的小女主人？"

"是。"

然后他就跑走了，连一句道别的客套话都没有说。我都没来得及认真感谢他，谢谢他救了我们的命，并向我展示了，世界并没有在草地尽头的那几棵树那里停止。虽然世界比我想象的更糟糕，更恐怖，但是也更美丽，更激动牛心，更有魅力，更神奇！而且，我非常理解他为什么离开我们。他因为自己的过失，失去了和小女主人在一起生活的幸福，那是他一生中最大的幸福。他现在渴望能够再找回他的幸福。我祝他顺利，祝他成功。

第四十二章

我的同伴几乎都没注意到，贾科莫已经离开了我们，而这一离开甚至有可能就是永远。那些巨大的房子让我们感到震撼。高大的房子形成了“峡谷”，这个“峡谷”里非常燥热，混浊的空气像一堵墙一样。因为有很多汽车，这里非常喧闹，那些汽车几乎不能前行，我们步行便能轻松超过它们。这些人怎么可以忍受挤在这么狭小的空间里共同生活呢？这样的生活大概不可能真的很健康吧。

希尔德领着我们在巨大的房子组成的森林里越走越深。我慢慢开始担心，我们可能永远走不出来了。我想，我们应该在每一个角落都留下一摊牛粪做标记的。但是，我们已经走太远了，现在才开始做标记已经来不及了。

又走了很久后，我们到了一个地方，那里的高房子上挂着很多闪耀着的、彩色的画。这个地方的人们不再匆匆忙忙赶路，他们手里都拿着一个小盒子，他们称那些小盒子为“手机”或“照相机”。我听到他们说着类似“时代广场”、“音乐剧”以及“很快这儿的一切就都属于中国人了”的话。

这时，我听到一个深沉的声音问：“喏，你终于到了？”

我慢慢地、慢慢地转向一侧，在到处走着的人们之间，老狗镇定自若地坐在那儿。

第四十三章

“抱歉，萝乐，我刚才不得不先吃一些东西，因为等你太久，都等饿了。”地狱之犬镇定地用爪子指指他身边一个空包装袋，袋子里还有一些“牛面包”的残渣。如果我的瘤胃里还有食物，我肯定已经又吐了。

老狗阴险地微笑着，他那只没有被伤疤蒙住的红眼睛，像一颗燃烧着的星星一样闪烁着。生平第一次见到老狗的苏西惊呼：“啊，我的天啊！”

“首先是‘我的’天啊！”小红萝卜补充道，吓得浑身哆嗦着。

“‘我的天啊’是很友好的表述。”希尔德说。

“‘该死的’更贴切一点儿。”冠军也认同地说，他也是第一次遇到老狗。连他这样魁梧强壮的公牛都完全被老狗震慑住了。

“我同意你的‘该死的’，”希尔德说，“并往后面再加上一个‘神圣的’。”

“该死的神圣的？”冠军不太理解。

我的同伴相互讨论着，怎么称呼这只满脸伤疤的狗最合适（我们已经快要同意“我要找妈妈”了），这时老狗越来越恼火了。他不耐烦地用爪子敲敲坚硬的石头地面，最终吼道：“你们这些牛可以先专心听我说话吗？”

我们都看着他。我结巴着说：“你……你根本不可能出现在这里。”

“可是我已经在这里了啊。”他确认着这显而易见的事实，从他坐着的地方慢慢站起来。他站起来还没有我们的一半高，可是看起来却比我们强壮很多，甚至连那些手里握着手机在广场上乱走的人都尽量远远绕开他走。

“这……这……可是这根本不可能。”我反驳说。

希尔德低声对我说：“我不认为，这个怪兽会被你的逻辑辩驳走。”

苏西问：“还有谁赞成我们快溜走？”

毫不惊奇，我们全都想。

只是，我们都没有信心，不相信我们能跑得过老狗。我们本能地感觉到，他跑得比我们快多了，而如果我们逃跑，就相当于对他发起马上来撕碎我们的邀请。所以我们都像脚下生根一样站在那儿。

“怎么……你怎么找到我们的？”我问。

“跟踪你们很简单。”老狗傲慢地大笑，“你们乘上了开往纽约的船，我马上就搭上了来纽约的下一班船。当然，一艘更快的船。”

“那你又是怎么到我的梦里来的呢？”我害怕地问。

“你梦到我了？”他嘲讽地大笑。

“你自己清楚怎么回事！”我大喊。我很确定，不管用什么方式，他有能力从清醒者的世界到睡梦者的王国，并在那儿袭击我。

“如果你梦到我了，我真是感到备受奉承，受宠若惊啊。”老狗狞笑着，慢慢向我走来，并没有真正回答我的问题。

这一刻，冠军忽然有了勇气，他挡住老狗的路：“如果你再骚扰萝乐，我就‘奉承’地踢你的脑袋！”

奈雅啊，冠军想为我而战吗？就像传说中，强壮的胡尔洛为了救他的奈雅，与大熊普拉克斯一争胜负一样吗？我愿意为此去舔冠军。

“你威胁我？”老狗阴险地对要保护我的英雄微笑着，他看起来那么危险，我血管里的血都要冻住了。“你是认真的吗？”

“我……我想是的。”冠军不自信地回答，开始颤抖了。在这个该死的纽约城里，高高的房子之间又热又闷。尽管如此，我们都全身打着寒战，好像现在是最严寒的、最冰冷的冬天一样。

“我给你们提个建议，”老狗现在对我们一圈牛说，“我只想要萝乐和她肚里的孩子，其他牛都可以走。”

苏西说：“听起来绝对是个好建议。”

我真想踢她！

希尔德、小红萝卜和冠军都沉默着，好像他们在艰难地斟酌老狗的建议，并在自己的生命与被狗咬死之间做抉择。过了一会儿，希尔德用尽可能坚定的声音说：“我们全部在一起！”

“正是！”小红萝卜加强希尔德的论断。

“当然如此！”冠军也赞同。

在这一刻，我为他们每头牛都感到骄傲。

“我想，”苏西有异议，“每头牛应该只代表自己而已。”

好吧，我几乎为他们每头牛都感到骄傲。

“这是你们自己想要的。”老狗回答说。忽然，没再发出任何警告，他一个健步跃起跳向冠军，残暴地咬进他的肚子。冠军大叫起来！苏西恐慌地冲进人群，撞翻了一些人。小红萝卜开始哭起来。希尔德害怕地僵站在那儿。我大喊：“快跑，冠军！”

老狗把冠军身上的一块皮毛吐到地上，挑衅地问：“嗯？你听你母牛的话，逃跑吗？”

冠军的伤口流着血，他本来强壮的四肢摇晃着，勉强支撑着身体，但是他没有跑开。他因为疼痛紧紧咬着下巴，过了一会儿，他才有力气把下巴松开，喘息挣扎着说：“除非我先死，才会丢下萝乐和我的小牛犊不管！”

“你知道，大家都怎么评价英雄吗？”老狗问。看到他眼睛里露出的凶光，我们都感觉像是被一团红晃晃的地狱之火闪到了眼睛。

“他们永不退缩。”冠军回答道，并虚弱地向老狗走去。

“他们都活不长。”老狗反驳道，又向冠军发起了攻击。这条地狱之犬锋利的牙齿咬进冠军的身体，他比上一次更惨地大叫一声，摔倒下去。他摔下去撞到地面时，地面都轻微震动起来。地狱之犬龇着牙，身体弯在冠军的喉咙上方。人们好奇地聚集在我们四周，把他们手里的小盒子高高举起。一个年轻的男人高喊着：“太酷了，他们在相互残杀！”另一个年轻的男人高兴地说：“我们肯定会有很多 YouTube 点击量！”

老狗又一次张开嘴，准备把尖锐的牙齿咬进冠军的脖子。

“不！”我大喊。

老狗短暂地把头转向我，用凶手的冷静回复：“我偏要。”

“你只想杀死我的！”我绝望地反抗。

老狗离开还在流血的冠军。冠军现在只是呻吟着，根本不能有任何反应，更不要提来帮助我了。生活不是传说，只有在传说中英雄才可以为了爱情战胜怪兽。

老狗不慌不忙地向我走来。

小红萝卜这时跑到冠军身边说：“我来帮助你。”

“怎么……帮？”痛苦的冠军问，他已经疼痛得快失去意识了。

“就像哈姆哈姆姥姥曾经说过的那样。”她回答，并开始往他伤口上撒尿。

“你把这个称为帮助……？”冠军震惊地结巴着问，然后他就昏迷了。我多想现在就冲到他身边，把他舔醒，哪怕小红萝卜刚撒到他身上的尿有些恶心。但老狗气势汹汹地站在我身前，说：“你说得对，我只想杀死你和你的小牛犊。”

“究竟为什么呢？”苏西脱口而出。紧接着，她就为自己的好奇而感到恐惧和后悔了。

老狗向她转过身去。她恐慌地喘息着说：“呃，我没有问。”

“不，你问了。”老狗冷酷地呲呲着说。

“不……那是……呃……她……”苏西回答说，用蹄子指了指希尔德。希尔德马上低声说：“好吧，行，谢谢了。”

在老狗去威胁希尔德之前，我勇敢地说：“可是我想知道。我身上有什么特殊的地方，让你不得不穿过整个世界，找到我杀死我？”

在背景环境中，我听到一些不自然的吼叫。然后，那些激动地举着他们的小盒子挥手的人们开始说我听不懂的话，像是“警察要来了”，“这些动物很危险”，“他们会杀了它们的”，“这会给我们带来更多的 YouTube 点击量”。

老狗犹豫了片刻，然后回复我：“这不关你的事。”

“你为什么必须杀死我，这竟然不关我的事？”我简直无法理解。

“我有我的理由，这就够了。”老狗选择隐藏他黑暗的秘密，凶狠地斥责我，“你还有问题吗？”

我想不到任何问题了。他的癫狂错乱让我无语。但是小红萝卜喊道：“再给他抛出几百个问题，然后他在回答问题时就来不及撕咬你了。”

老狗向她看了片刻。她小声地补充道：“不过，现在我这么大声地喊出来了，他可能不会再上钩了。”

我身后那些人不自然的吼声越来越响。人们散到一边，喊着“警察来了”“他们有枪”以及“YouTube，我们来了”。

老狗忽视着周围的一切，问我：“你准备好死了吗？”

就算我回答“没有”，他肯定也无动于衷。我现在就要死了，还没找到我的幸福就要死了。

我闭上眼睛祈祷，希望关于奈雅的鲜美多汁的草地的传说是真的。

奈雅创天国记

奈雅和胡尔洛幸福地生活在一起，但是奈雅王国的动物们开始不满意了，因为他们又发现了他们不喜欢的事情：死亡。奈雅和胡尔洛正在——像往常一样——进行大量的爱情运动，这时，蚯蚓爬过来，后面跟着其他动物。蚯蚓扯着嗓子高喊："我们因为死亡很痛苦。你创造死亡的时候在想什么啊？"

奈雅停下她的爱情运动，吃惊地看着动物们，回答说："嗯……哎……"然后她羞愧地看着自己的蹄子。

"你倒是说啊！"蚯蚓骂道，"你当时根本什么都没想吧？！"

奈雅又回答说："嗯……哎……"动物们开始疯狂地乱骂。这时，奈雅看到了他们眼中对死亡的恐惧，便退了出去。她一整晚都醒着思考，最终决定，创造一个比地球还要美丽的王国，当动物们死后，他们可以去这个王国。一个天上王国，在那里牛一直有鲜美多汁的青草地，蚯蚓一直有湿润松软的土壤。当奈雅建好天上王国后，她告诉了动物们。他们兴高采烈地欢呼："现在我们不必害怕死亡了！"

奈雅很满意，又继续开始和胡尔洛云雨，一小时又一小时，一天又一天，一个满月又一个满月。一直到有一天她忽然感到很惊奇，为什么这个世界上嬉闹玩耍的动物越来越少。她让胡尔洛先休息，以恢复气力——在爱情运动方面，他的持久力远不及她，然后她去问蚯蚓，所有的动物都去了哪里。蚯蚓小声说："动物们都选择了自杀。"

"为什么？"奈雅震惊地问。

蚯蚓吞吞吐吐地顾左右而言其他，一直到奈雅愤怒地透过她神的鼻孔打着响鼻，蚯蚓才颤抖着在神牛面前伸长身体站起来，向她透露："动物们想，既然天国比地球上好多了，我为什么要在地球上浪费时间呢？"

奈雅惊呆了，这跟她设想的情形背道而驰啊。她想啊，想啊，想了整整一夜，然后在第二天黎明时分召集了所有还活着的动物，对他们说："也许天国不过是我开的一个玩笑而已。"

动物们都深深震惊了。

"但是也可能，"奈雅接着说，"不是玩笑。"

现在地球上的生物都不确定该相信什么了。狡猾的奈雅还给了他们一个劝诫："你们应该仔细想想，你们还想不想提前结束自己的生命。"

从此以后再也没有动物敢贸然自杀了。虽然大家都希望可以信赖奈雅的仁慈，但是他们从来都不能完全确定，天国到底是不是真的存在。

忽然，几根"噼啪棍"响了起来，我又睁开眼睛。在我左右，我的朋友们都倒在了地上，显然她们被"噼啪棍"打中了，是一些穿着与海关官员类似的衣服的人——在瞄准打我们。这些人看起来坚定勇敢，拿着手机的人们称他们为"警察"，可是老狗丝毫不为之所动，甚至都没有因为他们而分一点儿心。他露出牙齿，一个健步冲来，准备撕咬我。

但是在他向我飞来的途中，又有一根“噼啪棍”隆隆响起，老狗在半空中被打中了，重重摔在我的蹄子前。如果不是随即又有一根“噼啪棍”被点燃，而且这次瞄准的是我，我肯定会感到轻松了很多。一个什么东西打到了我脖子上。我感到一阵刺痛，但是我的肌肉——并没有像我本来害怕的那样——撕裂开来。我只是忽然感到很累，难以想象的累。我的腿再也支撑不住，我一头倒在石头地面上。我的眼睛又闭上了，这时我还听到：“哇，警察们的枪法真准啊。”

这是那个满脸胡子的瘦水手的声音。

“警察肯定也是一个好职业。”胖子说，“只要那些罪犯不是……”

我听到的倒数第二句话是船长说的：“我只希望，如果我马上给他们钱来解救这些牛，这些警察不会开枪打死它们。”

我听到的最后一句话，是老狗用他最后的力气低声对我说的：“人类不可能再帮你一次。我会杀死你的。我将要在你最幸福的时刻，再来找你。”

第四十四章

“叽叽叽，喳喳喳，叽叽叽，喳喳喳……”

这是我苏醒过来时，听到的声音。

“叽叽叽，喳喳喳，叽叽叽，喳喳喳……”

我还太疲惫，睁不开眼睛。

“叽叽叽，喳喳喳，叽叽叽，喳喳喳……”

我心想：“叽叽喳喳，为什么是‘叽叽叽，喳喳喳’？”

“叽叽喳喳，叽叽喳喳，叽叽喳喳。”又传来这样的声音，好像是对我没说出口的问题的回答。我听得一清二楚，很明显这是鸟叫。但让我迷惑的是，在我被打中之前——或者甚至是被打死之前——我没有看到任何一只鸟。然而，现在我听不到任何人的声音，也没有汽车和“噼啪棍”的声音，那些声音之前一直在我耳朵里轰隆回荡着。我现在也感觉不到大城市里闷热的空气，相反，吹拂在我鼻子四周的是一股微风，可以让牛清醒的、刚刚好的清风。

鸟儿们的叽叽喳喳声——听起来好像是两只鸟，他们好像正处于为对方神魂颠倒的热恋期——现在成了一种奇特的歌唱，比我从前听过的任何鸣禽的歌喉都更好听：“天堂，我在天堂，当我和你——脸挨着脸——一起飞翔，我心跳到不能说话……”

我终于睁开了眼睛，意识到我正躺在一片草地上。鲜草青青，茂盛多汁，好像根本就不是来自于这个世界的。如果我不是太惊讶于草儿的华美，肯定早就一口吃下去了。我先站起来，就在我眼前，看到两只欢唱着的彩色的鸟儿。他们相爱地围绕着对方飞舞着，面颊挨着面颊，飞向万里无云的天空。湛湛蓝天碧空如洗，我从没见过如此明亮美丽的天空，好像这是另外一片陌生的天空。难道有两片天空吗？或者，甚至更多？啊，我对这宽广的大世界，又了解些什么呢？

我以自己的身体为中轴线转了一圈：这片草地向各个方向都无边无际地蔓延开来，哪里都看不到一个农庄、一台拖拉机或者任何一种人造的东西。这一切只能让我得到一个结论：奈雅的天国果真是存在的……我这头老母牛现在就站在她的天国里！

不，等等，我还能再得到一个结论：如果天国真的是存在的，那我在真正的生命里，根本就不需要那么操劳，或者，更贴切地说，辛苦哞叫。

我自己胡思乱想着的时候，迎着耀眼的太阳光，忽然看到一头母牛正向我走来。奈雅啊，那一定是奈雅！

我的心都跳到嗓子眼儿里了。啊，我说什么呢，都跳到牛角里了！我该怎么接见神牛呢？拜倒在她蹄子之下？还是直言不讳地哞给她，我们在生命里必须忍受的种种无奈和辛苦？

阳光使我目眩，我并看不清越走越近的奈雅。但是，我越来越激动，我马上就要见到神牛了！如果我不好好管住自己的舌头，一定会激怒她。这肯定不是一个好主意，尤其我现在还是刚进入天国的新牛。

那头牛现在离我只有几米远了，随着她走近的每一步，我都能更清楚地看到她了——她……根本不是奈雅？她是……小红萝卜？

“你终于醒过来了……”小红萝卜笑着说。

“我们全都到天国了吗？”我问她。

她没有回答我，只是笑着对我说：“你太可爱了，萝乐！”并开始舔我。我虽然很享受她的亲昵，可是我的迷惑一点儿也没有减少。

“我们是在天国，还是不在天国啊？”我坚持问，同时想着，小红萝卜说的“你太可爱了，萝乐”应该是一个提示，提示这里有些我还不甚了解的事物。

“我们在一个天堂。但我们不是在天国。”小红萝卜说。我依然完全不理解这是什么意思。诚实地说，我比“完全不理解”还“更加不理解”，虽然这在“纯粹计算”上根本不可能。

“你来，我指给你看。”小红萝卜微笑着说，把尾巴和我的尾巴卷到一起，然后和我一起走过这片美丽的草地。青草在我的蹄子下，感觉起来是不可思议的柔软，闻起来又极其新鲜香甜。这片美妙的草地——至少我已经清楚了这一点——我再也不要离开了，不管它处于哪里。

走了好一会儿，我在高高的茂盛草丛中辨认出了整整一群牛，冠军、希尔德和苏西也在这群牛里，但不仅仅是他们，还有很多别的牛在吃草，大概一共有五十头牛。他们看起来很奇特，很有魅力，甚至很庄严。他们比我们的体型大很多，强壮很多，全身都是黑色的皮毛，在阳光下闪闪发着光。跟这些牛比起来，我们简直太邋遢、太落魄了。但是这些看起来极度幸福的牛好像并不介意我们的外表，他们都亲切地对我微笑着，尽管他们看起来都有些恍惚、出神。

“这是我们的新朋友。”小红萝卜向我解释说，“他们是和牛。”

和牛？这正是船长提到过的名字。

其中一头熠熠生辉的牛——她肯定比我至少高一头——站起来，友好地欢迎我：“我是玛姬，是我们这个小牧群里最年长的牛。欢迎你来到我们黄松牧场。”

玛姬看上去很可爱，不是小红萝卜那种可爱，而更像是梦幻的那种可爱。

“很高兴认识你，玛姬。”我回答说，但我并没有真的感到高兴，因为我还太混乱。

“这里的食物非常棒！”冠军欢呼，他的伤口已经恢复了一些，看来我确实昏迷了很久。

“这里的水才好呢。”苏西开心地说。

“在这儿没有人准备屠杀我们，这一点可不能忽略啊。”希尔德说，显然她在这些黑色的牛中间感到很舒适。虽然他们不像她一样有棕色斑点，但是他们的颜色和我们的不一样。

美味的食物，甜美的水，鲜嫩的青草，没有生命和身体危险——难怪这里的牛比我们好看那么多。但我依然不明白：我们是怎么来到这里的？黄松牧场到底位处何方？所有这些问题在我嘴里只汇集成一句沮丧的叹息：“唉——”

“什么？”小红萝卜问。

希尔德笑着说：“萝乐想知道，我们是怎么来到这里的。”

“不是，我想问，我怎么能跳好求偶舞。”我急躁地回复。

“这是为什么啊？”小红萝卜问。对她来说，讽刺隐喻就是一门外语。

苏西嘲笑说：“因为萝乐跳求偶舞时，看起来好像她正在闹肚子。”

看来这头愚蠢的母牛现在日子又过得太好了。

“哦，原来如此。”小红萝卜自以为理解了缘由，“好吧，萝乐，我觉得你的求偶舞看起来并不像是在闹肚子，也许有一点点像你的膀胱有问题……”

“我当然想知道，到底发生了什么！”我打断她。

小红萝卜现在彻底迷惑了。但是在她又要回答一些蠢话之前，希尔德开始向我讲他们听说的一切：我们都被“噼啪棍”打中后，睡了很久，估计有几天那么长。我比其他的牛多睡了几个小时，因为我中的箭头更多。船长安排好了一切,让我们免受了那些佩带“噼啪棍”的人的伤害，还带我们远远离开了纽约，把我们送到了这个黄松牧场。玛姬和其他的牛已经热情接纳了我们，欢迎我们加入他们的牧群，并向我们讲述了极为不可思议的事情：一头牛在这个天堂里可以生活得多好，人们对牛多么亲切可爱，并如何为牛做各种事情。

“他们为我们按摩 massieren。”玛姬补充着希尔德的讲述。

这头牛，我想，肯定是吃了太多发酵的葡萄。人为牛按摩，这太疯狂了。我们牛有时候会相互为彼此按摩，用鼻子。有一次，冠军试着用蹄子给我按摩，但是因为他按摩时付出了很多辛苦，我没忍心告诉他，那像乳头发炎一样不舒服。但是人？他们肯定永远都不会为我们按摩的！

“你确定？”我问友好而恍惚的玛姬，“你说的按摩 massieren 这个词里，没有少了 akr 这几个字母？”

“为什么？”她不解地微笑着问。

“你想说的应该是 massakrieren，屠杀这个词。”

“人们为什么要屠杀我们？”玛姬迷惑地问，但是依然优雅地微笑着。

“也许因为他们想吃掉我们？”我有些不耐烦地给她提供了一种可能的解释。

“你真是胡言乱语。”玛姬大笑起来。

“我胡言乱语？我们两个里面，是你说的，人会给我们按摩！”我反驳她说。

"她说的是真的。"希尔德为那头大黑牛作证，"我们也已经享受过那些人的溺爱了。"

然后她向我讲述，人还会给我们刷毛，甚至用一种有着玫瑰香味的液体擦拭我们的皮毛，让我们有漂亮的光泽。我依然认为这一切都是异想天开，但这时小红萝卜也咧嘴笑着补充道："奈雅正是因此才创造了人类啊！"

奈雅为什么创造人类

奈雅和胡尔洛又正处于爱情运动中，这时又有生气的牛来申诉。胡尔洛叹息说："我们在这儿可以有一刻是不被打扰的吗？"

奈雅中止了爱情运动，请胡尔洛先独自继续，这让胡尔洛闷闷不乐。牛们开始控诉：抱怨他们驱赶不走的苍蝇，尤其是当苍蝇落在鼻子上或者耳朵里的油脂上时，因为牛用蹄子清理不掉那些油脂；抱怨满地的牛粪，他们自己不能把牛粪埋起来，所以牛粪只能慢慢在地上发霉；还抱怨了很多很多其他的事情，他们自己不能做那些事情，因为他们的蹄子太粗笨了。他们要求奈雅，尽快为他们彻底解决这些麻烦。奈雅想了整整一个晚上，她可以做些什么——这让胡尔洛很不满——因为他的蹄子对于"独自继续"也太粗笨了。黎明时分，奈雅终于有了灵感：如果她创造一些有手的生灵，那就完美了。他们可以永久地为牛服务，并且可以完成奈雅自己用蹄子也不能完成的事。这些生物的名字应该叫"人类"。神牛把人类创造到世界上，就马上跑到了胡尔洛身边，这样他就不必再无助地“独自继续”了。愚蠢的是，她在慌忙中忘记告诉人类，她创造他们的目的是什么。

我的心里充满了喜悦，我们终于到达了一个人类和牛按照奈雅的意图一起生活的地方。所以我们的小牧群不必去印度了，因为我们已经身处一个真正的天堂，我可以在这里让我的小牛犊出生！

第四十五章

在接下来的几个满月里，我们的生活简直太美妙了。

白天很温暖，夜晚很柔和，而人们像对待神一样对待我们。

我们的四个人类“服侍”全是女性：吉尔、简、玛丽和包萍，后面两位是一对双胞胎。她们称自己为“牛仔女孩”，不管那到底是什么意思吧。她们的皮肤晒成了棕色，穿着蓝裤子和白衬衣，戴着大草帽。她们四个人整天都在笑，悉心地照料着我们。说她们悉心，不仅仅是因为她们为我们按摩、擦拭皮毛、喂养美食。不，更是因为，每天早上她们还会给我们喝一口美味的水，这是我们有生以来尝过的最好喝的水。水的颜色微微泛红，那些牛仔女孩称这水为“基安地”[①]。喝一口“基安地”，会有短短一段时间，我们感到很舒适的兴奋，或者是一阵甜蜜的恍惚。我们的皮毛越来越漂亮，身体越来越胖，我们身上的肉也变得松软娇嫩，美丽而有韧性。

在这段时间里，我在这纯粹的舒适中忘记了所有的忧虑：我不再去想跟老狗有关的事情——他怎么可能找到我们呢？现在连我们自己都不知道，我们究竟在这个世界上的什么位置；我也不再计较希尔德夺去了我在我们小队伍中的领导地位，因为在这儿，牛仔女孩把一切都给我们安排得妥妥的，根本不再需要领导操心谋划。我甚至坚信，贾科莫一定也找到了他的幸福，又能和他的小女主人一起开心地“吸草”了。

---

① Chianti，一种意大利红葡萄酒。

我的肚子越来越大，一方面因为营养好，另一方面因为小牛犊在我身体里长大了。有时候我会对冠军微笑，他肚子上的伤口现在已经痊愈了，他吃草的时候也不时用蹄子去触碰我的蹄子——当然，纯粹是偶然的。我乐意地任由他这样做。现在我也完全可以想象，和他一起在这里开始一段崭新的共同生活。他也希望这样，他在从港口去纽约城的路上亲口告诉我的。在这个美好的天堂里，我终于彻底忘了他曾经对我的伤害，越来越希望，我们将重归于好。

不仅冠军和我有重续前缘的想法，在这么多个满月后，尽管小红萝卜很害怕失去希尔德这个朋友，但她终于还是鼓起勇气对希尔德表白了她的爱。虽然，这个表白并不很直接，更不灵巧。

在风和日丽的一天，我们一起在阳光下打盹的时候，小红萝卜首先说话了："希尔德？"

"啥事儿？"希尔德问。刺眼的阳光下，希尔德只能半睁开眼。

"如果一头母牛和另一头母牛一直很喜欢玩'接住牛屎'的游戏，忽然其中一头建议以后玩另外一个游戏，而另一头根本不想玩另外一个游戏，你觉得这两头母牛在那之后还依然会是好朋友吗？"

希尔德脸上只写着一个字，就是疑惑不解的"啊"。

"你觉得,友谊经得起这样的事情吗？"小红萝卜锲而不舍地追问。

"为什么不呢？"

"因为，"小红萝卜轻声说，"另一个游戏叫'抚摸乳房'。"

"抚摸乳房？"

"哈姆哈姆姥姥是这样命名这个游戏的，因为玩这个游戏时，想要抚摸乳房……"

"啊……"希尔德有些惊慌失措地说。

"如果想跟公牛玩这个游戏的话，游戏名字就不一样了，哈姆哈姆姥姥称之为‘抚摸……’”

“我根本不想听是什么！”希尔德大喊。她完全道出了我的心声。

小红萝卜努力保持镇定，沉默了一会儿，小心翼翼地说：“你还没回答我的问题呢。”

希尔德看着小红萝卜，慢慢明白了，“抚摸乳房”的游戏到底指什么：“你爱上了我们牧群里的一头母牛吗？”

“你……你为什么这么想？”小红萝卜结结巴巴地说。

希尔德观察着我们的小红萝卜，本来想回答：“因为你脸上泛起了慌乱的红霞。”但是她沉默着。她大概感觉到了，小红萝卜想抚摸的是谁的乳房。希尔德虽然爱小红萝卜，但是确实不是小红萝卜所希望的那种。另外，她如此爱小红萝卜这个朋友，绝对不忍心伤害她。于是她站起来，提议说：“我们别扯这么多了，还是玩‘接住牛屎’吧！”这样，希尔德解决了这个母牛爱情的难题。

小红萝卜点点头，没有继续追问。她开心地和希尔德一起到处踢着牛屎。这引起了苏西的严重不满，因为一块牛屎落下来，铺满了她整张脸。她抱怨道：“有时候我真的很讨厌你们！”

小红萝卜看起来放松了很多，因为她不必面对希尔德的直接拒绝，这样她就可以心存幻想，也许希尔德会逐渐爱上她。有时候，幻想确实能比现实为我们带来更多欢乐。

第四十六章

对我来说，在这几个满月里，我们的小天堂是完美的。我的同伴们也都从来没再想过去印度，一秒都没想过。这里唯一一头一点儿都不幸福的牛，是一头叫“卡西”的奇怪的小和牛，她总是侧躺在地上。跟我们比起来，她简直是营养不良。不知道出于什么原因，她总是很抗拒这里的美食。一天早上，我又在享受地舔食着美妙的“基安地”水，同时暗自想着：今天应该是我和冠军和好的好日子。这时，小和牛卡西向我走来，平静地说：“如果我是你这样的临盆孕妇，我是不会喝这个水的。”

“为什么不呢？”我想知道。

“为了避免我的孩子生下来有两个头。”

我咽了一口口水。

“两个头，但是都不能正常运转。”

我摇摇头，这个卡西的脑子里都是多么压抑的想象啊。

我没多想是否可能不太礼貌，就斥责她说：“卡西，你好像有种不愉快的特质。”毕竟是她首先毫不在意，她的话是否让别的牛倒胃口。

“我不是这里的不愉快分子。难道你真的以为，这里的人只是出于纯粹的友爱为我们做一切吗？”她脸上第一次露出一点微笑，但是这个微笑看起来是变形的、苦楚的。

“那还能是因为什么呢？”我问？

“因为这样我们的肉会变得更松软，人们会觉得更好吃。”小和牛回答道，说完就踱步走开了。

我心里很不舒服，这可能吗，难道这些可爱的牛仔女孩跟我们的农夫一样阴险？不，这些女孩不一样！她们有着阳光的性情，一直很友好，而且她们身上的气味很好闻。而我们的农夫一直都阴郁着脸，粗暴无礼，糟糕的时候他身上的臭味简直可以熏死一头野猪。

玛姬向我走来，微笑着解释："不要把卡西的话太当真。她很小的时候一次不小心掉进了装满'基安地'水的大罐子里。"

这一刻我决定，为了我的小牛犊，我不再喝这种美妙的红水了。我的小牛以后可不能像这头小和牛一样天天情绪不好。

玛姬又卧到了柔软的草里，但是我依然不安地站在那儿。

天堂有了第一道裂纹。

傍晚，我想把这道裂纹黏合上，并跟冠军和好。太阳正在缓缓落下。而且，哞在这个被那些牛仔女孩称为"美国的心脏"的地方，落日景象比海上的更多彩，更绚丽。

冠军有一个可爱的小习惯，就是每天傍晚在草地上散步，而且是单独一牛，不和牧群其他牛一起。我离开同伴们，想去跟上他，因为我想单独跟他在一起，不被打扰。我感受着蹄下柔软的草地，在脑海里勾勒着冠军和我带着我们的小牛犊在这片草地上嬉闹的样子，我们将是一对幸福的夫妻，还有一个可爱的孩子，一起做幸福的父母，并一起忘记过去的错误，通过我对冠军的原谅，通过他的……反正他已经什么都记不起来了。

我爬过一个小丘陵，看到冠军正在丘陵后欣赏落日，他旁边站着……苏西？！

我忽然意识到，要想忘记过去，并没有我想象的那么容易。

他们两个屁股对着我站着，完全没有注意到我的到来。而我却能清楚地听到，苏西正对我心爱的公牛说："来吧，你自己也想要的啊。"

“想要”恐怕指的不是“接住牛粪”的游戏，而是“抚摸乳房”或者“抚摸另外一个不同的身体部位”。

“不……我并不想要。”冠军回答。

很乖。

只可惜，他声音里那不坚定的颤抖，让这句话听起来并不像我希望的那样铿锵有力。

“难道你不想肆无忌惮地和我一起快活吗？”苏西微笑着。她自己肯定认为她笑得很妩媚、很有诱惑力，而我只觉得那是骚贱。

“不……不……”他无力地低语。

我心里希望的可是比这个虚弱的“不……不……”坚定更多的拒绝。

苏西问：“你上一次做是什么时候？”

真是一个极其有趣的问题，而对这个问题的回答就更有趣了，因为冠军在犹豫怎么回答。奈雅啊，难道他跟某一头和牛发生过关系，而我完全没听说吗？

“我记不起来了……”

这只是一个无力的借口吗？

“……应该是在我失去记忆之前。”

这句话听起来很可信，完全不像在找借口。乖乖冠军。

“那么，”苏西断定说，“你最后一次是跟我。”

并不那么乖的冠军。

“好多好多个满月之前！”苏西笑着说。

现在冠军也闷闷不乐了。

“而你现在却不想和我做了，因为……”苏西不肯让步。她在这个天堂里日子过得太好了，以至于她在脆弱时刻逐渐拥有的自我认知，现在又没影了。

“因为萝乐。”

现在我又愿意高兴地舔他了。

“仅仅因为一头不让你靠近她的、怀孕的母牛吗？”

“嗯……”冠军含混不清地确认。

“因为一头也许永远都不会再让你靠近她的母牛？”

“嗯……”他的声音越来越小了。

“为了她，你情愿忍受像阉牛一样的生活？”

“嗯……”已经几乎听不到他的声音了。

“可是你是一头正常的、健硕的公牛，而且你现在就可以马上得到我！”

“你这么说，”冠军说，“听起来我好像有点傻。”

我觉得不傻！我想。

“那是因为，你本来就傻。”苏西微笑着说，“你考虑考虑吧，你终于可以在这么久的禁欲之后又享受欢愉了。”苏西继续怂恿冠军。

冠军咽了咽口水。

苏西诱惑地摇晃着她的乳房：“难道你愿意放弃它们？”

“夫普拉慕夫……”冠军结结巴巴地说。

“‘夫普拉慕夫’的意思是‘是’还是‘不是’？”

我也想知道这是什么意思。

“夫普拉慕夫……”

“所以，是‘是的’。”苏西微笑着说。

“夫普拉慕夫……”冠军无力地回答，但是是在赞同苏西的意见。

“萝乐永远都不会发现的……”苏西居心不良地微笑说。

“我可不认为我不会发现！”我从后面大喊。

他们两个惊慌地转过身来。

“萝乐？”苏西惊慌地问。

“夫普拉慕夫？”冠军更加惊慌地问。

“别再给我说‘夫普拉慕夫’！”我愤怒地大骂威胁他，眼睛里已经充满泪水。

“夫乎嘟噜？”他不确定地试着劝我息怒。

“你给我把你的‘夫乎嘟噜’插到太阳照不到的地方去！”

“鼹鼠窝里吗？”他胆怯地问。

我只是对他翻翻白眼。

“那么，”苏西挖苦地说，“我觉得你的行为很不讲理。”

“我觉得你的行为很骚贱！”

“如果你不让他靠近你，那你就不应该惊奇，别的牛愿意这么做！”她反驳道。

“夫普拉慕夫。”冠军认为她说得对。

“住嘴！”我训斥他。

“你可真是越来越讲理了呢。”苏西讽刺道。

“夫乎嘟噜！”冠军赞同苏西，忽然加强了一些他的语气。他挑战似的看着我，好像他认为，我对待他很不公平。几分钟前我还想跟他和好，还愿意跟他一起亲密，可是现在……

我愤怒地瞪着他。他也回瞪着我，清晰地说：“我已经等了你好几个满月了。现在你该告诉我了，我们到底要不要和好？”

我本来要不顾一切地说“要和好”了，可是苏西已经傲慢地抢先挖苦说：“她肯定还要再等上几百个满月才会告诉你答案！”冠军听后对我生气地打着响鼻。不论如何，如果不是因为他们两个这样做，我肯定不会像现在这样在他的响鼻威胁后怒吼：“我们这辈子都不可能再和好了！”都是他们的错！我在悲伤中愤怒地跑开。

最后我还听到苏西心平气和地对冠军说：“好了，所以现在我们可以一起做了。”

我太软弱，也太受辱了，不能再去反对他们。我也不敢回头看，冠军是不是真的开始和她一起“夫普拉慕夫”了。

第四十七章

又是这样！又是这样！又是这样！

我又一次卧在水边，又要因为冠军而大哭了。但是这次与上次我抓到他和苏西偷情时截然不同，也跟我独自卧在库克斯港的起重机下哭泣时不同。就是，正当我要哭出来的时候，我肚子里的小牛踢了一下，好像要对我说：“嘿，这个世界上不是只有一次爱情，也不是只有一种幸福。”

我肚子里的小牛成长了，现在不仅仅有自己的心跳，还已经有了他自己的独特的灵魂，我在这一刻清晰地感受到了这些。这个认识让我无比幸福，于是我开始轻声唱起一首老歌，在我们原来的牧群里，那些怀孕的牛，在孕期逐渐接近尾声时一直唱的一首歌：

今晚，你感受到小牛犊了吗？
他的心，在我体内动。
这感受，减缓所有痛。
有了他，公牛有何用？

我肚子里的小牛赞许地踢了一下。我继续唱：

今晚，你感受到小牛犊了吗？
还有他的心跳？
这感受，能让我变成一头啊

无所不能的牛……

是的，我有力量，有勇气，把这头小牛带到这个世界上来，这点我很清楚。

这感受，能让我变成一头啊

从此永生的牛……

我这样唱着的时候，逐渐清楚了：从现在开始我不会再为冠军掉一滴眼泪。并不是因为骄傲或者别的原因，而是因为从现在起，我跟他彻底决裂了！

我对我肚子里的小生命爱得如此热烈，以至于我在这一刻感受到了深刻的内心宁静。

我并没有感觉到，这将是我们在这片茂盛鲜美的草地上的最后一夜，第二天我们就将被送往人们称为美食家餐厅的路上。

第四十八章

肯定是因为那些胡萝卜,或者“基安地”水,或者是那些名字叫“香槟王”,让舌头微微发痒的饮料,那是牛仔女孩今晚破例给我们提供的夜间饮料。不论如何,我们都昏睡过去了。希尔德、小红萝卜、苏西、冠军、我、和牛们……总之,全部的牛。这个世界上应该没有比人类更阴险的生灵了。

当我们醒来时,我们正随着一个被玛姬称为火车车厢的东西行驶。曾经她就是被这样一个车厢带到天堂般的草地上去的,所以她猜测,我们现在将要全部被送到更美妙的草地上。希尔德听到后,只是轻蔑地低声嘟哝了一句:“看来喝太多‘基安地’水确实会影响判断力。”

在迷迷糊糊中,我努力辨认着周边的环境,火车车厢发出响亮的咔嚓咔嚓声,能听到尖锐、疯狂的风声。这个滚动着的牛棚高速前进着,速度快得让牛恐惧,可能比汽车还要快。我们站在坚硬的木板上,上面稀稀疏疏地铺着几根稻草。些许惨淡的光透过装着栅栏的小窗照进来,那些小窗户高高在上,我们不能透过窗口观察车厢外面的情况。我看着车厢内微弱的光,明白我再也看不到黄松牧场上空那湛蓝明亮的天空了;而且,我们应该不是在开往天堂的路上,而是在下地狱的途中。

卡西,那头瘦小阴郁的和牛,向我投来骄傲的目光,分明在说:“我对你说什么来着?”

“谁都不喜欢自以为无所不知的牛。”我同样用表情回复她。

她嗤之以鼻，用“谁也不喜欢失败者”的表情看着我。

然后我悲伤地大声说出来：“现在看来，我们都失败了。”

“但是我从来没被欺骗蒙蔽过。”卡西回复说。

“可是，跟我们相比，你连在世界上的最后几个满月都没能好好度过。”我反驳道。她的自以为是让我很烦躁。

这个认识让这头小牛备受打击、猛烈的打击。她悲伤地看着地面，自己说：“看来我并没有自己想的那么有智慧。”

我并不想肯定她的说法，我甚至忽然感到很同情她，她的整整一生都在等待牛仔女孩的背叛，因而没能享受生命里的任何一刻。对自己命运的自知，也可能成为一种诅咒。

“我大概，”卡西吸着鼻子说，“是这个世界上最笨的自以为聪明的牛。”

旁听了这一切的希尔德，转头看着小和牛。我本来想，她会说一些温暖的话安慰小和牛。结果，她只是对卡西说：“那你还不哭！”

我本来以为她会稍微友好一点儿的。

“对她好一点！”我训斥希尔德。在过去几个满月里忘记的愤怒，又在我心里升腾起来。在我内心深处，我发现，我还在生她的气，因为她抢去了我在我们牧群的领导地位。

希尔德对小和牛说：“屏住呼吸，数到四十万。”

“你太刻薄了！”我打着响鼻说。我越来越恼怒了。

“那就让她数到三十九万九千九百九十九？”希尔德用尖酸的语气说。卡西脸上已经流满泪水。

“折磨小牛起不到任何作用，伟大的领队！”我斥责她，“不是你和你的决定，我们不会沦落到今天这步田地！”

这深深伤害了希尔德的自尊。她狠毒地反问：“如果是你带队，你会把我们领到哪儿呢？”

我回想着：我应该选择留在船长身边，而不是去纽约。而船长……则随即把我们交给了牛仔女孩。如果是我带领牧群，最终的结果也是一样的。于是我窘迫地低下头，目光绕过我肥大的孕肚落到地板上。

希尔德和我沉默了一段时间，最终她调停说：“关于带领我们的小队伍，我们两个都不是最棒的领袖。”

我既怄气又感到幸福，对她微笑着说：“那么，估计应该有比我们好得多的领队。”

我们环视一圈，看着冠军、苏西、小红萝卜和那些非常迷茫的和牛，然后希尔德断定说：“可能确实有比我们更好的领队……”

“……但是不在这节车厢里。”我把她的话补充完整。

现在我们两个一起酸楚又甜蜜地对彼此微笑着。

“和解？”我向她提议。

“只有我们两个团结一致，我们才能胜利逃脱。”希尔德支持我的观点。为了加强我们的共识，我们还碰了一下牛角。有那么短短一刻，我感觉很好，甚至心里又开始萌发出希望。

只是短短的一刻。

然后我继续观察咔嚓作响的火车车厢四壁。

“如果能想到一个出去的方法，”希尔德说，“那就好了。”

“如果这个方法还是中用的，那就更好了。”我赞同她。

“可是我连个坏办法都没有。”她叹气说。

“问问我嘛。”

“那你是不是至少有一个坏方法呢？”

“没有，我没有任何办法。”我承认。

我们又沉默了。最终我悲叹："如果奈雅真的存在的话，她一定不爱我们。"

"如果她真的存在，"希尔德说，"她甚至一定很讨厌我们。"

"那么，还好，我爱你们。"我们忽然听到从高处传来一个声音。

我们赶紧抬头往高处看——上面，在一扇小窗户的栅栏栏杆之间，坐着贾科莫，嘴巴咧得大大地对我们微笑着。

第四十九章

“贾科莫？你在这里做什么呢？”我高兴地大喊。

“我坐在一个小窗户的两根栏杆之间，对你们开怀大笑呢。”说完他嘴咧得更开了。

“并且同时说着傻话。”希尔德叹了一口气说。虽然她不屑地翻着白眼，但是很明显她也对贾科莫的突然出现很高兴。他的出现给我们带来了希望，一丝非常愚蠢的希望。因为，不得不承认，一只小猫怎么可能把我们从这么恐怖的危急状态中解救出来呢？可是，尽管如此，我们还是感到了希望。

贾科莫跳到我背上，环视我们一圈：“妈妈咪呀，你们可都肥了好多啊！”

“而你更有魅力了啊！”希尔德打趣。

“现在我知道，”苏西打着响鼻说，“我在过去几个满月最不想念的是什么了。”

“而您，小姐，”贾科莫微笑着对苏西说，“成了所有牛里最肥的一头。”

苏西愤愤地打着响鼻，但她还没来得及反击，小红萝卜就从和牛群中挤出来，走到我们跟前，微笑着说：“我认为，你来得太好了！”

“我认为，”冠军也开始插话了，“我们现在更应该讨论，我们怎么才能从这里出去。”他完全不能应付火车车厢内的狭小空间，毕竟他被这样困住过一次，那时候在农夫的汽车里。虽然他的记忆对此没有丝毫印象了，但是他的身体里有些什么还记得。从他焦虑地左右张望和额头渗出的汗水，我们能看出来。

“啊，”贾科莫笑着说，“笨蛋也在这儿。”

“你说谁是笨蛋呢？”冠军喷着响鼻问。

“只有笨蛋才会问这样的问题。”公猫现在笑得更响了，但是不知道为什么，也笑得有点勉强。

我注意到，贾科莫在瞒着我们什么。这并不难发现，毕竟，他现在在我们这儿，离他的小女主人远远的。他到底找到她了吗？但是，是因为这个吗，我想，笨蛋……哎……冠军说得对：我们现在有比公猫的怪异举止更紧急的问题需要处理。于是我问他：“你能帮我们出去吗？”

他环视车厢一圈，看到这么多牛，脸色阴沉下来，然后非常非常严肃地回答：“能，但又不能。”

“可以说得稍微清楚一点儿吗？”希尔德问。

“能，但是也不能。”公猫回答说。

“你认为这是‘清楚一点了’？”

公猫轻声低语：“我能把你们弄出去，但是不是所有的牛。”

“这，”小红萝卜结结巴巴地说，“现在对我来说有点太清楚了。”

“什么叫‘不是所有的牛’？”我没有小红萝卜理解得快。

“大多数牛只能留在这儿。”

苏西反应最快：“只要我不属于这‘大多数’，就完全没问题。”

是的，这就是她，这个苏西，从来不会为别的牛着想。

一种不舒服的感觉笼罩住我们另外几头牛：让其他牛去死，而我们自己将活下来？这样可以吗？就算我们真将属于那几头可以成功逃生的牛？

我没再继续考虑这个问题，先把它远远抛到脑后，问公猫最迫切的问题：“我们到底怎么从这里出去呢？”

贾科莫跳到火车车厢的大门前。估计在我们昏睡时，牛仔女孩就是通过这扇门把我们抬进火车车厢的。在这扇木门上，装着一根细小的铁条。贾科莫指着铁条，称之为“门闩”，然后咧嘴笑着说：“很简单，你们只需要用鼻子把它抬起来。”

我急忙冲过去，用鼻子把门闩顶起来。门微微滑向一侧，透过裂开的狭窄门缝，一股异常强劲的风吹进来。人类不认为我们牛聪明到能看透“门闩”这个小把戏的作用原理，不过可惜他们也完全是对的，因为没有公猫，我们永远都不会明白，怎么打开这扇门。我正想把门完全挤开，贾科莫高喊一声警告：“Attenzione！”

现在我也已经知道这个词是什么意思了，听到这个词后，马上就会有一堆我到现在还没经历过的新麻烦和一些倒霉的蠢事。

于是我小心翼翼地把门推开。劲风猛烈地打到我脸上，在我耳朵里呼啸着，几乎把我拽出去。但这还远远不是最糟糕的，树木在我眼前一晃而过，速度快到几乎难以辨别它们。这景象让我感到恶心，我几乎要失去平衡倒下。我本能地低头向下看，在下面我看到石块以同样难以置信的速度疾驰而过，我感到越来越眩晕。我眼前几乎一黑。这时我理解了：不是树和石头从我们身边极速而过……是火车载着我们在石头上和树木边风驰电掣。我随即又明白了更不幸的一点：如果我从车厢里跳出来，落到石头上，我会摔得像那些小蠹虫一样扁平。它们一生中说的最后几句话往往是：“刚落在我们身上的影子大概是一只牛蹄子？”

我离开车厢边缘，向后退了几步，转身回到我的同伴身边。他们缄默地盯着呼啸而过的树木。那些和牛都害怕地挤在内墙边，尽量离门远一些。他们全都恐慌得连哞叫都叫不出来了。最终，第一个开始说话的是希尔德：“我们不可能这样跳出去。”

“哦，可以的，你们可以的。”公猫反驳，他的声音盖过了火车行驶引起的尖锐呼啸着的劲风。

“或者，”苏西说，“是公猫脑子有问题，要不然就是我的脑子有问题。”

“这哪里是一个‘或者……要不然’的问题呢？”希尔德说。

“几分钟后，”公猫解释，“火车会开上一座巨大的桥，然后你们就可以跳出去了。”

冠军说：“无论如何都是公猫脑子有问题。”

希尔德也赞同冠军：“从桥上跳下去，我们相当于从更高的地方跳到石头上。”

“你们将跳进水里。那座桥跨越的是 Mississipi，密西西比。”

小红萝卜震惊地问：“那座桥跨越 Pipi[①]？尿？”

“有尿，你的普莱姆普莱姆疯姥姥肯定会喜欢。”苏西说。

“不要叫她普莱姆普莱姆！”

“门挤头门挤头傻姥姥？”

“也不行！”

“撞树撞树姥姥？”

小红萝卜正想愤怒地反击，这时公猫解释：“密西西比是一条河。”

我们全都深深吸了一口气。我们要从这辆飞速疾驰在大桥上的火车里跳出去，跳进一条河？现在我们可都坚信不疑了——公猫真的是脑子抽风了。

“这么做，你们能失去什么呢？”

“我们的命？”苏西尖叫。

“这正是你们将通过跳出去而赢得的。”

---

① 德语口语，Pipi，撒尿，尿水。

“可惜贾科莫说的是对的。”我不得不承认。我们正走在必死无疑的路上。现在我们只有口蹄疫或蓝舌病两种选择。

但是，如果进入水中那一刻的撞击不会让我们毙命，那我们就还有活下去的机会，因为我们牛是会游泳的，当然前提是——如果我们能活过进入水面时的冲击。“如果”真是个蠢词。

“但是那座桥并不长……”贾科莫提醒我们，“你们必须很快，其他牛只能扔下不管了。”

“那他们将怎么样呢？”小红萝卜问。

“和牛最后会落到美食家的盘子里。”贾科莫叹息着说。他的声音淹没在风里，几乎听不到了。

如果是那些美食家想到的这个主意——先养尊处优地把我们牛养好，好让我们的肋骨上有更多也更松软的肉——那我对这些美食家的好感，比对普通的人类还要少很多。

我对同伴们喊：“我们必须尝试，尽最大可能多带上几头和牛！”

“我们必须这样做吗？”苏西问。她只想着救自己。

我愤怒地瞪了她一眼。

“提问题应该还是允许的嘛！”她低声说。

贾科莫叹息说：“在多拉几头和牛一起尝试逃走，你应该不会有多大运气获得成功。他们没有你们这么多的生活经验。他们以为自己会走向更好生活的希望，大于他们现在认为自己是去送死的恐惧，所以他们会留在车厢里，希望获得一个 Happy End[①]。”

“什么是 Happy End？”小红萝卜问，“听起来还挺美好的。”

“只在幻想中存在的东西。”公猫叹气说，而且我能注意到，他

① 快乐、圆满的结局。

说这话的时候，不是在想和牛，而是在想其他的事情。根据他悲伤的眼神判断，应该是在想他的小女主人。然后他又振作起来，把头伸到开着的门外，然后高喊："桥就要到了！你们快做好准备跳水！"

我们——我是说，牛群中不是和牛的我们——走到门前，小心翼翼地向外探望。大风都快把我们的头吹走了。在转过一道弯后，我们看到一座特别高的桥，至少有五十头牛身总长那么高。

"我不能跳下去！"苏西喊。

"想想不跳的后果！"希尔德回答她。

"我更愿意去想一片鲜美茂盛的草地！"

"我可以理解。"希尔德说。

"什么都比待在这个车厢里好。"冠军说。他现在已经浑身是汗，打着哆嗦，估计即便下面是一大堆燃烧着熊熊烈焰的牛粪他也会跳下去，仅仅为了逃离车厢内压抑的狭窄。

大桥离我们越来越近了，希尔德转向我，鼻子对着我的鼻子问："我们两个应该谁带队先跳呢？"

"你先跳，"我压过风声大喊，"我最后跳，我负责让尽可能多的牛跟我们一起走。"

希尔德看着我，她从来没有用现在这样的眼神看过我，然后声音里含着强烈的敬畏说："你一直到最后一刻还在想着其他的牛，而我只想着往前冲。你是唯一的、真正的领袖。"

我一阵哽咽，很清楚，她现在把对整个牧群的责任又交给了我，因为她认为我是更好的领袖。希望我不会让她、让我们所有的牛失望。

火车现在已经开到桥上了，希尔德深呼吸，然后一个健硕的牛步跳出车厢。她向下落啊……落啊……高喊着"啊……啊……"。她一直向下落着，喊得越来越凄厉了，直到最终"扑通"一声掉进水里……没有再浮上来。

“我忽然，”小红萝卜咽着口水说，“不确定，跳下去到底是不是一个好主意了。”

“我一直都认为这是个很糟糕的主意。”苏西确认。

但是，希尔德忽然一下子从水里冒出来了，拼命地喘着气。

“那好，我跳。”冠军勇敢地说，然后没怎么犹豫就第二个跳了出去。他跳出去的时候，喊着典型的雄牛口号：“屁股水花炸弹！”

我们现在已经到了桥的中央，现在轮到小红萝卜跳了。她用我们几乎听不到的声音嘟囔着：“现在我倒好奇，我是不是连这个瞬间也能用享受的心态对待呢。”

她勉强挤出一个微笑，然后一闭眼也跳了下去。

小红萝卜掉进水里后，我看着苏西。她和我一起站在门边，瞪得大大的瞳孔里露出的全是恐惧。但现在已经没有时间好言相劝了，我向车厢里退后几步，用牛角顶进她的肥屁股——最近几个月的优质美食实在是太养牛了。她大叫一声，从飞驰的火车里跌落出去，她一边跌落一边喊：“我真受不了你，萝乐！”

我没有等待她落水的那一声“扑通”，急忙扫视一圈已经吓僵了的和牛，恳切地哀求他们：“你们必须也跳下去！”

“你们都疯了！”玛姬回复，她是和牛中最年长的牛。

她的整个牛群都附和点头。

“如果你们一定留下来等死的话，那你们更疯狂！”

“我相信那些牛仔女孩。”玛姬用颤抖的声音说。我很难判断，她是否真的相信她们。但是至少她对那些人的信任没有完全消失，所以不想命令她的牛群跳到水里。

我看着卡西——那头小和牛。我肯定还能说服她吧：“你呢？你可是从来没相信过那些人。”

卡西犹豫着，没有回答。这时我又望向车厢外面。河面上现在飘着希尔德、小红萝卜、冠军和苏西，他们把头向上伸着，希望能看清我在哪里。这座愚蠢大桥的末端越来越近了。还有不到三十秒我们就要到桥尾了，那我就要跟和牛一起开向死亡了。

“我们没有多少时间！”我对卡西喊。我至少一定要把她救下来。

“我属于我的牧群。”她用几乎听不到的声音说。

她的选择很义气，很可敬，也很傻，既正直又傻。这难免抛出一个问题：正直和愚蠢难道不是大多数时候都形影不离吗？

如果我的时间多一点，也许我还能说服那头小和牛，不过也可能我最终也说服不了她。我现在思考这个问题，真是闲得没事了，因为我现在其实根本没有时间。我向她短暂地点点头，走到门前，已经几乎就要到桥尽头了，还有五秒，如果我错过起跳，我就要成为高级精美食品了。

五……

哇，下面真的很深啊……

四……

河水看起来冷得可怕……

三……

如果我肚子先着水的话，我的小牛犊可能会受到损伤……

二……

所以只有一种可能……

一……

“屁股水花炸弹！！！”

第五十章

不管现在是谁正在读我的故事：牛也好，猪也罢，甚至是人，仓鼠或跳蚤，我给你一条牛生忠告：但凡有什么方法能避免的话，千万，真的是千万，不要从五十头牛身总长那么高的地方跳“屁股水花炸弹”！

在落水的那一刻，我的屁股只感到一阵剧烈的疼痛，但这首先会被另外一个更为紧迫的问题掩盖：极度缺少空气。在深不见底的密西西比河里，我一直不断地往下沉，冰凉的河水虽然能暂时让我疼痛的屁股冷却一些，但并不能给予我真正的慰藉。我吐出的气泡向上浮起，一直升到我同伴们的屁股附近，他们已经浮游在阳光照耀下波光粼粼的水面上了。我像疯了似的慌乱划水去追赶他们，但是摔落下来的冲击力依然让我一直向深处下沉。不管我的四条腿多么用力地挥舞挣扎，我都只是往下沉。

我的肺像在燃烧一样，我嘴里已经吐不出气泡了，这时我的努力拼搏才开始初见成效——我不再继续下沉了，甚至开始感到上升的浮力。希望和恐慌交织在一起，我挣扎得更厉害了。我的肺好像就要爆炸了，但是我离水面也越来越近了。每一次摆腿都让我的肌肉更加酸痛。我马上就要失去意识了。但是我已经离救命空气那么近了，还只有不到一头牛身长那么远，我怎么可以放弃呢。我必须坚持！必须坚持！为了我的小牛犊！

我的腿现在只能虚弱无力、不协调地摆动了，但我还在继续上浮，直到我的头撞上了什么东西。从水面上传来苏西的抱怨声，她的声音被水波减弱很多："你这头笨牛，那是我的屁股！"

我想，如果我在地球上看到的最后一幕，偏偏是苏西的屁股，那真是太糟糕了！

这个恐怖的画面赋予了我新的力量，我游着绕过苏西的肥屁股。只是我挣扎着游了好一会儿才绕开她的屁股，毕竟这个屁股在最近几个满月里已经长得那么肥硕巨大了。我把头伸出水面，吐着水，水都吐到了苏西身上，但是我很开心看到这个事实。然后，我气喘吁吁地往燃烧了似的肺里吸着空气。当我终于差不多可以喘上气来时，我才仔细看了看在我身边划着水的"落汤牛"同伴，然后抬头看向我们上方的桥。桥上已经什么都看不到了，火车——还有火车里载着的和牛——都不见了。只能听到车轮的咔嚓咔嚓声，但是连这声音也在快速地远离，变得越来越弱，最终什么都听不见了。难以忍受的是，我们又一次被救了，而其他牛又一次都走向了死亡。

"我们现在怎么办？"希尔德问我。其他所有牛也都看着我，通过希尔德的举止他们明白，现在牧群的领袖又换回我了，所以我也必须有个领袖的样子，不管这对我来说有多艰难。于是我回答："我们先游到岸边。"

"这我自己也能想到。"苏西评论，更多是因为她太过劳累了，而不是故意刻薄。我们一起游向布满乱石的河岸，爬上陆地，倒在地上，让高悬在天空的、正午的太阳晒干我们的皮毛。

"啊，我的屁股！"冠军大声呻吟，懊恼自己跳了"屁股水花炸弹"。他的呻吟让我马上想到我的屁股，我的屁股也正火辣辣地疼得厉害。

"你们两个的屁股看起来非常红。"小红萝卜说，"我的姥姥哈姆哈姆有一个治红屁股的秘方，你们想听吗？"

"不！"冠军和我齐声喊道。

谁会想到，我们两个还能如此默契一致呢？

希尔德看着我问："你现在想做什么？"

我真想回答"给自己换一个新屁股"。除此以外，我只能想到我最初的计划："我们必须去印度。"

苏西鄙视地喷着响鼻："怎么去呢？你根本都不知道，我们现在在哪里！"

对于我们在哪儿，我真的一无所知，但我并不想承认，因为我的牧群在经历今天的一切后，已经精疲力尽，极具挫败感了。这时我们听公猫打趣道："运动即谋杀。"

他在河岸的石头上蹦蹦跳跳地向我们走来。显然他比我们跳下火车晚一些，对他来说，也没必要莽撞地从桥上跳下来，他那轻便灵活的四条腿，可以在任何地方着陆——是的，就应该做一只猫（虽然，吃东西的时候，他们愚蠢的八字胡会一直浸到食物里）。

"到印度还很远很远……"贾科莫说出了我正害怕、不想听到被大声说出来的事。

"……但我发誓，我一定把你们带到印度。"他表现出的严肃，跟我之前认识的贾科莫完全不相符。在过去的几个满月里，他不在我们身边时，有些什么改变了他。

"而且我也知道，怎么去。"他继续解释，并摆摆前爪指示我们跟着他走。我们费力挣扎着站起来，没精打采地跟在他后面，沿着河岸往前走。确切地说：冠军和我一前一后慢慢晃悠着，我们的屁股每走一步都很疼。我断定，疼痛是奈雅创造的一切事物里最令牛不堪的。

小红萝卜向我提议："也许我应该帮你吹吹？"

"什么？"我疑惑地问。

“这样你的屁股能好受一点。”她解释说。

“萝乐的屁股那么大，”苏西挖苦说，“你根本没有足够的气息吹它。”

苏西走路时一直气喘吁吁的，我们也都一样。我们超重的身体，给我们添了很多麻烦，让我们走路很累，我的孕妇大肚让我比别的牛走得还要费力气。为了让我自己分点儿心，不那么注意我的疼痛和唉声叹气，我追上蹦蹦跳跳的贾科莫，问他：“你到底找到了什么？”

“在纽约待了几个星期后，我听一只猫说，一些牛被抓住了。我知道那些牛只能是你们。我还听说，你们被带到了和牛大牧场。于是我就出发来寻找你们，正好在人们把你们装进火车时到了。”

“你为什么没留在你的小女主人身边？”我小心翼翼地问。

他没有回答，只是盯着爪子走路。

我还在考虑，是应该继续追问，还是出于礼貌去找小红萝卜让她帮我吹吹屁股。这时他轻声说，“我没找到她。”

“真抱歉。”我回答，完全忘了我火辣辣发疼的屁股。贾科莫为了找回他的幸福，去寻找他的小女主人，可是现在他好像已经永久地失去了他的幸福。

“你不必为我难过。”公猫回答，“我已经好多了。”

“啊，是吗？”我不确定他想说什么。

“生命里有些过失，是无法直接弥补的，但我可以在其他方面弥补。我要带你们去印度。我曾经遗弃了我的小女主人，但是这次对你们，我要负责到底，我不会让你们失望！”

现在我清楚贾科莫在期盼什么了，如果他能帮助我们，那么在某种意义上，他就能偿还对他小女主人的亏欠。如果他能帮助我们到达印度，那他将原谅自己曾经的过失，这样他最终还能再次幸福起来。这只公猫把他一生的幸福与我们这几头牛的命运绑定在了一起。

这是否是一个聪明的决定，我并不敢质疑。

我看着我的小牧群——每头牛的眼睛都是空洞的，好像他们内心里激情的火焰已经被什么浇灭了。我们都身体超重，更糟糕的是，都十分沮丧。我们被驱逐出虚假的天堂乐园，这可能让我们彻底地失去了信心，不知道我们是否还能找到真正的天堂。如果我们的情绪不尽快改变，可以肯定，我们永远也到不了印度。

第五十一章

在灼热的阳光下，我们唉声叹气、汗流浃背地沿着密西西比河岸走着。巨大的树木高耸入天，它们的崇高与庄严，让我们感到敬重。至少，我的屁股现在不再烧痛得那么厉害了。在整个沮丧晦暗情景中唯一能看到积极一面的，当然是小红萝卜，她鼓励我们："至少我们可以通过出汗减一点儿肥。"

"对我们当中需要减肥的那几个来说，确实不错。"苏西发着牢骚，但能看出来，她很费力才挤出这几句讽刺。现在，我们处于一片陌生的荒野之中，不受任何保护，她又开始和自己的不自信做斗争了。

我很理解她的情绪为什么这么差。但有些时候，就算你可以理解另一头牛的弱点，你也依然希望能用一坨牛屎堵住他的嘴巴。

在拖拖拉拉地前进了约两小时后，我们前面突然没有树木了。我们走上一个斜坡，在那里看到宽广的草地。我提议停下来吃一会儿草，毕竟冠军的胃发出的叽里咕噜声已经那么响，松鼠听到都要吓跑了。这儿的青草远没有我们上一个牧场里的鲜美，但这不是问题，最重要的是在这里，我们自由了。也许，我疲惫地想，我们应该就留在这儿算了，这里虽然不是天堂，但至少也能为我们提供足够的水和合适的食物。

"那儿！"苏西大喊一声，我从沉思中醒过神来。她激动地用鼻子指着一头在向我们靠近的公牛。那头公牛比冠军——或者比我们一生中迄今为止看到过的任何一头公牛——都更加雄伟。一个高大、健硕、美丽的动物。然而，他耀眼威风的外表还不是他身上最让我们震撼的，不，最震撼我们的是他身上斑点的颜色。

“棕色！”希尔德大喊出来。

这是她牛生第一次看到像她一样有棕色斑点的牛，还刚好就是一头公牛！

“棕色……棕色……棕色……”她结巴着说。我还从来没见过她这么混乱，这么激动。

公牛迈着优雅的、甚至是高贵的步子向我们走来。他好奇地打量着我们这些黑色斑点的牛，我感觉，他好像有些是高高在上地俯视着我们。然后他直接转向希尔德说：“宝贝儿，你们不是本地的。”

希尔德根本没有能力回答他。他就是她隐藏心中的梦，一头公牛，有着像她一样的斑点，一头她可以爱上的公牛！

“我叫老板，你呢，宝贝儿？”他问她。

“棕……色。”希尔德还在结结巴巴中。

“认识你很高兴，棕色。”

“棕色……”

“除了‘棕色’，你还会说点别的吗，棕色？”

“想要。”

“想要？”老板看起来感到很有趣，“你是说我吗？”

“棕色！”

哦耶，我们必须帮助希尔德，在她用混沌的言语给自己造成麻烦或带来危险之前。我走上前，解释说：“我朋友现在还有一些混乱……”

“啊，宝贝儿，”棕色的老板自信地笑着，“这很正常，母牛看到我之后通常都是这样的反应。”

“他可没有自卑情结。”贾科莫断定。

“他为什么需要有呢？”苏西发表意见，显然被他雄伟的身躯吸引了。

“我为什么需要有呢？”老板也得意地笑着说。

“棕色……”希尔德也附和地点点头。

“她为什么这样说话呢？”老板问我们，“她的父母是亲兄弟姐妹吗？”

“不是。”我回答，“她第一次看到一头棕色斑点的公牛。”

“喏，那她还需要些时间，才能真正认识这样一头公牛。”公牛故意清楚而不正经地说，依然非常自信。看来这头公牛真是没有能力进行自我怀疑。

希尔德低头看着地面，她甚至都还不能去看他的眼睛，她太难为情了。这个家伙用风一样的速度俘获了她的心！简直难以置信！我以前从来没有想过，我在今生还会看到希尔德有这么大的变化。

“可是，他也没有——”小红萝卜嫉妒地悄悄咕哝，“那么好看。”

“我觉得也是。”冠军喷着响鼻说，他还不习惯，身边有另外一头公牛，而且还是一头比他雄伟高大那么多的公牛，“他太自负了。”

“听啊，是谁在这么说啊。”一下子就从我嘴里脱口而出。

冠军愤怒地看着我，他不是因为这句评论而生气，不，他对我的愤怒源自更深的地方。但我根本无所谓，我跟他已经彻底结束了。

“你们在这里做什么？”老板问我们,并瞥了一眼冠军补充道,“除了嫉妒地看着我的生殖器？”

“我根本没有嫉妒地看！”冠军抗议。

“但那也是可以理解的。”苏西说，为所看到的雄壮景象而撼动，“都可以用它来砍树了。”

“棕色……”至今还从来没有对这类问题感过兴趣的希尔德也赞许道。好吧，至少她没有又用“想要”来答复。

冠军愤愤地喷着响鼻，巴不得为了证明他的雄风，立马跟那头公牛去斗角交锋。但是在他们打起来前，而且估计是冠军被这个强壮的家伙打伤之前，我赶紧走到他们两个之间，解释说："我们在寻找新的家园。"

"啊哈，"老板回复，定睛看着我们，尤其是我们母牛，"我们这里还没有黑色斑点的牛，只有棕色斑点的，而且他们也没有像你们这样饱满丰厚的曲线，我的朋友会很期待你们……"

他说这些话的时候，充满暗示地微笑着。我感觉到我被贬低到只剩下外表。

"你们还有更多的公牛吗？"苏西充满希望地问，对她来说，被贬低到只剩下外表根本无所谓。

"噢，宝贝儿，我们一共有十头公牛！"

"哇！"苏西感叹。

"棕色，棕色，棕色！"希尔德也欢呼。

"你们可以加入我们的牧群。"大公牛提议，并用鼻子指向远处。对着夕阳，我们可以辨认出几头棕色斑点的牛。看到这个景象，希尔德激动得心脏都要停止跳动了。

"我们在这片草地上自由生活，没有人类。"老板解释。

没有人类？如果真是这样，那我们真的不必再费尽千辛万苦去印度，而且本来对那遥远艰辛的旅途，我们已经既没体力，也没意志力了。

"我们留在这里！"苏西欢呼。

冠军对此并不很高兴。对他来说，在这片草地上和几头比他壮大很多，尤其是比他的装备强大很多的公牛一起生活，并不合他的心意。小红萝卜自然不喜欢看到希尔德满脸堆笑地注视那头公牛的样子。所以，对于我们是否应该留在这里，我们这个小牧群的意见彼此相左。作为牧群领袖，我必须做出决定。虽然我一直梦想着去印度，但是很有可能，留在这里更好——在一片很像样的草地上，有强壮公牛的保护，自由自在地生活。谁又知道，前方还有什么危险等着我们呢，而且又有谁能保证我们一定能到达印度呢？

老板解释说："你们必须遵守几个简单的规则。"

"没问题。"我坚定地回答。小红萝卜和冠军感到很不满。在这一刻，我为我们大家做了决定，留在这里。

"你们必须尊重年老的牛！"老板要求。

"自然。"我点头。

"你们在吃草时不能跟其他牛吵架。"

"这也是应当的。"

"母牛必须听从公牛的指挥。"

"哎，请问，什么？"我不解地问。

"你们必须做我们公牛告诉你们的一切。"

"棕棕棕……色？"希尔德也惊呼。

"哎么，"我吃惊地问，"我们为什么要这样做？"

"因为我们是公牛，你们是母牛。"老板的语气，好像他在讲解某种自然法则。

"完全是一个奇怪的理论！"小红萝卜说。

"这么说还太客气了。"冠军表示赞成。

老板听到冠军的话，挑衅地问："你是个什么样的软蛋懦夫啊？"

"我在过去几个满月里了解到，母牛们可以掌控什么，做成什么。"他回答，"母牛虽然'有时候'很奇怪……其实比'有时候'更频繁……频繁得多……但是她们能做到我们公牛永远不可能做到的事。"

现在我又为冠军感到骄傲了。真奇怪，我想，我本来已经彻底跟他结束了，但是他又一次让我感到意外。

“如果你们对我们俯首称臣，”老板说，“这里将成为你们的天堂。你们母牛将学会爱公牛。”他说着，极具暗示性地微笑着。这是我在一头公牛脸上看到过的最恶心的微笑。

这时苏西忽然说：“如果我现在开始呕吐，有谁有意见吗？”看来，她不想再过只是被公牛利用的生活。

“不用压抑自己。”小红萝卜厌恶地回答。

“尽量吐到他蹄子上。”我请求。

“吐到他脸上也可以。”冠军补充。

我们现在意见一致了：这里不可能成为我们的新家。这儿将要比在我们农场，或者是在牛仔女孩那里还要糟糕，因为在这里不是人类把我们的生活变成地狱，而是我们的同类要欺压我们！

唯一一个还在沉默的，是希尔德。

老板投向我们一个毁灭的目光，然后他转向希尔德：“你呢，棕色？你想跟你几个疯癫的朋友一样，放弃和真正的公牛在一起的美好生活吗？”

希尔德继续沉默着。

哦，不，她不会是想留在他身边吧，只因为他有着和她一样的斑点？她不可以这样！

她依然沉默着。

如果希尔德想要留在这群怪兽般的公牛身边，我该怎么办呢？我将不得不同意、接受我的朋友留在这里？还是暴力逼迫她回到我们牧群来？那行得通吗？我有这个权利吗？毕竟，一群棕色斑点牛的牧群，一直是她一生最大的梦想。

“所以，棕色，你现在想怎么样呢，留在我们这里吗？”大公牛傲慢地问。

希尔德要张嘴回答了。我屏住呼吸，希望她不要再说“棕色”。

她哞了一声：“红色。”

“你叫红色？”老板疑惑地问，依然那么自信，但是现在是疑惑不解的。

“不，这不是我的名字，这是我现在看到的颜色！”希尔德愤怒地打着响鼻，一蹄子踢到他最为之骄傲的身体部位。

冠军闭上眼睛：“光是看着就觉得疼了。”

“这把琉特[①]，”贾科莫附和说，“再也不能演奏了。”

老板哀号着，夹起尾巴（这里并不是指他平时用来驱赶苍蝇的尾巴）跑回他的牧群。他一边跑，一边尖声尖气得向我们骂：“那，你们就自己去死吧！”

冠军还对着他的背影又骂了一句：“你再也不能跟母牛幸福地快活啦！”

他又一次让我很吃惊。

我还顾不上花心思和时间去考虑老板的警告。希尔德愿意留在我们身边，这让我感到非常轻松。这时我又想到贾科莫向我讲述的关于遥远印度的一些事。

“你说，”我转向他，“在印度，公牛和母牛是平等的，对吗？”

“是的。”他确认。

“那么，”我对我的同伴们欢呼，“祝愿我们去印度，不管路途多遥远！”

---

① Laute，琉特，一种形似琵琶的拨弦乐器。

“不管路途多遥远！”我的牛们齐声确认道。

我们眼睛里的那团希望之火又重新燃起来了！

“女性解放运动万岁！”贾科莫高呼。

我们都看着他，不知道他喊的话是什么意思。他只是为自己而惊讶：“我从来没想到，我会欢呼这句话。”

然后我们一起更热烈地呼喊：“祝愿我们去印度！”

第五十二章

当天晚上，我们看到了巨大的、银色的鸟儿从我们的头顶上飞过。

贾科莫带领我们走过草地，穿过田间小路和偏僻的公路，一直来到一个叫作“明尼阿波利斯国际机场”的地方。我们站在安全距离外的小丘陵上，观察着那些大鸟起飞降落。过去，在农场上，我们也看到过这样的大鸟在天空高处飞翔，因为他们一直都发着响亮的轰轰隆隆声。我们一直猜测，他们的消化系统比屁叔叔的还差。但是，今天在近处观看，我们才发现这些大鸟很不对劲。

“他们吃人！”小红萝卜惊恐地大喊。她看到男人、女人和孩子消失在一只大鸟的喉咙里。奇怪的是，那些人们竟然如此坦然淡定地接受自己的命运。难道那些大鸟像人们骗我们牛一样，恶毒地骗过了那些人?

“他们罪有应得。”希尔德说。对我们来说，在生物等级排序中，人现在处于壁虱和绦虫之间的某个位置。

“但是他们又把人吐出来了。”冠军用鼻子指着另外一只大鸟，人们正从那只鸟的咽喉处往外涌。

“他们肯定很难吃。”小红萝卜全身颤抖着说。

贾科莫取笑我们，然后解释，那些大鸟并不是真的生物，而是机器，跟汽车类似。人类可以乘坐着大鸟飞到全世界的各个地方去。我们也要乘坐着它们飞行。我们对他说，就算是十四马也不能把我们拉进这样一个东西里，更不要提一只猫了。然后他问我们，我们还想不想去印度，对此我们无言以对。然后他笑着解释，今天晚上他就会把我们领进一只这样的大鸟的身体里。对此希尔德评判，生活有着这样的特点——每当我们认为在荒谬度上一切已经达到顶峰，生活总能在这个时候又变得更加荒谬。

贾科莫示意我们在丘陵上等，而他在接下来的几个小时里先去探索机场。在夜晚，我们悄悄溜进一片灌木丛，树林离一个关卡横木大概有三十头牛身总长那么远。关卡由两个拿着"噼啪棍"的男人守护着，但他们已经在跟瞌睡做斗争了。

贾科莫指着关卡后面一只非常宏伟的巨鸟，他说那只巨鸟叫"载货飞机"。这个怪物的咽喉大大地敞开着。贾科莫小声对我们说："我们必须进到那里面去。我们只需要经过这两个警卫。"

"我们该怎么做呢？"我轻声问。

"你们必须把警卫撞翻。"

"多么精明的方案啊，一定是挖空心思才能想到的！"苏西讥讽道。这本来应该是从希尔德嘴里说出的一句话，但是自从遇到棕色斑点的公牛后，她就没有说过一句话。我逐渐开始为她担心了。

冠军打着响鼻："听起来是一个符合我口味的计划。"然后他对我们说："你们留在这儿的安全地带，不要冲出来冒险。"

我们还没来得及做任何反应，他已经冲出灌木丛。冠军为了牧群的安全，独自冲进危险当中。我猜，他想向自己——可能也向我们——证明他的阳刚之气。

警卫大叫起来，拔出他们的噼啪棍，试着对冠军瞄准。但是冠军比他们更快，已经冲过去撞翻了他们。他们摔倒在地，头撞到地面上，失去意识，昏迷过去。我们穿过关卡，以我们能跑出的最快速度冲过广场——可因为我们摇摇晃晃的胖肚子，也并不是特别快。然后，我们冲上一个斜坡，钻进巨鸟肚子里。在这里面，我们气喘吁吁地站在一堆箱子之间。当我们终于又差不多能正常呼吸时，小红萝卜问：“为什么这些箱子都被牢牢绑在这儿？”

“你们一会儿就知道了。”公猫回答。听起来，接下来的经历好像不会很有趣。

紧接着，我们就听到震耳欲聋的吱吱嘎嘎声。巨鸟的咽喉慢慢闭合住。但它肚子里面并不是一片漆黑，因为机场的路灯还能透过窗户照进来。忽然，巨鸟开始轰隆作响。同时，我的胃里也感到一阵颤抖。我们都太害怕了，没敢走到窗户旁，去观察正在发生什么。贾科莫欢唱着“现在要起飞了”，他的欢唱只会让我们更加慌张，而不是更加勇敢。这只载货巨鸟慢慢动起来，然后越来越快，终于在广场上疾驰起来。

“抓紧！”贾科莫喊着，用爪子抱住一根固定箱子的带子。

“为什么？”我问。

大鸟变成倾斜的，我们都飞着撞向了箱子。

“就因为这个。”贾科莫说。大鸟从地面上升了起来。

我们都跌倒了，在大鸟肚子里滑向一边，最终挤成一垛停在墙边的角落里。吓呆了的我们透过窗户看到，大鸟离地面越来越远了。在我们身下，很多灯光照耀在黑夜里，我甚至认为，我认出了密西西比河——中午时，我们还在沿着它的河岸走路。

载货大鸟还在向着一片白茫茫的雾一直升高，雾气每一秒都变得更加厚重。小红萝卜第一个反应过来，这些雾是什么：“这……是云彩……”

正常的鸟飞不了这么高。我们的大鸟甚至穿过了云层。穿越云层时，我们感到剧烈的颠簸。这之后没多久，大鸟就水平躺开，平静地在空气里滑翔。这时我们看到的景象，真是惊心动魄。太阳在云层上升起，被阳光照得红彤彤的云彩就在我们身下。奈雅啊，云彩真的在我们身下！

“我们牛不属于这里……”苏西震惊地说。

“人也不属于这里……”冠军说。

“但我们现在千真万确地就在这儿……”我惊叹。

“而且，这儿的景色很宏伟，很壮观。”小红萝卜充满敬畏地说。

是的，确实如此。

我们是飞起来的牛。

天空离我们那么近。

第五十三章

太阳已经完全升起来了。阳光透过云层，照耀着一望无垠的碧蓝大海，我们的大鸟正飞翔在海面上空。直到现在，我才能慢慢离开窗边，停止欣赏外面的美景。而这也只是因为苏西的抱怨：“一段时间后，这样的景象也开始无聊了。”

她躺到了一个角落里。小红萝卜也因为疲倦，蜷缩到同一个角落里。冠军还在呆呆地透过一扇窗户向外望着，好像完全沉浸在自己的心事里。我没有打搅他的宁静，而是走向沉默的希尔德，她正出神地观看着大海。

“一切都好吗？”我问她，因为我很担心，与那头恐怖的棕色斑点公牛的相遇，会给她留下深深的伤痕。

“从来没有像现在这么好过。”她满脸欢笑，开心地说。

“真的吗？”我吃惊地问。

“我的一生都在想，我无处为家，因为我跟你们都不一样。我在自己内心的四周建起一圈篱笆，没有向任何牛敞开过心扉。我给自己建了一个监狱。”

“现在呢？”我迷惑地问。我担心，她会比以前感觉更迷失。

“现在我知道，我做了一个错误的梦。我再也不需要用篱笆包围着我的心了。你们是我的牧群！我属于你们！”

然后她那么亲近温柔地蹭着我的鼻子，这是我在希尔德身上从来没有经历过的，也从来没有期望过有朝一日她会变得这么温情。

这样温柔的磨蹭，只有一头发自内心感到幸福的牛才能做到。

原来，一生的梦想破灭时，你也可以找到幸福。因为，你能由此认识到，自己在生命里已经拥有了什么。

怀着这个惊牛的想法，我也卧到了角落里，希尔德也蜷缩进来。由于前一天的辛劳奔波,我的眼睛很快就闭上了。我睡着了。在梦里，我遗憾地意识到，虽然在云层之上，自由变得无拘无束，但不是所有的害怕和担忧都能被埋葬在下面。而且，在我们之前认为很重大、很严重的事情，也并没有变小或者变得不重要。不，很可惜，担忧和害怕跟踪着我，直到九霄云层之上，甚至还更近了，越来越近：

老狗的嘴巴现在血淋淋的，鲜血的红色和落雪的白色混合在他的毛发里。我恐慌地四处张望着，可是哪里都看不到我的白色小牛。

但是，我不再寻找了，我下定决心，要控制这个梦，不管它有多恐怖。于是我走向老狗："你根本不可能再跟踪我们。你留在纽约了。而我们在一只你根本不可能知道的载货大鸟里，我们自己之前都不知道，我们将要登上这只大鸟……"

"我能跟踪你到纽约,能进入到你的梦里,你怎么就认为，我不能跟踪你到天涯海角，这个世界的任何一个角落呢？"

可惜，这是一个很好的反驳。

"我要把你和你的小牛，在这里，在喜马拉雅杀死……"

在其他情况下，我可能会追问，什么是喜马拉雅，这个喜马拉雅又具体在哪里。但是,我害怕得尿到自己腿上了，这又是一个我没能成功控制这个梦境的证据。

老狗狞笑着："我会在你最幸福的时候，杀死你。"

说着他用鼻子碰着我的鼻子。

反复地碰，一再反复地碰。

我不禁自问，这又是怎么一回事。但是他就是不肯停止，一直碰我……

……直到我醒过来，发现原来是冠军，他在现实中用鼻子碰着我的鼻子。他轻声地请求我："我们可以谈谈吗？"

他询问的语调，表明他不会接受"不"作为答案。而且，我还因为刚刚那个恐怖的噩梦过于混乱，不知怎样拒绝他。冠军要求我跟着他走，以防止吵醒其他几位。我们走到载货大鸟的肚子的另外一端。这时我透过窗户看到，我们身下的大海已经换成了陆地，我们正在接近岩石群山。

"如果你能用不同的眼睛来观察生活，"我们在这一端的墙边停下，冠军说，"就更好了。"

"用谁的呢？"我问。

"用我的，比如。"

"那我就会一直盯着苏西的屁股看了。"

他对我造成的所有的伤害引起的愤怒，驱散了噩梦带给我的深入骨髓的恐惧，

"你不会的。"冠军反驳。

"那就是看她的乳房？"

"不会看苏西的任何部位！"他驳斥，"我根本就没有看她！"

"你和她'夫普拉慕夫'的时候，闭上了眼睛？"

"我和她做什么的时候？"他懊恼地问。

"啊哈，算了吧。"我叹了一口气。

"我也希望能算了吧。"他严肃地说，"我不想跟苏西做任何事。自从我失忆后，我没有跟她或者任何一头母牛做过任何事。你想知道为什么吗？"

"想。"我忽然不确定地回答，因为我看到冠军的神情那么坚决。

"因为我内心深处相信，我们在一起会幸福。'我们'指的是我和你。可是你却一直在给自己设置障碍，因为你一直在追求完美，追求完美的天堂，追求一头完美的公牛。可是很明显，我确实不是一头完美的公牛……"

"确实很明显……"我用最后的一点儿倔强说。

"'好的'不是'更好的'的敌人，相反，'更好的'是'好的'的敌人。"

不知道为什么，当他这么聪明地胡说时，我并不喜欢。

但是我忽然又感觉，其实我是喜欢的。

"如果你一直只是追求最好的，那你就不能享受你已经拥有的'好的'。"

这有道理。

"给我们一个机会吧。"现在，他央求着我，真挚地，恳切地。

我迷惘万分地把目光从他身上移开。货运大鸟现在飞在巨大的山峰之上，峰巅上覆盖着白雪。如果我的脑子不是还一片混乱的话，我肯定已经意识到了这些白色的、巨大的山峰与我的噩梦之间的恐怖联系。我转头看着其他的牛：希尔德已经找到了她的幸福；小红萝卜一直都把幸福装在心里；贾科莫至少有了一个主意，知道他将怎样再次变得幸福；苏西，如果她最终找到真正的自信，应该也会幸福。为什么看其他动物的生活时，就那么容易发现，他们到底需要什么才能幸福呢？而冠军……他在向我争取他的幸福，严肃而真诚的。他在这次旅途中成熟起来了。

只是，胡尔洛啊，这是什么时候发生的呢？

答案是，在每一个瞬间：当他说的话令我们感动时，或者他说真话时；还有在他勇敢而有担当时——比如当他悼念我们逝去的牧群时，当他反驳老板时，当他在纽约冲向老狗时，或者是当他为整个牧群负责，独自去撞翻警卫，好让我们不必遭受他们的“噼啪棍”的时候。

在那些我没有真正赏识、尊重的瞬间。

也许，现在我也该慢慢成熟起来了。

只是，对此我没有机会……

……因为这只愚蠢的巨鸟突然开始坠落了。

第五十四章

最开始只坠落了几秒钟。

冠军和我鼻子着地重重摔到地板上。

其他几位也都相互跌撞在一起，然后醒了。

然后大鸟又开始坠落了。

苏西哭喊："我就一刻都不得安宁吗？"

不能：有两个男人跑了进来。

"机长，这里有几头牛！"其中一个喊。

"啊哈，我以为是仓鼠呢！"

"真的吗？"

"不！"

"哦，原来如此。"

"这就不奇怪，为什么我们的燃油不够了，我们超重太多了！"

"这些畜生是怎么进来的呢？"

"难道现在不是完全无所谓了吗？"

"想想我们已经没有几分钟的时间了，是的，无所谓了！"

那两个人又恐慌地跑了出去。

"发生了什么？"我问贾科莫。

他把前爪交叉在一起，喃喃自语说："我的上帝啊，请原谅我的罪过……"

"为什么我一点儿都不喜欢他的反应？"希尔德问。

大鸟又开始往下冲，这次更快了。

有一小段时间，我们失重悬浮在地板和天花板之间。

现在我们真的成了飞着的牛。

而这……是完全该死的糟糕感受。

我们中的几个现在不受控制地打了个转，背朝下，腿朝上。

另外几个吓尿了。

对正好悬浮在他们下面的那几个来说这尤其郁闷。

因为他们脸朝上浮在他们下面。

所以根本不用奇怪，为什么我们那么恐慌地哞叫。

有几个是厌恶地哞叫。

然后巨鸟又恢复了常态。

但这并没让我们感到安心。

一点儿都没有。

大概是因为巨鸟的一只翅膀着火了。

“这可不是什么好兆头。”冠军慌乱地说。

“你的观察力真敏锐！”希尔德喊。

“我就说，”小红萝卜哭起来了，“我们牛不属于这里的高空。”

“那些人不在这里了！”苏西用鼻子指指窗外。在外面，在巨鸟旁边，那两个人挂在像伞一样的东西下，在空中滑翔。

“我恐怕，”冠军说，“那也不是什么好兆头。”

“他们是怎么出去的呢？”苏西问。

“他们挂在什么东西上面？”小红萝卜想知道。

希尔德回答：“不知道。但是不管那是什么，我也希望有那么个东西！”

大鸟慢慢变成头向下，垂直竖起。

“这绝对不是好兆头。”冠军说。

希尔德非常恼火地说："你能不能别再总是说我们本来就在想的事情？"

大鸟下沉得越来越快了。

翅膀上的火苗拍打着窗户。

"我的上帝，请原谅我，是我把这些牛带进了死亡……"

然后大鸟垂直冲向地面。

我们都穿过大鸟的整个肚子，向下摔去。

并大叫着。

大叫着。

一直到我们不再呼叫。

我撞到一只箱子上，是鼻子先撞上去的。

我眼前一黑。

"我不知道这个'上帝'是谁，"我听到苏西还在叫骂，"但无论如何，我——不会原谅你！"

第五十五章

有个什么在咬我的尾巴，咬得我无比疼痛，几乎像向我脸上打来的热浪引起的灼痛一样疼。我慢慢睁开双眼，在我前面，不到十头牛身长那么远的地方，摔碎的巨鸟熊熊燃烧着。幸亏它不是一个真的生命，不然它现在经受的肯定是地狱般的痛苦。但是，倒霉的是，我是一个生命，火苗正向我的方向蔓延，情况危急！而我太虚弱了，根本动弹不得，更不要想逃跑了。从大鸟身上迸溅出来的火星，烧焦了我的皮毛。但这些都不能跟我尾巴上感到的疼痛相比。到底是什么该死的东西紧紧咬住了我的尾巴？

不管到底是什么咬着我的尾巴，那个东西现在开始拽我的尾巴了，用超牛的力气。我侧躺在地上，被从火苗边拖开了。我的皮毛摩擦着身下的大块碎石，其中有一些很尖锐，另外一些则该死的更加锋利。但我几乎是欣喜地忍受着这疼痛，因为我渐渐明白，这是不知道谁正在试图救我，也通过救我而正在救我肚子里的小牛犊。肯定是冠军！

直到离大鸟足够远后，我才被放开。我和其他昏迷的牛躺在一起：希尔德、小红萝卜，甚至连公猫贾科莫也闭着眼睛躺在那儿。还有……冠军？这意味着……是苏西救了我？

“我的嘴巴啊，”我听到她咒骂，“你太胖了，我的下巴都要脱臼了！”

我向上望去，果然是苏西。她向各个方向拉伸活动着嘴巴，好像她在试着把下巴挪回到正确的原位。

我挣扎着站起来，但我刚伸直后腿，就听到一声震耳欲聋的轰隆声。巨鸟变成了一个巨大的火球向天空飞去。在强大的热空气波浪的冲击下，还没有完全站起来的我又被甩到地上。震耳欲聋的轰隆声好像都要把我的耳朵震裂了，或者，我的耳朵真的已经裂了。不论如何，除了尖锐哨鸣般的轰鸣，我几乎听不到任何其他声音。大鸟身上燃烧着的碎片噼里啪啦地落到我们四周的地面上。

当燃烧着的碎片“雨”终于停止，只有滚滚黑烟从残骸上升起时，我明白了——不是苏西救我，我现在就是一个冒着烟的残骸了。

我又一次挣扎着站起来，其他牛也像我一样慢慢立起来。他们都身有擦伤，剐伤的伤口还在流血，皮毛被烧焦——但是谁都没有严重受伤。我耳朵里尖锐的哨鸣声也在逐渐减弱，我听到苏西说“我没想到，我能把你们全部救出来”，只是她的声音好像是从很远的地方传来似的。

等等，我脑子里闪过一个念头：如果她并没有想到能把我们全都救出来，并决定让我一直在大鸟残骸附近躺到最后，那这就意味着……我真是不懂感恩，本来已经获救，却还在计较这些细枝末节。苏西冒着生命危险救了大家，也救了我！本来她完全可以立马逃跑的！

苏西满脸欢笑、容光焕发，为自己感到无比骄傲。这是她第一次，真正并且正确地为自己骄傲，这份骄傲与她是否被一头公牛渴慕没任何关系。在最危急的时刻，她突破了自己，并在她内心发现了行动和担当的勇气——当她孤立无援时，只能靠自己！这是她自己和我们都从来没有想到的！只有在这样的最危难的时刻，在懦夫可以成为英雄、英雄也能变成懦夫的时刻，才可以发现你内心的勇气。对自己内心的勇气的发现，赋予了苏西真正的自信。这份自信使她红光满面，使她发自内心地幸福。

那么，幸福也是发现你内心里藏有什么。

“我们现在怎么离开这儿呢？”希尔德问公猫，“这儿看不到另外一只大鸟了。”

“就算有，”冠军说，“我也永远不会再踏进这样一个东西了！”

贾科莫用爪子捻着被烧焦的胡子说：“我一点儿概念都没有，我们现在在哪里。”

我环顾四周，看到白雪皑皑、巨大多石的山峰围绕着我们。因为燃烧着的巨鸟，我到现在才刚刚觉察到这里的寒冷，我慢慢开始打寒战了。我们眼前是那条一直出现在我梦里的狭窄的碎石路。在这一刻，我真希望我也不知道我们是在哪里。但是我当然认出来了，我们就在老狗在我上一个噩梦里称为“喜马拉雅”的地方。所以可惜，我也不知道，我们现在应该往哪里走。我用蹄子指着那条覆满白雪的山路，路看起来像是要通往天际。我说：“我们必须走上去。”

本来我以为,他们都会说我脑子有问题了。但苏西现在充满力量，她精神抖擞地喊，“这我们一定也能做到！”

希尔德补充道：“我们的牧群能做到一切！”

小红萝卜笑着：“我享受跟你们在一起的每一刻！”

下定决心带领我们去印度的贾科莫高喊：“个体为整体，整体为个体。”

另外三头母牛也一起高声哞叫：“整体为个体！个体为整体！”

只有冠军很沉默。他深深地看了我一眼，我明白在这里，在喜马拉雅山上，我们爱情的幸或不幸将见分晓。

第五十六章

我们踏着沉重的蹄步在蜿蜒的雪路上前行。我们爬得越高，山路上的积雪也越深。最初，碎石路面上只有薄薄的一层湿雪，现在，我们的蹄子已经完全陷进雪里了。路也越来越窄，越来越陡峭了。最开始我们还能几头牛并肩行走，现在只能两列纵队前行了。我们上空的云涌合在一起，接下来会像我在梦里看到的那样开始下雪吗？可是，另一方面我的小牛犊还没有出生，应该还有两三个星期他才会出生，而在我的噩梦里，他已经在那里了。因此我希望：我的梦不是噩兆；我们不会遇到老狗；而我能在印度，在温暖的阳光里，生下我的小牛犊。

我们勇敢地在雪地里跋涉着。苏西好像脱胎换骨了似的。对彻骨的寒冷，她只是轻松地评论：“我们现在这么肥，真是太好了，这样我们才更抗冻啊。”

希尔德笑着说：“苏西，当心，再这样下去，我可要开始喜欢你了。”

她们两个都很欢喜，不再对彼此剑拔弩张。她们争吵的原因不是她们太不同了，而是她们原来各自都不幸福，并在彼此身上发泄自己的不快。

小红萝卜观察着希尔德，悄悄对我说：“看到希尔德现在这么无拘无束地欢笑，真是太好了。”

确实，我们现在处于一片荒凉之地，可能这里还从来没有牛类出现过，但是希尔德在笑。她这么多年围在自己内心周围的篱笆，终于被彻底拆下来了。

小红萝卜爱希尔德，能全心全意无私地为她的幸福而感到高兴，不管希尔德有没有回应她的爱情。小红萝卜没有追寻完美，而是为她所拥有的“好的”而幸福。

苏西退到我身边，还在为自己而骄傲：“我救了你们。”

“谢谢！”我真诚地说。

“不是我，你们就都死翘翘了。”

“谢谢！”我又一次表示感激。

“包括你。”

“我知道。”我回答，并与我不感恩的思想做着斗争。我认为苏西有点絮絮叨叨，一再炫耀她的英雄作为。

“没有我的话，你就变成烧烤了。”她笑着说。

“很有可能。”我含混地低声说，并继续与我的思想做着斗争，它现在觉得没有自信的苏西更可爱。

“我比你有用多了！”她大声笑着。

“呃……”我咬着舌头，忍住不说话。

“快说啊，快说啊，你就承认吧！”

我继续沉默着，依然在与我的思想默默做斗争。它在想，可能如果她没有救我会更好一点儿，或者她现在突发声带炎。

这一刻，忽然一声“砰”。

“砰？”苏西问。

“砰？”我也自问，并停住了。

刚刚是一声什么声响？

顺着我的腿往雪里流的，又是什么液体？

其他的牛也都站住了，小红萝卜笑着说：“我知道这是什么。”

“什么？”我问，忽然又很不确定，我是否真的想知道。

“关于刚刚在你身上发生的事儿，”小红萝卜微笑着说，“哈姆哈姆姥姥有一首歌。你想听吗？”

“不！”我回答。

“那首歌是……”小红萝卜丝毫不被我的答案动摇，开始唱起来：

羊水破了
就像世界上第一包羊水曾经破裂一样
小牛开始说话了
就像世界上第一头小牛说话时一样

天啊，已经到了产期吗？

赞美子宫颈口吧
赞美分娩阵痛吧……

阵痛？

赞美小牛犊，赞美他的降临！

第一波阵痛已经开始了。奈雅啊，真的已经到产期了！

可爱新生命
来到牛世间
自从那一瞬
呱呱落地边

我的小牛犊要提前出生了。

赞美小牛犊
天上的光照耀着他
他可能是一头小母牛
或者，也可能又是……

至少，小红萝卜没把最后一个词唱出来。

阵痛是你的
痛苦是你的
没任何乐趣
没母牛喜欢

我估计也不会喜欢。

接受赞美阵痛
证明你心强大
高兴享受生活
将是伟大一天

至少今天将是非常非常有趣的一天。

第五十七章

太痛了！

为什么，为什么会疼得这么厉害呢？

我们牛是站着生小牛的，但是我真的痛得直想倒到雪地里，再也不起来了。

其他几位都站在我旁边，想要鼓励我，帮助我。

“你一定能做到！”希尔德鼓励我。

但是我太痛了，以至于我并不相信这句话。

“我们在你身边陪着你！”小红萝卜关爱地说。

我自己根本不确定，在这么多旁观者前生小牛犊，是否真的是好事。他们全都盯着我，看我如何慢慢地——但是一定会发生的——对自己失去控制，这真的很不舒服。

“看到这些，”苏西说，“我真的不想要孩子了。”

对于苏西我十分确定，我真的宁愿她不在我身边。

“我很高兴，我是一只雄猫。”贾科莫说。

又一阵难以忍耐的剧痛穿过我的身体，我疼得大声哞叫起来。

“我唱首歌安慰你吧？”小红萝卜关心地问我。

“千万别！”

“但是我会唱一首很振奋牛心的歌。”

“不要！！！”

“歌是这样的……”

“我的宝贝儿来了……”

我在两阵阵痛间的空隙对她喊:“如果你再唱一个音节，我就杀死你！”

小红萝卜沉默了一秒。

然后她说:“我还知道一首很好的诗……”

我恶狠狠地看着她。

“……一首，我想，你不想听的诗。”她马上慌乱地说。

“你真体贴，善解牛意。”贾科莫讽刺道。

“谢谢！”小红萝卜回答，她又没听懂这个讽刺。

谢天谢地，唯一一位整段时间都沉默的，是冠军。

阵痛越来越强烈了。我感觉到,我的整个小腹好像都快被撕裂了。同时，我想着，为什么我们母牛在生产时必须忍受如此非牛的折磨。

奈雅为什么发明阵痛

蚯蚓来到奈雅身边时,她正在阳光下吃草。神牛很吃惊，为什么蚯蚓的脸是青色的。她关切地询问他身上发生了什么。他回答:“是‘你的牛们’发生在了我身上。”

奈雅不明白这个回答是什么意思，于是蚯蚓开始了他的恸哭申诉:

“奈雅，牛们都崇拜你，把你当作榜样。所以他们每时每刻都在做爱，就像你和胡尔洛一样。”

奈雅不由笑了:“太好了！那他们一定都很欢乐！”

“哦呀，是的，他们很欢乐，但是我们不快乐！”蚯蚓苦楚地回答，“牛比兔子繁殖得还快！现在牛比任何一种生物都多了。他们把别的动物的食物都吃光了，但这还不是最糟糕的。”

“那什么是最糟糕的？”奈雅担忧地问。

“气。”

“气？”奈雅不解地问。

“你的牛现在太多了，因为他们的排气污染，我们都快没有空气呼吸了。”

现在奈雅明白了，为什么蚯蚓的脸是青的。忽然，她听到远处传来一声响亮的轰隆声，并看到了一个火球。她向蚯蚓询问，那又是怎么回事。他回答：“又是一只萤火虫不小心飞进了一团牛的排气里。”

奈雅震惊了，哑口无言。蚯蚓向她透露：“在所有动物里，萤火虫现在最恨牛。”

奈雅很能理解现在的问题，她向蚯蚓咨询意见，她该怎么做。但是蚯蚓推荐的方法，让她很无语：“你和胡尔洛最好不要再做爱了。”

这对奈雅来说是不可想象的。于是她发明了一个身体里的内部机制，这个机制可以让母牛不想那么经常怀上小牛，这个机制就是——阵痛。虽然阵痛对于全世界的整体利益很重要，但是奈雅自己都因为她的创造不喜欢自己，快不能忍受自己了。

忍受真是个好词。我的疼痛，我已经不能再忍受了。我现在非常不喜欢奈雅，比她自己对自己的不喜欢更甚。这头愚蠢的母牛，不会发明一些简单容易点的方法吗？比如一种植物，牛吃了就可以防止受孕。

我忍受着无尽痛苦，大声哞啊，哞啊，哞啊。在我的整整一生里，我的哞叫从来没有像现在这么大声过。贾科莫看着四周积雪覆盖的山脉说："希望她的哞叫不会引起雪崩。"

"什么是雪崩？"希尔德问。

"就是从山上滚下一个能把我们全都压扁的冰激凌！"

阵痛的间隔越来越短了，我也叫得越来越响了。

"恐怕，"希尔德对公猫说，"萝乐在接下来的几分钟里，不一定会叫得轻声一点。"

现在我用尽全身力气叫着，马上就要陷入疯狂了。这时冠军低声，但是坚定地对我说："我会在你身边，永远。"

就这一句话。

就这么简简单单的一句话，忽然赋予了我承受一切痛苦的力量。

第五十八章

小牛在我身下“啪嗒”一声掉进雪里，一着地就开始哞叫起来，好让他那小小的肺里第一次装满空气。在我看到我的孩子之前，我先听到了他的声音。我一听到他那纤细可爱的、还有些笨拙的哞哞叫，马上就感觉不到那炼狱般的疼痛了，好像它们都被风吹走了似的。

我走向一侧，仔细观看我的孩子——他努力支起细腿，摇摇晃晃地站起来，用微弱的小声音哞叫着。虽然他的毛发还是黏糊糊的，眼睛也还不能完全睁开，但是他看起来无比漂亮。我马上又回到我的小牛身边，用舌头把它舔干。他马上就平静下来，不再哞叫了。他在享受与我的亲近，从第一秒就给了我无条件的爱，我也要给他我的全部的爱。

我清洁着小牛的眼睛时，贾科莫低声说：“舔舐还是有一些恶心的……”

苏西也面露厌恶，丝毫没有尝试压低声音：“现在我确定了，我一定不要孩子。”

但即使是苏西，现在也不能破坏我这一刻的甜美幸福。

希尔德笑着说：“是一头小母牛……”

是的，是一头小母牛，一头无与伦比的、美丽的小母牛。她有一身洁白的皮毛，连一个黑色斑点都没有，好像她就是雪做的一样。这头小母牛很特殊，不仅仅因为她是我的孩子。

冠军也轻声说：“一头小母牛。”他的声音里，充满了爱与对新生命的敬畏。

冠军骄傲、幸福地，同时也小心翼翼地走向我们。当我把小牛舔舐干净后，他舔了舔我的鼻子，关爱体贴而充满呵护地。我从来没想过，他也能变得这么温柔。

“现在越来越恶心了。”贾科莫评论。

开始有雪花盘旋飞舞了，小牛在寒风里瑟瑟发抖。她出自本能地跌撞着钻到我的肚皮下，寻求温暖和保护。

“她太可爱了！”小红萝卜高兴地尖叫着，“求你了，我可以做她的姨妈吗，尽管我不是真正的姨妈？”小红萝卜一边说，一边激动地在我和小牛身边跳来跳去，然后用她那大大的眼睛看着我：“求你了，求你了，求你了！”

我不禁笑了：“你肯定是这个世界上最好的姨妈！”

“哦，是的，我一定会是的！”小红萝卜欢呼。

“小家伙的名字是什么呢？”贾科莫问。

我还没有思考过这个问题，一直有太多的事情发生，而且我的女儿比预期更早地来到了这个世界。我不由自主地看着冠军，但他也只是尴尬地笑着，显然他也还没有想过这个问题。

飘落的雪花越来越多了。希尔德说：“我并不想打断你们给宝宝起名字，虽然你们还没正式开始，但是我们需要立即找到一个能避避风雪的歇息地。”

苏西补充道：“不然这个小家伙也就不需要名字了。”

苏西的话听起来很粗暴无情，但是她也是出于担忧而说的。我们肥壮的大牛可以抗过这里的寒冷，但是我瘦小娇嫩的女儿不能。这一刻，我了解了做母亲的第一法则：你越爱你的小牛犊，你的担心就越多。

“看起来可能性并不大，”苏西说，“估计我们很难在这儿找到一个合适的睡觉的地方。”

“但是我们必须去寻找。”冠军坚定地说，谁都没有反驳他。

我们整个牧群又开始前进了。冠军和我让小牛走在我们中间，以尽可能多地为她遮挡一些风雪。为了不让小牛太吃力，我们走得很慢。她冻得哆嗦着，但是在妈妈和爸爸之间，她感到很安全。

妈妈和爸爸……听起来真美好。

大雪下得越来越浓密，我们沿着小路向山顶的方向慢慢走着。我心里祈祷着：“亲爱的奈雅，在过去几个满月里，你并没有给我多少理由，让我相信你的善良，更不要说相信你的智慧了，我甚至怀疑你是否真的存在。我对你越来越愤怒，而且说实话，你应该感到高兴，幸亏你这段时间没在黑暗中遇到过我。但是，现在我来向你求助了：请你，请求你，请求你一定不要让我的小牛冻死。请让我们找到一个栖身之处。如果你连这个祈祷都不能满足我的话，那我向你保证：我以后就再也不相信你了！并且永远都不会在你身上再浪费任何一个念头了。”

这一刻，希尔德欢呼：“那儿有一个山洞！”

我抬头看着漫天飘雪的天空，想象着在天上看到了奈雅，并对她感激地微笑了一下。也许我应该早点这样威胁她的。

冠军和我慢慢把我们的小牛领进山洞的入口，山洞在山体里还延伸了很远。我们走进去，很高兴我们可以避开大雪和如刀割的寒风。我们渐渐暖和起来。对小牛来说，这儿依然很冷，她依然在挨冻，但是她不至于被冻死了，在这里她肯定可以活过这个晚上。她走到我的乳房旁边，我很清楚她想要什么。我给她喂奶——一件既陌生又美好的事儿，陌生，因为现在是一个小生命在从我的身体里吸奶，而不是冰冷的吸奶器；美好，是因为我在喂养我的小女儿，我在给她生命和力量，并跟她建立一种温存而深情的亲密，那是我以前从来没有感受过的。

我的小牛喝饱以后，我们就在山洞多石的地面上卧下。她蜷缩在我身边，身体依然在发抖，因此不能入睡。虽然我能给她一些温暖，但是这还不够让她感到舒适。我的目光落到冠军身上：在这一刻，小牛不仅需要妈妈，也需要爸爸，才能感到安全。冠军马上就明白了我的心思，走过来卧到我们身边，这样我们两个可以一起温暖我们的小牛了。她不再颤抖，在我们两个之间安详地睡着了。

我们牛群里的其他牛，也已经开始打鼾了。山洞外面，雪停了，夜晚来临了。微弱的星光撒进洞穴，照到我们身上。我和冠军都还一直在看着我们弱小的、雪白的、正在酣睡的女儿。我们越看越幸福，简直就看不够。

“我爱她。”我低声对冠军说，以免吵醒我们的小牛。

“我也是，”他说，“那么爱，爱得都有些心痛。”

“但那是一种妙不可言的、美好的心痛。”我赞成。

“我也爱你。”冠军对我低声耳语。

这让我沉默了一刻。他以前从来没说过这句话，就连他还没有丧失记忆时，我们还住在农庄时都没有说过。

但是我们现在已经是与以前完全不同的两头牛了。

他不再是那头狂热暴躁的、只想着自己的公牛。我也不再是那头耽于幻想、蠢到不可救药的母牛，自以为怀着组建幸福家庭的牛生梦想，其实也只是用我自己的方式完全只为自己着想。

所以，我回答说：“我也爱你。”

我们深深地望着彼此的眼睛，眼神里充满了爱意。我们的小牛犊躺在我们两个之间。在我的整个牛生里，我从来没有像现在这样幸福过。

第五十九章

“你肯定还记得，我对你说过什么？”老狗咧着他沾满血污的嘴狞笑着。他站在我对面，就在喜马拉雅的山路上，紧挨着那朵被冰冻住的小花。

“我应该去做一个‘哞乐剧’？”我虚弱地回答，雪花被风吹到我脸上。

他嘲笑我躲闪的回答，更肯定地说：“所以你确实还记得！”

“你会在我最幸福的时候来……”我轻声说。

这次我没有大喊着醒来，而是全身打着寒战醒来。不是因为外面又开始下雪了，而是因为恐惧而打寒战。我坚信，我今天一定会遇到老狗。毫无疑问，他一定知道我在哪里，因为他能进入到我的梦境中来。对此我现在已经深信不疑了。而且我们在和牛牧场的那几个满月，给了他足够的时间，从纽约赶到这里。我的命运将在今天被决定，还有我的小牛的命运，以及我的公牛的命运。

我的公牛……听起来也很好。

小牛最早睁开了她的小眼睛，比其他几位都先醒来，她马上就又想吃奶了。冠军听到轻轻吸吮的声音，也醒了过来。他关爱地观察着我们母女，微笑道：“现在我是用与过去完全不同的眼睛看乳房了。”

尽管我内心仍然充满恐惧，但还是不禁笑了。这如此美好，我和我的家牛卧在一起。

我的家牛……

……这听起来是最美好的。

现在，我有自己的家庭了，就像我自从看到蜉蝣哼哼与嗡嗡以来，一直希望的那样。只是又与我想象中的不同，比我想象中的更好，好太多了！现在我有一头可爱的小牛犊；有像希尔德、小红萝卜和——对，也包括苏西（肯定也有有些烦人的姐妹吧）一样的姐妹；有一只公猫做我的小牛的叔叔；还有一头正直、深情、温柔的公牛。这一切让我幸福。尽管这意味着，老狗就要出现在我面前了。

其他几位也慢慢醒来，我们两位刚做父母的几乎没有注意他们，因为小牛吸引了我们全部的注意力。

“唉，”苏西问，语调里充满不舒服的震惊，“有谁看到那里的那个了吗？”

冠军和我根本就不理她。

“我！我！！！”小红萝卜惊恐地大喊。

这个我们确实要理了。

我把我的小牛从乳房边拉开——她已经喝饱了，只是还在吮吸。我看向其他几位，他们呆呆地盯着角落里的一堆骨头。昨天晚上我们到的时候，因为太疲惫，根本没注意到那堆骨头。

“有个什么在这里吃东西了。”贾科莫慌乱地咽着口水说。

“而且吃了很多，”希尔德恐慌地说，“这些骨头属于一头巨大的动物。”

“曾经属于。”冠军纠正道。

“它肯定是被一头更大的动物吃掉的。”苏西下了结论，她的声音因为害怕而颤抖。

“或者是更凶残的动物。”我低声回复，并且也已经猜想到，是谁在这里进行了如此肆虐的杀戮。

“不论如何，”希尔德说，“看起来情况都不妙。”

苏西纠正她说：“萝乐现在看起来不妙，她生完小牛后，全身到处都松晃晃的。这里看起来是非常恐怖。”

我没理会苏西的尖刻无礼，因为这一刻我们听到一阵凶狠的咆哮。

小红萝卜咽着口水说：“这听起来可不太好。”

我的白色小牛吓得恨不得再爬回我肚子里，但是，一方面这不可能（否则，在对这个世界有一点认识后，估计很多小牛就都这么做了）；另一方面，对于地狱之犬血盆大口的撕咬，我的身体也并不是一个安全的避难所。

“一切都会好起来的。”我哄骗着我的小牛。她相信了我的谎言，就因为我是她的妈妈，紧紧依偎在我的腿边。

我们又听到了那可怕且独特的咆哮。

“它越来越近了。”希尔德说。

我应该告诉他们，这可能是老狗的咆哮吗？那会起到帮助作用吗？还是只会加重他们的恐惧，导致恐慌，然后恐慌导致我们暴露呢？如果我们声音很轻，也许老狗根本不会发现我们躲在山洞里，就继续往前走了呢？想到这里，我的目光落到那堆骨头上，同时想：也许我们会长出翅膀，像那些可爱的小蝴蝶一样从这里飞出去……但是这个愿望实现的可能性与上一个一样小。

咆哮声现在已经很近了。

“这听起来很糟糕。”希尔德悄悄低声说。

就在下一个瞬间，山洞的入口就出现了……不是老狗，而是一个非常巨大的动物。它一身蓬乱的白色皮毛，看起来就像是由一个巨大的人、一头熊以及一种很难相处的陌生动物组成的混合体。但是估计他肯定喜欢吃牛肉。

“看起来也很恐怖。”希尔德咽着口水说，

“闻起来尤其恐怖。”苏西对这头发臭的怪物感到恶心。

“这是一个 Yeti，雪人！”贾科莫现在真的害怕起来了，恐惧地跳到希尔德背上。

“什么是雪人？”希尔德充满忧虑地问，她此时的问题也很合理。

“一个本来不应该存在的东西。”贾科莫回答。

“也许他也应该被告知这一点。”希尔德说。

雪人走进山洞，对我们愤怒地狂吼着。

苏西害怕地哆嗦着：“恐怕，他住在这里。”

“而且他不喜欢租客。”贾科莫嘟哝着说。

雪人又咆哮起来，他的咆哮更响亮了。

“如果我们不是被他那巨大的牙齿咬死，”希尔德厌恶地说，“也会被他的口气熏死。”

他们都很害怕，包括冠军，尽管他努力克制自己，不想让我们看出来。他低下头，顶起牛角，摆出备战的姿势。但是我的小牛并不害怕，因为我现在非常平静，这让在我身边的她感到安全。正因为我们看到的是这个雪人，而不是老狗，我才感到很放松。因为我知道，只有当我们遇见老狗时，才到了决定我们命运的时刻。这反向证明了，无论如何我们将在与雪人的交锋中存活下来。

当然，除非我关于老狗的梦搞错了。

雪人现在踏着重重的步子向我们走来，冠军悄悄低声对我说：“我绝不允许他伤害我的家人。”

说完，他就顶着牛角，向那只长毛蓬乱的怪物冲了过去。勇敢地，坚决地，充满力量地……

雪人只抬了一下爪子，就把冠军扇得在山洞里横飞。

冠军撞到石壁上，然后沿着石壁滑到地上。我的小牛开始哭了，因为现在我也开始害怕了。但是，我还是对我的小牛耳语："一切都会好起来的。"

"是的，我只需要站起来。"冠军嘟哝着，然后就彻底昏迷了。

雪人离我们越来越近，他咆哮时呼出的气，几乎快把我们熏死了。

"你们知道，现在出现什么将是不错的吗？"希尔德问。

"奇迹。"小红萝卜知道答案。

这时我们真的见证了一个奇迹，而对雪人来说，更是如此，只是不是一个美丽的奇迹，也不是蓝色倒霉的奇迹，而是一个乌黑的、毁灭性的奇迹。不知道从哪里忽然跳出来一个东西，冲到这个长毛怪物身上，撕碎了他的喉咙。雪人被撕烂的喉咙里喷涌出鲜血，雪人跌倒在岩洞地面上。老狗在地面上最终彻底咬死了雪人。

第六十章

“我想，”小红萝卜咽着口水说，“我就要晕倒了。”

“我跟你一起倒。”苏西回答说。

公猫也打着哆嗦说：“我也愿意跟你们一起‘扑通’倒下。”

只有希尔德径直转向老狗，问他：“你为什么救我们？”

显然，她也因为地狱之犬的残暴行径震惊了。

“只有我有权力杀死你们。”他微笑着说。

“所以我们只是避开雨淋又遭檐水，情况越来越糟了而已。”希尔德断定说。

“什么是檐水？”小红萝卜问。

“什么？”希尔德和老狗同时说。

“什么是檐水？”小红萝卜再次问。好像她想通过这个问题，从死去的雪人的悲惨景象以及老狗的威胁上，让自己的脑子分散下注意力似的。

老狗不知道该怎么回答。这是我第一次看到他被搞迷糊了。

“我过去就一直问自己这个问题了。”小红萝卜开始喋喋不休地饶舌了，“当一个奇怪的词进入到我的头脑后，那个词就在我脑子里一直转啊转，让我越来越混乱。不仅仅是‘檐水’这个词，还有schnurzpiep[①]和Daus……”

“Daus？”老狗更加迷糊了。

---

① 前文出现过：schnurzpiepegal，意思为无所谓。

“就是 Ei der Daus[①]里的 Daus，这是什么意思呢？一个 Daus？那什么是它的蛋呢？”

“够了！”老狗斥责她。

“Eumel[②]又是什么呢？”

“够了！！！”

老狗已经对场面失去控制了，这对他来说是完全陌生的感受。小红萝卜可能是这个大千世界上唯一可以让他乱了阵脚的生物。

“还有，Lümmeltüte[③]是什么呢？”

“这个我可以向你解释。”公猫提议说。

“都给我安静！”老狗喊。

这让小红萝卜更加把持不住了，因为她现在太恐惧了：“我已经安静了，我闭着嘴巴呢，我没发出一点儿声响，哪怕是叽叽喳喳的声音，不过如果我发出叽叽喳喳的声音，就很愚蠢了，因为我是一头牛啊，作为牛我为什么要叽叽喳喳，或者啾啾甚至啁啾啁啾呢。更何况，我本来就从来都不知道，什么时候啾啾停止，什么时候啁啾啁啾开始。无所谓了，我也不会哞叫，我默不作声，我现在是 Mucksmäuschenstill[④]，一点儿声响都不出的……”

老狗马上就发疯了。他一定会立马杀掉她，好使她最终闭嘴。

---

① Ei der Daus 表示震惊，天晓得！Ei 的意思是“蛋”，Daus，der Daus，魔鬼。

② Eumel，口语中指讨厌的人、笨蛋、不规则的事物。

③ Lümmeltüte，指安全套。

④ Mucksmäuschenstill，一点声音都没有。Mucks，（发出的）声响；mäuschen– 小老鼠；still 安静。

“但是，如果我是一声不响的Mucksmäuschenstill，”小红萝卜继续叽里呱啦说，“这到底又是什么意思呢？这到底是什么呢？一只Mucksmäuschen？”

恐怖的一刻就要到了。

老狗绷紧腿部肌肉，然后……

“不要！”我大喊一声，在老狗扑向小红萝卜前，跳到他们之间。

老狗用他那一只血红的眼睛瞪着我。我连忙解释：“你本来只想杀死我的！请放过我的同伴！不要伤害他们，我不会反抗的。”

“同意。”老狗点头，就这么简单，没提什么反对意见。看来他确实一直只是想杀我。

“不行！”希尔德大喊，然后对其他几位高呼，“我们昨天怎么说的？”

苏西不确定地说：“生孩子还是相当恶心的？”

“不是，大笨蛋，我们昨天喊的‘个体为整体！’”

希尔德现在提醒大家记起我们昨天的伟大誓言，小红萝卜、贾科莫甚至连苏西都齐声喊：“……整体为个体！”

他们不想眼睁睁看着我被老狗杀死。他们这么做很伟大，可惜也很愚蠢，因为这意味着，他们也要和我一起死。我们当中谁都没有一丁点儿战胜地狱之犬的希望。

“你们不要轻举妄动！”因此我坚定地命令他们。这是我第一次也是最后一次对我的牧群真正发号施令。为了保护他们。

“但是……”希尔德反对。

“你们帮我照看我的小牛！”我解释着，眼睛里已经涌起泪水，下嘴唇开始发抖。他们全都看着我的女儿，她依然害怕地依偎在我腿边。他们明白，我的小牛自己留在山里，只有死路一条，只有在他们的帮助下，她才可能活下来。

“唉……”苏西有点不舒服地问，“这是不是意味着，我们也要给她喂奶？”

希尔德对她投向一个毁灭性的目光。

“我只是问问。”苏西为自己辩解，“而且就算是的话，我当然也愿意喂她，毫无疑问。”

我用鼻子蹭着我的小牛的鼻子。不知道她是不是能感觉到，这将是最后一次与妈妈的亲昵了呢？不论如何，她全身颤抖着。她不愿意从我身边退开，于是我轻轻地把她从我腿边推开，推向小红萝卜——她的姨妈。这时，我更加费力地控制着我的眼泪。我并不惧怕死亡，但是想到我不能看着女儿长大，我的心都碎了。

“告诉冠军，我爱他！”我请求我的朋友们，这时我的上嘴唇也开始颤抖了。我马上就要哭起来了。

“我……也……爱你！”冠军结结巴巴地说，好像我的话唤醒了他。他努力挣扎着站起来。他还太虚弱，站都站不稳，更不要说跟老狗去斗争了。但是，尽管如此，他还是想在老狗前保护我！他是我的英雄！

“我要弄死你……”他威胁老狗，然后他踉跄着向老狗走出两步，就又倒下了。

老狗的脸扭曲成一个奇怪的微笑，不屑一顾。我的英雄救不了我。谁也救不了我。

小红萝卜已经泪流满面了。为了控制住自己不马上号哭起来，我把目光从同伴身上移走，小声对老狗说：“请让我们到外面去吧。”

我的小牛不应该目睹她的妈妈是怎样被杀死的。

老狗微微点了一下头。我跟着他走出山洞，走进漫天飞舞的风雪中。我一次都没有回头，因为我的小牛也不应该看到我在哭泣。从我身后传来了我的小牛的绝望、可怜的哞叫。奈雅啊，我甚至都还没来得及给她取一个名字！在外面，我终于哭了起来。这将是我一生中的最后一次哭泣。

第六十一章

寒风卷裹着雪花吹到我脸上，就像我梦到的一样。老狗的嘴巴上沾染着雪人的鲜血，也完全和我梦到的一模一样。只有我们走的路与我梦到的有些不同。我听到我的小牛在岩洞里哞得更加可怜了。我请求老狗，走得再远一点。我的小牛不仅不应该看到我被撕碎的样子，也不应该听到我被撕咬时的惨叫。老狗没有直接回应我的请求，只是继续向前走着，我在深深的积雪里跟着他。我们沿着山路向上走了大概两百头牛身长那么远。

路越来越窄了，每走一步我都更加平静，更加屈服于命运。我不再哭了，用舌头舔干鼻子上的泪水，同时也舔食了落在鼻子上的晶莹的雪花。我们在一个拐角处转弯后，又走了大概二十头牛身长，最终站住了。这是与我梦中一模一样的地点。我们的右边，岩峰高高耸入天上插进乌云里，我们的左边是深渊。像在我梦里一样，我现在也看不清，深渊到底有多深，因为暴风雪猛烈地抽打着我的脸。只有路边被冰冻住的小花跟我梦里不太一样——她在真实世界里，看起来还要悲伤很多很多。

“你为什么要杀死我？”我问老狗，风把雪花吹到我脸上。我认为我最终是有权利知道原因的。

老狗犹豫着是否要回答我，与自己做着斗争，似乎他思想里的一些什么，想要倾诉他的内心，或者确切地说，他的心还剩余的那一小部分。他最终回答：“因为婷卡……”

“你的贵宾犬爱妻？”我想到了他一生的最爱，她因为误食了农夫的老鼠药而与世长辞。

“她死的时候，已经怀孕了。”老狗坦白道。

这我以前不知道！

他的声音现在甚至有些沙哑：“在那一天，死去的不只是她，还有我的孩子……”老狗现在完全沉浸在自己的内心世界里，好像他正在又一遍经历那个恐怖的时刻，大概就像他每一次重复回忆过往的经历时一样，在他每一个清醒的时刻，尤其是在他夜晚的噩梦里。“……随着她们两个的去世，我对幸福的梦想也死了。”

“所以你想自杀？”我明白了，老狗在那之后自己主动去吃了毒药，毒死他的婷卡和尚未出生的孩子的毒药。

“我想和她们在一起。”因为他压抑的痛苦，我现在几乎听不到他的声音了。我从来没想过，有一天我竟然会同情老狗。虽然我就要被他杀死了，但是我知道，冠军和我的小牛将会活下去。但是自己活着，而伴侣和孩子都去世了是比死亡更恐怖的命运。

“我见到了那些黑暗狗神，”老狗说，“他们不让我死，因为我无穷无尽的痛苦，给他们带来很多乐趣。”

如果真的有这样的狗神，而不是老狗在他的疯狂臆想中自己编造的，那我们牛真的应该为我们有奈雅和胡尔洛而庆幸。他们两位虽然不是最优秀最能干的神，但是至少他们不会用他们的造物的痛苦来为自己取乐。

“婷卡一直盼望着有一个家庭。”老狗继续说着，连看都不看我一眼，“自从她看到两只蜉蝣的那一刻起……”

“嗡嗡和哼哼……”我回忆道。

“你怎么给他们起这么愚蠢的名字！”老狗暴怒攻击我，“婷卡给他们起的名字是‘蜉蜉’和‘蝣蝣’！”

这是更好的名字吗？——我很想回问，但是我感觉，如果进一步激怒他，实在不是很明智。可是另一方面，我又有什么可失去的，反正他无论如何都要撕碎我。

“所以，你现在知道，”老狗问我，“我为什么要杀死你了吗？”

我决定不再那么小心翼翼了，所以莽撞地回答：“因为我给蜉蝣起的名字不够有品位？”

“不要放肆！”

“你怎么都要杀死我。所以，对我来说，还能发生比这更糟糕的事儿吗？”

“我可以特别残暴地杀死你，让你死得更痛苦。”他邪恶地微笑着。

我不得不咽了一口口水：“诚然，这确实是一个我不得放肆的好理由。”

“你必须死，因为一头像你这样蠢的母牛不值得拥有幸福，不值得拥有婷卡和我没得到的幸福。”

“你不允许其他动物幸福？”我几乎不能理解。我惊讶地张大了嘴巴，雪花都飞转进了我的嘴里。

“是的。”他直截了当地回答。

“就这么简单？”

“就这么简单。”他证实说。

幸福也有敌人，现在我明白了。对幸福最大的威胁始终来自外界，而不是自己的不足。当你只为自己着想时，就很容易忘记这点。

我从容地问：“这也是婷卡想要的吗？”

老狗停住了。现在我也做到了，在此之前只有小红萝卜能做到让他感到迷惑。

“不，”他犹豫着回答，“这应该不是她想要的。”

我感到我心里升起了一丝希望，他那么爱他的婷卡，也许老狗会出于对她的怀念而会放过我。

“也许，”我轻柔了一些，继续说，“她甚至会觉得这很糟糕。”

“也许。”他承认。

我的希望无限扩大了。只有那些本来注定要死的动物，在濒死之际又发现还有可能从死亡的嘴边逃出，才能感受到这种希望。

我继续更加温柔地说：“如果婷卡还活着，如果她和我有一点儿像的话，她甚至会认为这很恐怖。”

“但是她和你一点儿都不一样！”他愤怒地斥责道。

在这一刻我意识到玩砸了。

“而且，她已经死了！”命运对他如此残酷，他因为自己的命运而感到悲愤和痛苦，在这无限的痛苦和愤怒中狂叫着。他叫啊，叫啊，叫啊，越来越响亮，越来越疯狂。他的喊叫在巨大的山崖间回荡着，和回音混在一起变得愈发扭曲。到处都有雪块从悬崖上松落下来，落入深渊。我抱有的最后一丝可能获得他的赦免的希望破灭了。

过了好一会儿，老狗才又平静下来，然后我们在暴风雪中相对站了一段时间。在我们这样站着的时候，他因痛苦而疯狂。我等着他的撕咬，这时忽然明白了：“你输了。”

“为什么？”老狗惊讶地问。

“因为我曾经拥有过幸福，”我忽然平静下来，回答说，“你并不能夺走它。”

这句话让他很受伤，他不知道回答什么。

我真的赢了。

以我的方式。

我以为。

忽然老狗笑着说："哦，看啊，那边是谁？"

他用巨大的爪子指着我身后。我在狭窄的小路上小心翼翼地转过身去，同时必须留心，蹄子在结了冰的乱石上面不要打滑，不要摔下深渊。这一切又完全与我的梦境一样——从盘旋小路的下方远远向我靠近的身影，是我那瘦小、柔弱的小牛犊。

第六十二章

“我将放过你。”老狗大笑着对我说。

我简直不能相信这一切。难道是他看到我的小牛，想起了他自己没出生的孩子，这让他变得柔和善良了一点？

“我要杀死你的小牛和你的公牛，但是你……我将放过你。你就要过和我一样的生活了。”他狞笑着，他那一只血红的眼睛，闪着比之前更恐怖的寒光，“然后我们两个就一样都输了。”

我刚刚怎么不闭嘴！

现在，在这条狭窄的小路上，我还站在他和我的小牛之间，他必须先从我身上跳过去。而这时他也已经准备起跳了。

“快跑！”我绝望地对我的小牛喊。

她只是在暴风雪里紧张地全身发着抖。

“跑！！！”我用尽全身力气喊着。我喊的声音如此响亮，我上方的悬崖上的一些雪都脱落了，缓缓飘到路上。

我的小牛的本能开始起作用了，谢天谢地，她没有跑向我，没有跑向妈妈来寻求保护，而是在山崖拐角处转弯，沿着窄窄的山路向下跑了。但是，当然这依然意味着她的灭亡。这么小的一个生灵，永远都不可能逃过地狱之犬，他只需要几秒钟，就能追上她。

老狗一个健步跃起，从我身上跳过去，开始追赶我的小牛。这时，小红萝卜从山崖拐角的另外一侧跑出来，喘着粗气：“对不起，萝乐，我没能拦住小牛……”

她看到在她面前紧急停住的老狗。她一下子就变得 Mucksmäuschenstill——悄然无声了，尽管她不知 Mucksmäuschen 到底是什么。

在她身后，希尔德和苏西沿着角落探望着，还有公猫，他坐在希尔德的两角之间，他们都不敢说话。冠军没有和我的朋友们在一起，大概他还因为受到雪人的攻击而昏迷着。

老狗看到我的伙伴后，对我大笑着："你的朋友们我也都要 den Garaus Machen[①]，弄死他们，那你就比我失去的还多了！"

他的大笑让更多的雪从悬崖上落下来，落到路面上。

老狗慢慢走向离他最近的小红萝卜。她现在又开始因为害怕而混乱地说个不停了："我有一个问题……"

"什么？"老狗极度恼怒地问。

"Garaus 是什么？"

老狗不能理解。

"是和 Daus 类似的东西吗？"

老狗的嘴巴里流出了泡沫。

"它也有一个蛋吗[②]？"

他的眼睛闪着疯狂的光。

"是叫作 Ei des Garaus，还是 Ei der Garaus？"

老狗愤怒地跳起来，冲向小红萝卜，并大喊着："你第一个死！"

虽然他的喊声没有刚刚我对小牛绝望的警告呼喊那么响亮，但还是足以让悬崖上已经松动的雪彻底脱落下来。

---

① den Garaus Machen，杀死某人。

② 上文提到的俗语：Ei der Daus，表示震惊，天晓得！Ei 的意思是"蛋"，所以这里小红萝卜问，Garaus 是不是也有一个蛋。Daus 是阳性名词，渐旧用法，指"魔鬼"。Ei der Daus 是俗语用法，严格按照德语语法，阳性名词的二格定冠词变为应使用 des，而不是 der，这是下文小红萝卜提问的原因。

“当心，雪崩！”公猫惊恐地喊。

无数的雪随着巨大的声响向老狗滚去。

也就是说也向小红萝卜滚去。

雪崩把他们两个都卷入了深渊。

第六十三章

雪崩平息后，我大喊“小——红——萝——卜”！

在我和站在角落里的朋友之间，雪崩带下的雪把路堵住了，堆雪有几米高，所以我现在看不到另外一边的朋友。

“我想，这可不是一个好主意，”贾科莫在另外一遍怯怯地喊，“在有雪崩危险时还这样大喊。”

“但是，小红萝卜……”我绝望地哀呼，试着向下面的深渊里张望。但是我什么都看不清，因为暴风雪还在里面飞卷着。或许这样也更好，她的尸体对我们来说将是极其恐怖的画面。

“我还活着。”我们听到小红萝卜的声音。

我的心脏激动地跳着。

她做到了！

我的小红萝卜真的做到了！

谢谢奈雅！

我对我们的神牛如此感激，以至于我现在想用她的名字来命名我的女儿。

但是，这时小红萝卜叹息道：“重音在‘还’上面。”

我走到几米高的雪堆积成的小山的边缘，看到小红萝卜挂在离我大概四头牛身长远的悬崖上，确切地说：她的前腿、头和脖子正好还挂在一块突起的石头上，她身体的其余部分晃荡在深渊上方的空气里。很明显小红萝卜没有力气把自己拉上来。

我的心绞在一起，这肯定不会持续多久的。

“老狗，”小红萝卜对我微笑着说，“跌下去了。他再也不能伤害你了。”

几秒前我还除了希望老狗去死以外没有别的愿望，但是现在他的死活对我来说根本无所谓了。我的小红萝卜现在有着生命危险，我一定要救她。可是，怎么救呢？就算我能够在自己没有跌倒，也没有摔进深渊的前提下走到她身边，我又怎么把她拉上来呢？可惜的是，我们牛只有蹄子，没有手，没有像人一样可以互相拉住的手。而且，就算我有手，我也不能把她这样重量的牛拉到路上来，我没有那么强壮，这个世界上没有任何一头牛有那么强壮。但是我必须尝试一下。于是我把前蹄搭到雪组成的小山上，喊：“我马上就到你身边了！”

“不，萝乐，”小红萝卜反对说，“太危险了。”

“我要来救你！”我反驳说，现在后蹄也爬到雪堆上了。我已经开始向下滑了，这很危险。我费尽力气才停了下来。但是我只要再往前迈进一步，就会掉进深渊里。

“萝乐，不要那么幼稚。”偏偏是幼稚的小红萝卜说这句话，“不要做无谓的牺牲。你必须为你的家庭活着！”

我停住了。脑子里一片混乱。我知道，她说得是对的，但是我不能就这样眼睁睁地看着她死去啊！

我们的时间越来越少了。小红萝卜还在叹息，她的肌肉酸痛，她必须付出难以想象的努力，才能保持挂在悬崖上。

从雪堆的另一侧，传来希尔德的喊声：“我爱你，小红萝卜！”

原来，那时在和牛牧场上，希尔德明白了小红萝卜的意思，只是她并没表露出来。现在，在生死关头，她想对小红萝卜说她渴望已久的那句话。虽然这句话并不是事实，但是她试着用这句话，给她的朋友带来在地球上最后一刻的幸福。

“希尔德，你真不擅于撒谎……”小红萝卜亲切地笑着说。她每一刻都有可能滑下去。“……但是你真的不必为了我撒谎……”她继续说。

她马上就要没有一丝力气了。

“……我过了幸福的一生。我的一生是完美的，虽然并不一直是完美的……”

她不可能再继续支撑下去了。

“……因为我认真活了每一个当下……”

她放弃了挣扎。

“……你们也要这样做。”

现在她不再反抗不可抗拒的命运了。

我的小红萝卜还对着我又微笑了一次。

然后她前腿滑脱，摔进了深渊……

第六十四章

这一刻好像在时间里被冰冻住了。

我从来没感觉到过如此心痛。

我甚至连哭都哭不出来，我的心太疼了。

我的小红萝卜死了。

她再也不能唱歌了。

再也不能喋喋不休地说蠢话了。

再也不能和我蹭鼻子了。

一切都结束了。

永远地。

在这一刻被冻住的时间里，我决定，给我的女儿起名字为“小红萝卜”。

然后这一刻随即也就过去了。

因为我听到了老狗的声音。

时间又加速回到正常的运行节奏。老狗从远处某个地方充满仇恨地怒喊：“我要把你们都杀死！”

我向深渊里望着——现在暴风雪已经平息一些了，所以我能看到，老狗在我们身下大概十头牛身长远的地方，躺在一块突起的岩石上。身上很多伤口在流血，但是他还活着。

哦，不！

他真的还活着！

直到小红萝卜落在他身上。

彻底坐断了这只地狱之犬的脖子。

并救了她自己的性命。

那个一心想着消灭幸福的怪兽，终于被彻底消灭了。

被一头幸福的母牛。

小红萝卜在岩石突起上欢呼：“我长得这么胖，真是太好了。”

第六十五章

接下来的几天很艰难，山上稀薄的空气和寒冷、积雪、饥饿一样，使我们的登峰很艰辛。我们只能吃路边为数不多的一些被冰冻住的高山小花。幸运的是，我们在和牛牧场储备的一层厚厚的脂肪，足以维持我们的生命，并让我能够给我的小牛喂奶。每一次，当我们当中有一个因为筋疲力尽想放弃时，我们其他几位都会在他身边鼓励他，因为我们现在是一个真正的牧群。啊，我说什么呢，我们现在都感觉，我们是一个大家庭。整体为个体，个体为整体！

晚上，我们在岩洞或者山崖后面躲避风雪，相互讲着故事，以使我们分心，减轻对寒冷和死亡的恐惧。但是，我们的故事不再是关于奈雅和胡尔洛的传说，而是关于另外一群主人公的经历。我们新传说的名字叫：

白色小牛

无比美丽的白色小牛费力攀登在喜马拉雅山上。每走一米，寒风都更加凛冽，道路都更加湿滑危险，空气也更加稀薄。任何一头其他的小牛都早已害怕地哇哇乱哭了，但是这头白色小牛不哭，因为她身边有勇敢的旅伴，他们给了她勇气。

有一头棕色斑点的母牛，现在对她来说什么颜色都无所谓了，她用一头可怕的公牛的某器官做了蛋蛋沙拉。还有一头曾经爱慕虚荣的母牛，不惧死亡地从火焰大鸟中救出了整个牧群，而且现在如此无私，甚至愿意为她曾经最大的“情敌”的孩子喂奶。还有一头从来都很可爱的母牛，她坐扁了地狱之犬，并找到了勇气承认她是“啪——嘀嗒——嘀嗒哩——嘀嗒哩——哒么”。

当然白色小牛亲爱的父母也在她身边。那头失去了记忆的公牛，发现、重塑了自己的性格。而那头一直寻找幸福的母牛，也几乎找到了幸福，现在还只缺一点点，那就是一个新的家园。一只来自异国的公猫，会带领她找到那个家园。那只公猫，曾经一遇到危险就会逃跑，但是他后来决定，在那些名字叫美食家的生物面前保护几头牛朋友，直接冲到危险最前沿。

这些陪伴着白色小牛的旅伴，有能力做到任何事情——他们曾在大海上航行，也曾飞上过云端，而且，在迫不得已的情况下，还往青蛙身上撒过尿。他们不可战胜，一定会带领白色小牛翻过大山，千真万确！

有一天，蚯蚓遇到了这个勇敢的牧群，他问：“在这个故事里，神牛奈雅在哪里呢？”

白色小牛的母亲回答他：“这个故事不需要她。”

“但是我想提意见，”蚯蚓抱怨说，“现在天气太变化多端了，一会儿太热了，一会儿太冷了，一会儿下雨，一会儿下雪，一会儿太阳又晒得太厉害了……我的意思是，这是怎么一回事？”

“谁，”棕色斑点的牛说，“也厌倦了这只蠕虫的咒骂？”

“可惜，”可爱的牛说，“他片刻都不会享受生命。”

“就知道一直抱怨。”曾经虚荣的那头牛证实。

“这可能，”公牛说，“是因为他奇怪的爱情生活。”

小牛的母亲弯下脖子，鼻子指着蚯蚓说：“你不能什么事都向奈雅抱怨。”

“为什么不能呢？”

“因为每个动物都要为他自己的幸福负责。”

蚯蚓非常震惊地说：“奈雅也早该告诉我的呀！”

然后就骂骂咧咧地蜷曲着身子走开了。但是白色小牛仔细地听了母亲的话，所以，她在还是小牛犊的时候就明白了一个重要的道理，那是她勇敢的守护者们用了半生才领悟的道理——幸福只会降临到把生活掌握在自己蹄子里的牛身上。

我们的新传说对我们很重要，因为它不是关于某些非自然的生物，而是关于我们有血有肉的真实的牛，关于我们自己有什么样的能力。因此，这些故事能给我们勇气，帮助我们熬过漫长的黑夜。

从这些故事里，我们也汲取了力量，最终攀登上了喜马拉雅的顶峰。是的，我们牛站到了世界屋脊之上！

虽然因为彻骨的严寒而瑟瑟发抖，在最稀薄的空气里，濒临死亡，但是我们充满骄傲，因为在我们之前，没有任何牧群来到过这里。而人类，如果让他们像我们这样赤身裸体站在这里，他们肯定早就冻得死翘翘了。

“天啊，我们太棒了！”小红萝卜说。她呼出的薄薄的热气，在冰冷的空气里瞬间冻成晶莹的水晶，轻声掉落到地上。

“我都有些心痛了，我们太棒了！”希尔德肯定道。

“噢啊，噢啊，噢啊！”冠军补充说。

“妙啊！——妙啊！”公猫笑着赞美。

“我的屁股都要冻掉了！”苏西说，她还没有完全放下抱怨，因为谁都不会完全改变。

我们从山峰上走下山谷。随着每一步，四周都变得更加温暖，更加更加温暖。

然后……印度。

终于，我们到了。

我们把旧的神留在身后。

还有大山、积雪和寒冷。

以及痛苦、悲伤和危险。

我们也恢复了正常体重。

第六十六章

现在我才意识到，印度到底是什么样的，我所有的预想里没有一个正确的。我们当中谁也没有一丁点儿概念——我们的天堂大概会是怎样的，除了一个重要的特点——在这里没有人想要烧烤我们，或者把我们和一根悲伤的小黄瓜一起夹到两片面包里。

正因为我们没有任何设想，印度更加让我们感到震撼，这里非常温暖，我们本能地知道，在这儿，我们再也不会受冻了；到处都盛开着奇异、惊艳的花朵；这里没有苍蝇，只有颜色最绚丽的蝴蝶，它们那么温柔，美妙地嗡嗡地飞舞着，我们永远都不会用尾巴去驱赶它们。

在一个小村庄里，我们遇到了可爱的人们，他们给我们水喝，真诚地照料我们，没有私下揣着坏心思，准备什么时候把我们关进火车或是吃掉。他们甚至都不要我们的牛奶，而是把我们的奶留给大自然预定的任务——喂养我们的小牛。

在这个名叫“阿默达”[①]的村庄里，我们还遇到了印度的本地牛，他们对生活那么满意，内心那么平静，只有从来不必经受饥饿、痛苦和恐惧的生物才有能力这样祥和。他们的名字叫 Vishniruth，Vishniweg 以及 Vishnipopoab。他们友好热情地接纳了我们。从第一秒开始，我们就感到这个村子是一个美妙的世界。我们可以在这里安家。我的小牛可以在这里长大。在这里，我们都将再也不必哭泣。

印度那么美妙，那么震撼，以至于我们大家最初都不知道说什

① Amoda：印度村庄名，地图上确有此地。

么了。但是，当我们牛找不到合适的言语时，我们一直都还有我们的歌唱。

我们的第一个晚上是和我们的新朋友——印度牛——一起在村子的广场上温暖的沙子里度过的。是的，这里的人真的任由我们随便去我们想去的任何地方。我们看着太阳慢慢落在喜马拉雅山的山后。这时小红萝卜开始轻声欢唱了：

哦，快乐的牛

希尔德和苏西唱和声：

哦，快乐的牛

同时，她们三个来回晃着头，唱得响亮了一些：

哦，快乐的牛——哦，快乐的牛
幸亏萝乐带路
我们来到印度
我们开心地哞
哦，快乐的牛——哦，快乐的牛

我的小女儿欢快地哼起来：

啦、啦、啦、啦、啦、啦、啦、啦、啦

公猫笑着说："丰富多彩的歌词可不是这样的。"

于是她们改变了歌词，同时冠军强壮的声音也加入了合唱：

哞——哞——哞——哞——哞——哞！

公猫欢笑着："当然，现在歌词马上就丰富多了。"然后他也高兴地一起唱：

哞——哞——哞——哞——哞——哞！

他们越唱越响，表达着对我深深的感激。我也感动得哽咽了，喉咙里像是塞了一个西瓜一样。

我的大家庭站起来，兴高采烈地跳起舞来。印度牛也被我们的热情感染，和我们一起跳了起来。所有的牛都围在一个圈子里舞动着，我们周边友好的人们也高兴地为我们鼓起掌来。

哦，快乐的牛——哦，快乐的牛

在这一刻我终于明白，幸福对我们每一位来说都是不一样的。

对希尔德来说，幸福是不再追逐错误的梦想。

对苏西来说，幸福是相信自己。

对贾科莫来说，幸福是偿还心灵的亏欠。

对小红萝卜来说，幸福是享受每一个当下。

哦，快乐的牛——哦，快乐的牛

对冠军来说，幸福是终于成熟起来，并建立自己的小家庭。

对这些印度牛来说，幸福就是他们从一出生就享有安详的生活。

对我来说……就是我的公牛和我的小牛。

哦，快乐的牛——哦，快乐的牛

是的，幸亏我决定离开农庄，我们整个小牧群都找到了自己的幸福。看着他们这样幸福快乐，我感觉很美好。小红萝卜与一头妩媚的印度母牛调着情，她的名字叫希姆－希姆，这头母牛的眨眼非常有魅力；希尔德和 Vishniweg 一起跳着舞，他是一头浅色的公牛，全身一个斑点都没有；苏西与 Vishnipopoab 嬉闹着，他是远近闻名最优雅的公牛，而苏西充满了自信；公猫贾科莫跳着他称为布吉乌吉[①]的舞蹈，马上就吸引来了一圈美丽的印度猫。

毫无疑问，他们在这个天堂里，在幸福之外，还会找到自己的爱情。

这时冠军向我走来，邀请我和大家一起唱歌。他对我热烈地高声唱着：

哦，是的，唱吧，唱吧，唱吧，耶，耶……

于是我也站起来，和我的朋友们、我的小牛犊、我的公牛、印度牛们还有跟我们一起欢笑的人们跳起舞来，并用尽全力哞着：

---

① Boogie Woogie，双人摇摆舞的一种，也是一种音乐风格的名字。

哦，哦，哦

哦，快乐的牛

同时，我感受到了世界上最大的幸福……

……就是，让我们爱的动物幸福。

这就是“哞”的意思！

图书在版编目（CIP）数据
执着 /（德）大卫 · 萨菲尔著；刘秋叶译．—南京：译林出版社，2019.1
ISBN 978-7-5447-7636-3

Ⅰ.①执… Ⅱ.①大… ②刘… Ⅲ.①长篇小说－德国－现代 Ⅳ.①I561.45

中国版本图书馆 CIP 数据核字（2018）第 292330 号

著作权合同登记号　图字：10-2017-293 号

执着 ［德国］大卫 · 萨菲尔 / 著　刘秋叶 / 译

责任编辑　陆元昶
特约编辑　张兰坡
装帧设计　灵动视线
校　　对　王兰英
责任印制　贺　伟

出版发行　译林出版社
地　　址　南京市湖南路 1 号 A 楼
邮　　箱　yilin@yilin.com
网　　址　www.yilin.com
市场热线　010-85376701
排　　版　灵动视线
印　　刷　三河市中晟雅豪印务有限公司
开　　本　960 毫米 ×640 毫米　1/16
印　　张　20.5
版　　次　2019 年 1 月第 1 版　2019 年 1 月第 1 次印刷
书　　号　ISBN 978-7-5447-7636-3
定　　价　36.80元